이토록 사소한 별리

이토록 사소한

최석규
소설집

별리

🔵🔵 문학수첩

차례

작가의 말 ——— 7

내 안의 문어 ——— 11
계단 아래 우리 ——— 41
증발 ——— 73
내일은 해피 엔딩 ——— 105
옥상 정원 ——— 137
내 친구 긴코 ——— 167
세상의 끝, 거북이, 자그레브 박물관 ——— 195

해설_위반과 탈주하는 인물들(이덕화 문학평론가) ——— 295

작가의 말

 많은 듣기 싫은 말 중 하나가 나이는 숫자에 불과하다는 것이다. 어느 때 시작해도 늦지 않다는 속뜻이야 알지만 나이라는 숫자가 갖는 불변의 본연이 사뭇 거슬리기 때문이다. 그것이 사랑과 닿아있을 때는 더욱 그러했다. 우린 "아직도 사랑을 잘 모르겠어"라고 말하기에는 너무 늙었고 "그래, 그게 사랑이었지"라고 말하기에는 너무 젊었다. 자기 나이가 어느 세대에 속하든 간에 항상 그랬던 것 같다.

 지나간 사랑을 돌아보는 일은 늘 씁쓸했다. 그때는 순간의 진실이었지만 지금은 영원한 거짓이 되어버렸기 때문이다. 완전한 사랑인 줄 믿었건만 거기에는 작은 틈이 숨어있었다. 틈새는 점점 커져 구멍으로 자랐고 수렁으로 변해 남은 삶을 삼켜버렸다. 내 안의 늪은 습생 식물이 뿌리를 내리고 퇴적물과 유기물이 깊은 바닥을 다지는 시간이 필요했다. 더 오래 지나자 바람을 타고 어디선가 날아온 찔레, 싸리, 진달래 같은 관목류 씨앗이 진창에 자리를 잡았다. 배수와 퇴적의 시간이 켜켜이 쌓이고, 물렁거리던 땅이 흐느낌을 멈추고, 심연에 한 줄기 빛이 닿으면서 마음의 구렁텅이는 조금씩 단단해졌다. 그렇게 습지 천이가 완성될 무렵이었다. 정말로 행복했던 순간은 그 순간들이 사라진 후에야 찾아온다는 것을 나는 알았다. 삶의 초점을 언제나 원하는 대상에 맞출 필요는 없었다. 시야 밖에는 항상 무언가가 있었다. 뒤틀리고 부러지고 타버렸지만 가끔은 반짝이는 무언가였다. 그리고 나는 견디기 위해 소설을 썼다.

지금까지 쓴 중단편 중 사랑에 관한 것을 모았고 '이사별(이토록 사소한 별리)'이라는 타이틀에 어울릴 만한 것으로 다시 추렸다. 일곱 개의 녹록하지만 기억해야 하는 순간을 담아 책으로 엮었다.

글 쓰는 데만 전념할 수 있도록 안팎에서 돌봐준 와이프에게 그동안 어색해 말하지 못했던 고마움을 전합니다. 출간에 애써

주신 문학수첩의 강봉자 대표님, 교정·교열에 각고를 기울여 주신 김상진 님과 출판사 관계자분들께도 감사드립니다. 또한 작품 하나하나에 유화 같은 평을 그려주신 이덕화 문학평론가 님께도 감사를 전합니다.

비가 오긴 해도 햇빛이 이따금 비치는 봄날에
최석규

내 안의
문어

장애인자립생활센터에서 그녀를 짝지어 준 일은 다분히 악의적이었다. 갈라서는 방법 외에 다른 길이 보이지 않는 부부에게 긴 조정 기간을 강제하는 것처럼 말이다. 고객지원과 오 복지사의 능글거리는 미소가 떠올랐다.

"자네 본명이 진짜 김중배야? 사랑인지 다이아몬드인지 순애 씨는 여태 결정 못 했대?"

그는 재미없는 농담을 해대며 한참 동안 킥킥댔다. 지원사의 4대 덕목이 이러쿵저러쿵, 봉사 정신이 이러니저러니, 네 나이 때는 그렇지 않았다는 둥, 그의 훈장질은 잠시도 쉬지 않았다. 하지만 늘 그렇듯 중배는 대놓고 싫은 티를 내지 못했다. 잘못 보였다가는 일자리는커녕 바우처조차 제대로 받기 힘들기 때문이었다.

중배도 처음부터 이 일에 진저리를 친 것은 아니었다. 자격증 취득을 위해 들은 첫 번째 강의를 지금도 생생히 기억한다. "장애인활동지원사란, 신체적·정신적 이유로 일상생활과 사회생활이 어려운 장애인에게 활동 보조 서비스를 제공함으로써 자립생활과 사회참여를 돕는 이 사회의 참사랑을 실천하는 사람입니다." 진부한 설명임에도 불구하고 가슴 한편이 아렸다. 하지만 현실을 깨닫는 데까지는 오래 걸리지 않았다. 중배에게 선택권은 없었다. 센터에서 연락이 오면 어떤 장애인인지 상관없이 무조건 가야 했다. 오 복지사는 배정 담당자가 된 후 더 노골적으로 변했다. 자신과 친한 지원사에게는 일하기 편한 사람—예컨대, 시각장애인처럼 대부분의 일을 혼자 할 수 있거나, 성격이 무난한—과 짝을 지어줬고 잘 바꾸지도 않았다. 눈 밖에 난 사람은 늘 중증장애인을 배정했다. 하루 수족 노릇을 하면 일주일을 끙끙 앓았다. 그래도 참고 견뎠다. 돈이 간절했기 때문이다. 그동안 주경야독으로 산림 기사와 조경수 조성 관리사 자격증도 땄다. 조금만 더 버티자. 원하는 수목원에 취업만 하면 이따위 종노릇은 평생 나와 상관없는 일이 될 테니까. 중배는 매일같이 중얼거렸다.

골목길을 한참 걸어 들어갔다. 대부분 빈집이었다. 담벼락 곳곳이 무너졌고 유리창은 다 깨졌다. 대문에는 붉은색 페인트로 ×표가 그려져 있었다. 철거 반대 플래카드가 많이 걸렸다. 동네는 흑사병이 쓸고 간 중세의 폐허처럼 보였다. 길이 복잡해서 내비게이션도, 오 복지사가 적어준 약도도 별 도움이 되지 못했다. 그래도 예상보다 빨리 찾긴 했다. 그곳은 대문에 붉은 표식이 없는 유일한 집이었기 때문이다.

오늘 대상자는 김지선이라는 여자였다. 그녀는 센터에 직접 전화해 중배를 찾았다고 했다. 자신을 알고 있는 것으로 보아 그동안 돌봐줬던 장애인 중 한 명일 것이다. 얼굴을 기억하려 했지만 잘 생각나지 않았다. 그런 평범한 이름은 이곳을 뒤덮은 쓰레기만큼 흔했다. 남자 지원사를 원한다는 사실도 불길했다. 보통은 불미스러운 일을 피하고자 동성을 선호하지만 어떤 연유인지 그녀는 콕 집어 중배를 지목했다. 십중팔구 엄청난 중노동이 기다리고 있을 것이다.

중배는 대문을 두드렸다.

"계세요?"

대답이 없었다.

"활동지원사입니다."

잠시 후 인기척이 났다. 덜컹덜컹 소리가 난 후 노인네 기침

소리가 들려왔다. 젠장, 좆됐다. 중배는 자기도 모르게 중얼거렸다. 이 일에서 육체적 노고는 정신적 고통에 비하면 아무것도 아니다. 모든 문제의 근원은 늘 함께 사는 가족에 있었다. 그들은 지원사를 종종 하인처럼 부린다. 장애인의 재활과 아무 관계도 없는 마트 장보기, 애완견 목욕시키기, 막내 아이 유치원 데려다주는 일까지 요구한다. 조금이라도 마음에 들지 않으면 구청에 민원을 넣거나 시간당 마땅히 받아야 하는 바우처조차 제대로 주지 않는다. 오늘도 힘든 하루가 될 것 같다.

대문이 힘겹게 열렸다. 집이 지어진 후 한 번도 열어본 적 없는 것처럼 철제문이 삐걱댔다. 벌어진 틈으로 젊은 여자 얼굴이 쓱 나타났다.

"오랜만이네."

중배는 눈이 휘둥그레졌다. 퉁한 얼굴로 바라보는 이는 분명히 지선이었다. 조금 더 야위었고 긴 머리카락이 단발로 변했다는 점을 빼곤 달라진 게 없었다.

"뭐 해? 안 들어오고."

시니컬한 말투도 여전했다. 중배는 문고리를 잡고 더 열려 했지만, 무엇에 걸렸는지 3분의 1 이상 벌어지지 않았다. 몸을 옆으로 돌려 겨우 비집고 들어갔다. 그녀는 한 손은 벽을 짚고 다른 한 손은 허리에 댄 채 서있었다. 바지 무릎, 상의, 목장갑에 흙이 잔뜩 묻었다. 대상 장애인이 거동 불편한 중증이라고 오 복지사가 분명히 말했는데…. 뭔가 착오가 있음이 틀림없다. 안을 둘러보았다. 담장 밖과 안은 전혀 다른 세상이었다. 마당은 생각보다 넓고 정리도 잘되어 있었다. 반원 모양의 빗질 흔적이 흙바닥에 무수히 많았다. 소박하지만 예쁜 화단, 뒷마당으로 연결된 반듯한 보도블록, 붉은 뚜껑이 덮인 항아리들, 파라솔과 2인용 벤치. 담벼락을 따라 비슷한 크기의 나무가 자라고 있었다. 아직 잎이 나지 않아 어떤 수목인지 알 순 없었다. 바닥에는 기차 레일같이 생긴 금속이 설치되어 있는데 담장을 따라 구불구불 길게 이어져 있었다. 마당과 달리 집은 많이 낡아 보였다. 페인트가 벗겨지고 누수 흔적이 있는 벽, 덜렁거리는 지붕, 노란 테이프를 덕지덕지 붙인 방풍창과 무너진 처마는 인근 폐가와 다르지 않았다.

마당으로 나있는 미닫이문이 드르륵 열렸다. 행커치프가 꽂힌 연분홍 슈트를 입은 할아버지가 나왔다. 정성 들여 매만진 8 대 2 가르마가 햇빛에 반짝거렸다. 노인은 구두를 신으며 지선에게 소리쳤다.

"다녀오마!"

지선은 쳐다보지도 않고 손만 쳐들었다. 노인은 중배에게 윙크를 보내며 말했다.

"잘 부탁하네! 젊은이."

그는 하얀 중절모를 비스듬하게 고쳐 쓴 후 집 밖으로 나갔다.

지선은 근처에 있는 유모차를 턱으로 가리켰다.

"저거 좀 가져다줘."

중배는 유모차를 들어 그녀 앞에 놓았다.

"손잡이가 내 쪽으로 향하게."

방향을 돌려 원하는 대로 해주었다. 지선은 손으로 벽을 밀어 몸을 유모차로 던졌다. 쓰러질 듯 넘어지면서 재빨리 양쪽 손잡이를 잡았다. 위태롭게 중심을 잡았다. 손잡이 왼쪽에 붙은 브레이크 버튼을 풀었다. 앞으로 몸무게를 싣자 유모차가 덜덜거리며 굴러갔다. 그녀의 허리는 새우처럼 접혔고 왼쪽 다리는 이상한 각도로 바닥을 디뎠다. 오른쪽 다리는 질질 끌려갔다. 중배는 말을 잃었다. 화려하게 각인된 그녀의 옛 모습과 겹쳐 지금 보고 있는 것이 전부 비현실적으로 느껴졌다. 지선은 뒤돌아보며 말했다.

"멍때리고 뭐 해? 바우처 받으려면 일을 해야지."

"…어? …음. 그래. 그러면 뭐부터 할까? 빨래? 청소?"

"그런 거라면 널 매칭해 달라고 하지도 않았어."

지선은 유모차를 약간 옆으로 기울여 왼쪽 바퀴를 고정된 외줄 레일 위에 얹었다. 덜컥 소리를 내면서 바퀴가 끼워졌다. 자세히 보니 바퀴는 고무 타이어가 없고 프레임만 남아있었다. 끙. 힘을 주자 유모차는 놀이동산 꼬마 기차처럼 레일 위를 굴러갔다. 철로와 유모차 바퀴 사이에서 규칙적인 금속 마찰음이 났다. 지선은 왼쪽 다리로 속도를 조절했다.

"바닥에 그거 들고 따라와."

접이식 사다리, 물뿌리개, 전지가위, 낫 같은 공구가 담긴 상자가 벽 가까이 놓여있었다. 상자를 들고 뒤를 쫓았다. 레일은 뒷마당까지 이어졌다. 좁은 공간임에도 앞마당보다 더 많은 나무가 있었다. 하나같이 키가 커 담장 너머 풍경이 전혀 보이지 않았다. 마치 나무 벽으로 세상과의 담을 쌓은 것 같았다.

"오늘부터 꽤 바쁠 거야. 여길 정원으로 꾸밀 것이거든. 죽은 애들은 뽑아내고 살만한 애들은 가지치기하고. 빈자리는 화단으로 만들 거고. 여유가 되면 데코도 좀 하려고 해."

***

지선에 관한 기억은 많지 않지만, 그 편린은 용광로처럼 강렬했다. 중배는 특성화 대학의 조경학과를 다녔다. 지선은 바리스타 학과나 관광통역학과 혹은 그 비슷한 과였다. 하지만 어느 과였고 무엇을 공부했는지는 중요하지 않았다. 그녀는 학교에서 이미 유명 인사였다.

한창 교내 축제로 시끄러울 때였다. 중배는 실험실에서 키우던 모종을 실습장 텃밭에 옮겨 심기 위해 트레이 상자를 나르던 중이었다. 중앙광장 간이 무대에 서있는 그녀를 보았다. 몸에 달라붙는 검은 드레스에 하이힐을 신고 있었다. 목부터 허리까지 내려오는 붉은 벨벳이 인상적이었다. 라틴 음악이 흘렀다. 중배는 모종을 옆에 내려놓고 계단에 서서 오도카니 바라보았다. 지선과 남자 파트너는 무대 끝에서 서로를 노려보기만 했다. 뜨거운 눈빛이 오갔다. 지선은 곡선을 그리며 앞으로 나갔다. 다리를 뻗을 때마다 검은 긴 치마 사이로 하얀 허벅지가 아찔하게 드러났다. 자석처럼 둘의 몸이 달라붙었다. 남자가 지선의 허리를 껴안자 지선은 상대의 가슴에 손을 얹고 목에 팔을 감았다. 둘은 플로어를 둥글게 돌며 춤을 추기 시작했다. 상체는 움직임이 거의 없었지만 배꼽 아래 하체는 격렬하게 상대의 영역을 탐닉했다. 네 개의 다리가 교미하는 뱀처럼 꼬였고 서로를 비비며 감아올렸다. 스텝에는 어떠한 경계도 없었다. 한 덩어리가 된 몸뚱이는 반들거리는 플로어 위를 물방울처럼 흘러갔다. 현악기와 피아노가 빚은 협주곡은 그들과 같은 유전자를 가지고 태어난 것처럼 잘 어울렸다. 어떤 춤인지는 알 수 없었다. 그녀의 몸짓에서 눈물을 흘리며 춤을 추는 스트리퍼를 떠올렸다. 몸이 더워졌다. 이마와 목의 땀을 닦아냈다. 춤을 춘 이는 지선이었는데 젖은 이는 중배였다.

춤이 끝났다. 중배는 광신도처럼 손뼉을 쳤다. 휘파람을 불고 환호성까지 질렀다. 답례 인사 하는 지선의 모습을 잘 보려고 자리를 옮기다 그만 중심을 잃었다. 계단 옆으로 굴러떨어졌다. 보기 좋게 대자로 엎어졌다. 그 때문에 옆에 세워두었던 트레이가 넘어졌고 줄기 몇 개가 부러졌다. 얼른 일어났다. 광장에 모인 학우의 시선이 온통 자기에게 쏠려있었다. 창피함에 얼굴이 붉어졌다. 헝클어진 머리를 쓸어 올렸다. 이마가 축축했다. 손바닥을 보니 피가 묻어있었다. 지선은 중배를 아득하게 바라보고 있었다.

둘 사이 우연한 마주침은 몇 번 더 있었다. 그 덕에 가끔 만나 커피 한잔하는 관계 정도는 됐다. 대개 지선이 먼저 연락해 왔다. 만날 이유는 늘 있었지만, 특별히 중요한 일은 아니었다. 야, 요즘 둘이 사귀니? 친구의 물음에 중배는 단호히 고개를 저었다. 그냥 여사친이야. 한번은 학교 구내식당에서 함께 점심을 먹은 적이 있었다. 대화 주제는 금방 떨어졌다. 같은 학번, 동갑이라는 점을 빼고 공통점은 별로 없었다. 어색한 분위기가 불편해 중배는 아무거나 물었다.

"전번 축제할 때 있잖아, 춤출 때 썼던 음악이 뭐니? 그거 좋더라."

"영화 OST야."

"무슨 영화?"

"여인의 향기."

중배는 고개를 갸우뚱했다.

"탱고는 실수할 게 없어요. 인생과 달리 단순하죠. 만약 실수해도 다시 추면 되니까. 그게 바로 탱고죠."

"…."

"몰라? 알파치노가 영화에서 한 명대사."

"처음 들어봐."

"원곡 명은 포르 우나 카베사(Por una Cabeza)."

"무슨 뜻이야?"

"간발의 차이로."

"풋. 제목이 뭐 그래?"

"원래는 노랫말이 있었어. 어떤 찌질이가 사랑을 얻으려고 애쓰다 빈털터리가 되었다는 내용."

그녀는 춤에 관해 해박했다. 왈츠, 폭스트롯, 퀵스텝, 린디 힙, 살사, 라틴 댄스까지 막힘이 없었다. 긴 설명이 이어지는 동안 숟가락은 한 번도 들지 않았다.

"탱고의 정식 명칭은 바일리 콘 코르테(Baile con Corte)야. '멈추지 않는 춤'이라는 뜻이지. 참 멋진 이름이지? 기본 리듬은 4분의 2박자, 템포는 1분간 30에서 34소절. 다른 춤과 차별되는 가장 큰 특징은 바로 아브라조(Abrazo)와 간초(Gancho)야. 우리말로는 끌어안기와 다리걸기. 탱고는 춤을 출 때 상대를 너무 끌어안아도, 너무 떨어뜨려도 안 돼. 적당한 거리를 유지하면서도 상대방이 원하면 자유롭게 떠나갈 수 있게 해야 해. 하지만 다리는 쉼 없이 상대의 하체로 들어가 갈고리처럼 감아올려. 마치 끊임없이 애정을 갈구하는 것처럼."

"그래? 그렇구나."

중배는 밥을 우물거리며 대충 맞장구를 쳐줬다.

"너, 탱고와 섹스의 공통점이 뭔 줄 아니?"

방금 삼킨 콩나물이 목에 걸려 컥컥댔다.

"둘 다 배꼽 아래로 대화를 한다는 것!"

중배는 누가 들었을까 봐 주위를 연신 두리번거리며 물을 들이켰다.

"춤을 말로 설명하려니 안 되겠다."

그녀는 벌떡 일어났다. 중배의 손을 잡고 억지로 일으켜 세웠다. 둘은 마주 보고 섰다. 그녀는 중배의 가슴에 손을 얹고 오른팔을 잡아끌어 자기 허리를 감게 했다. 원, 투, 쓰리 앤 포. 투 앤 쓰리. 그리고 턴. 테이블 사이에서 스텝을 밟았다. 학생들은 물론 식당 아줌마까지 둘을 빤히 바라보았다. 지선이 말했다.

"왜 이렇게 뻣뻣해? 마치 의족을 한 것처럼."

중배는 식판을 들고 바로 자리를 떴다. 고개를 푹 숙인 채 바닥만 보고 빠르게 걸어 나갔다. 그녀가 다시 자리에 앉아 남은 밥을 먹었는지는 알 수 없었다.

지선은 문자를 잘 이용하지 않았다. 대신 종종 손 편지를 보냈다.

난 DM이 싫어. 약자, 초성, 이모티콘, 모두 한없이 가볍잖아? 인스타그램도 별로야. 행복을 과시하는 것들도 역겹고. 그런 건 대개 진실하지 않으니까. 그래서 손 편지야말로 인류 최고의 발명품이라고 생각해. 상대와 가까워지게 하면서도 거리를 유지할 수 있는 완벽한 발명품. 라이크 탱고!

추신: 춤 가르쳐 준 대가로 나중에 나무 키우는 법 좀 알려줘. 집에 정원을 꾸밀 계획이거든.

***

오 복지사의 기름기 줄줄 흐르는 면상을 직접 보고 싶지 않았지만 어쩔 수 없었다. 전화상으로는 말해줄 수 없다고 딱 잘라버렸기 때문이다. 평소 행실과 어울리지 않는 규범에 충실한 대답이 낯설었다. 이유는 박 대리를 통해 알게 되었다. 누군가의 제보로 지난주 부정수급 감사가 떴다고 했다. 교육 수료만 겨우 마친 친인척에게 허위 바우처를 끊어 주었다, 시간을 꽉꽉 채워 제대로 일한 신입자에게는 겨우 네 시간 단기로만 지급했다, 같은 내용의 투서였고 그 중심에는 오 복지사가 있었다. 결국, 터질 게 터진 거야. 킥킥킥. 박 대리는 몹시 고소해했다.

중배는 음료수 상자를 가방에서 꺼내 오 복지사 책상 위에 올려놓았다.
"오다 샀어요. 드세요."
중배는 지선에 관해 물었다.
"무슨 병이냐고? 그런 걸 왜 자꾸 알려고 해?"
"친하게 지내려면 알아두는 편이 좋을 것 같아서요."
"너무 친해지면 서로 곤란해질 텐데. 이 일은 모름지기 공사 구별이 명확해야 하거든."
즉답을 피했다. 감사 때문에 요즘 정신없다, 선임 뒤치다꺼리를 잘못도 없는 자신이 해야 한다, 같은 말만 계속 구시렁댔다. 한참을 그러다 선심 쓰듯 서류철에서 지선의 파일을 찾아 꺼내 보여줬다. 대상 선정 경위, 병명과 코드, 지원금 명세 등이 적힌 서류였다.

"그 여자, 원래 이 동네 주민도 아니야. 올봄 친할아버지 집에 들어와 살게 됐어. 오래전에 상처했고 기초연금, 공공 근로 봉사 같은 거로 겨우 풀칠하고 사는 영감이지. 이웃들은 혹 하나 더 붙였다고 하지만 사실 속내는 뻔해. 그 노인네, 완전히 이쪽 분야 박사야. 장애인 기초급여, 부가급여, 각종 수당 등등, 한 푼이라도 더 받아내려고 꼼수를 엄청나게 써대거든. 한번은 둘이 센터에 와서 쌍으로 진상 짓을 한 적이 있었어. 여자도 참 대단해. 용케 그 몸으로 5층 사무실까지 올라왔어. 할아버지는 어디서 알아보고 왔는지 지원금이 왜 이렇게 적냐, 바우처 할당은 왜 이것밖에 주지 않느냐, 겁나게 따지더라고. 규정상 더는 곤란하다고 하자 막 소리 지르고, 서류 집어 던지고, 난리도 아니었지. 그때 갑자기 여자가 푹 고꾸라졌어. 바로 저기 저 정수기 옆에서. 눈이 완전히 돌아가 버린 상태로."

그녀가 쓰러졌다던 장소를 바라보았다. 정수기와 일회용 커피, 티백, 사탕이 놓여있는 탁자 옆에서 직원 몇 명이 담소를 나누고 있었다. 오 복지사는 중배가 건넨 음료수를 하나 꺼내 뚜껑을 땄다. 단숨에 마시고 시원하게 트림까지 했다.

"3년 전 소뇌위축증을 진단받았대. 한때 잘나가던 춤꾼이었다던데. 불쌍한 인생이지. 진짜 삶은 3년 전에 끝나버린 셈이니까."

오 복지사는 빈 캔을 구겨 쓰레기통에 던져 넣었다.

"멍청한 놈, 그럼, 지금은 가짜 삶이냐?"

계단을 걸어 내려가던 중배는 조그맣게 중얼거렸다.

소뇌위축증에 관해 인터넷을 뒤졌다. 아직 효과적인 치료법이 없는 이 병은 술에 취한 것 같은 보행 장애 증상을 보이며…. 말초신경 이상 같은 복합증으로 진행되기도 하고 진전증, 구음장애, 안구진탕, 실명을 동반하는…. 평균 생존 기간은…. 중배는 더는 읽지 않고 브라우저를 닫았다.

***

일주일에 두 번, 지선의 집에 방문했다. 하는 일은 정원 꾸미는 게 전부였다. 처음에는 관수나 제초 관리 같은 기초 작업만 했다. 하지만 난도가 점점 올라갔다. 지난주에는 고사지를 전정했다. 어제는 수목 식재와 이식을 했다. 그러다 숫제 마당을 호텔 정원 형태로 리모델링하는 수준까지 갔다. 중배는 학교에서 배운 것, 예컨대 조경 배식학, 토양학, 수목 생리학 같은 지식을 곧 철거될 집 마당에 오롯이 쏟아 부었다. 덕분에 손을 자주 베이고, 무릎이 까지고, 다음 날 못 일어날 만큼 허리도 쑤셨다. 졸업 후 이토록 열심히 실습한 것은 처음이었다.

 화창한 토요일이었다. 백목련과 철쭉류 묘목이 격자형 트레이에 담긴 채 아침부터 중배를 기다리고 있었다. 모두 뒤쪽 자투리땅으로 옮겼다. 지선도 거들었다. 그녀는 의외로 일을 잘했다. 유모차에 모종할 것을 실어주면 열심히 날랐다. 하지만 흙덩이로 무거워진 유모차의 중심을 잡지 못하고 가끔 땅바닥에 뒹굴기도 했다. 놀란 중배가 도와주려 했지만, 흙이 부드러워 침대 같아서 괜찮아, 라며 민망한 기색도 없이 유모차를 잡고 일어났고 레일 위를 다시 능숙하게 운전해 갔다. 바닥의 잔돌 같은 위험한 것을 치워 '침대 같은 땅'으로 만드는 일도 중배의 중요한 업무가 되었다. 오전 작업을 마치고 잠시 쉬었다. 그녀는 땀을 수건으로 닦으며 말했다.
 "오늘 심은 나무에 열매 맺힐 때까지만 살아있으면 좋겠다."
 중배는 불현듯 화가 났다.
 "너 바보냐? 이건 과실수 아니야. 게다가 마당에서 키우기도

적당하지 않아. 이런 땅에는 단풍나무, 구상나무, 회양목 같은 관상수나 장미, 철쭉, 영산홍 같은 꽃나무가 정답이라고."

지선은 생글거리며 웃기만 했다. 그 모습에 더 부아가 났다.

"제대로 키우려면 일조량을 잘 따져야 해. 그리고 여기처럼 메마른 땅에는 먼저 토양 소독을 해야 했어. 구덩이를 파 흙을 햇볕에 충분히 말려 살균하거나 살충제를 뿌려야 했다고. 그런 것도 모르면서 무슨 정원을 꾸민다는 거냐?"

파종된 씨앗이 발아하고 꽃피울 때까지, 향과 색을 쫓아 벌과 나비가 몰려올 때까시, 집을 둘러싼 나무만큼 자랄 때까지, 철거반이 동네로 밀고 들어오기 전까지, 우리에게 주어진 시간은 얼마나 될까. 중배는 한쪽 구석에 쌓여있는 흙더미를 괜히 발로 툭툭 찼다. 바라보던 그녀가 말했다.

"조심해라, 중배야."

철커덕. 발 디딘 자리 바로 옆, 두 개의 금속체가 날카로운 소리를 내면서 서로 맞물렸다. 그 바람에 흙이 얼굴까지 튀어 올랐다. 삼각형 금속 이빨이 삐죽빼죽 튀어나온 그것은 덫이었다. 놀란 중배는 뒤로 벌렁 넘어졌다. 지선은 무심하게 말했다.

"노숙자들이 가끔 빈집인 줄 알고 들어와. 그래서 설치해 둔 거야."

함께 점심을 준비했다. 지선은 총각김치와 김을 꺼내 식탁에 올렸다. 중배는 통조림 햄을 굽고 냉장고 안의 남은 문어를 데쳤다. 하지만 살이 억세 먹기 힘들었다. 지선은 다리를 초장에 푹 찍어 입에 넣고 오래도록 씹었다. 중배는 인상을 쓰며 말했다.

"문어가 좀 질기지 않니? 너무 삶았나?"

지선은 몇 번 우물거리더니 그대로 꿀꺽 삼켰다.

"먹을만한데, 뭐. 그래도 위장은 아직 쓸만한가 봐."

"넌 좋겠다. 위장 튼튼해서."

"정원은 언제쯤 마무리될 것 같아?"

"앞으로 두어 달 정도. 그리고 그냥 잘 자라기만 기도하면 돼. 그 후엔 내가 필요 없을 거야."

"…."

"…."

"근데 할아버지는 왜 만날 집에 안 계시니? 첫날 빼고는 뵌 적이 없어."

"없으니 더 좋지 않아? 활동보조인은 가족과 동거하는 장애인을 싫어하잖아."

중배는 속내를 들킨 것 같아 민망했다. 퉁명스럽게 대꾸했다.

"지금은 활동보조인이라고 하지 않아. 활동지원사라고 부르지. 지원인, 지원 관리사, 조력인 등등 여러 후보군에서 고심 끝에 선정된 거라고."

"네. 활동지원사님. 할아버지는 거의 매일 무도장으로 나가. 요즘 사교댄스에 푹 빠져있거든."

"역시 피는 못 속이나 보네. 너도 예전엔…."

중배는 입을 다물었다.

"예전엔 뭐?"

"…."

"우리 솔직히 대화하는 것이 어때? 네가 궁금한 건 할아버지 근황이 아니잖아? 학교 최고 춤꾼이 어쩌다 이 꼴이 되었는지. 앞으로 어떻게 살 건지. 남은 날이 얼마나 되는지. 그게 궁금하겠지."

"누가 그런 게 궁금하대?"

중배는 벌떡 일어났다.

"다 먹었으면 나가자. 나머지 작업은 햇빛 있을 때 끝내야 해."

지선은 중배에게 가만히 손을 내밀었다.

"일으켜 줘."

그녀의 손을 꽉 잡았다. 몸을 위로 잡아끌었다. 생각보다 무거웠다. 순간적으로 무게 중심이 앞으로 쏠려 균형을 잃었다. 비틀거리며 다리 위치를 이리저리 바꿨다. 식탁과 의자와 싱크대 모서리가 흉기처럼 보였다. 당황해 발이 더 엉켰다. 지선을 꼭 끌어안고 허청거리다 간신히 중심을 잡았다. 한 손은 그녀의 왼손을 다른 한 손은 그녀의 허리를 꽉 잡고 마주 선 채였다. 지선은 숨을 몰아쉬었다.

"너, 여전하구나."

"뭐? 뭐가?"

"스텝 엉망인 거."

현관문을 열고 할아버지가 들어왔다. 반짝이 달린 슈트 차림의 그는 콧노래를 흥얼거렸다. 눈이 마주쳤다. 아, 안녕하세요. 중배는 지선을 부둥켜안은 채 얼떨결에 인사했다. 둘을 가만히 바라보던 할아버지가 말했다.

"요즘은 보조인이 춤추는 것도 도와주나?"

***

센터에서 우편물 찾아가라고 연락이 왔다. 발신자 김지선으로 적힌 편지가 우편함에 수북했다. 이 많은 편지를 그녀는 어떻게 들고 우체국까지 갔을까.

널 생각하면 내 안에서 뭔가 꿈틀대는 것 같아. 삶은 문어가 살아있는 것처럼.

오래전처럼 손으로 한 자 한 자 꾹꾹 눌러쓴 것이었다. 그녀가 인스타그램을 개설하고 매일같이 변해가는 뒷마당 사진을 올리기 시작한 것도 그즈음이었다. 올린 사진 중에 중배의 뒷모습도 있었다.

방문은 더 빈번해졌다. 평일뿐 아니라 주말에 갈 때도 있었다. 너무 자주 가는 거 아니냐? 그 영감이 그렇게 하라고 지랄하디? 오 복지사는 도끼눈을 하고 물었다. 중배는 할 일이 많아 그렇다고만 답했다. 나란히 흙바닥에 앉아 콜라를 마시는 시간도 길어졌다. 정원을 어떻게 꾸미는가에 관한 상의는 줄어들고 지난 시절에 관한 이야기는 늘어갔다. 부끄러웠던 추억과 기뻤던 순간, 삶의 고단함과 즐거움, 첫사랑과 짝사랑, 배신한 사랑과 배신당한 사랑에 관해 말했다. 젊은 날의 세상은 사랑에 관한 판타지로 가득 찬 마법의 땅이었으므로 대화의 소재는 무한대에 가까웠다. 그러는 중에 중배는 지선의 어깨에 붙은 이파리를 떼어줬고 지선은 앙상한 다리로 중배의 허벅지를 가끔 툭툭 건드렸다. 웃음소리도 잦아졌다. 하지만 집 뒷마당을 둘러싼 나무들 때문에 어떤 소리도 담장 밖으로 나가질 못했다.

***

장마는 유난히 길었다. 기상청에서는 10년 만에 관측된 우기라 했다. 그동안 지선의 집에 가지 않았다. 비 오는 날은 할 수 있는 일이 거의 없기 때문이었다. 가끔 그녀의 근황이 궁금했다. 마지막 편지는 종일 추적대던 수요일에 왔다. 받은 것 중 제일 길었다.

 오늘 좋은 영화를 봤어. 단편소설*을 각색해 만든 15분짜리 독립영화였어. 등장인물도 단 세 명. 여주인공은 젊은 날 어떤 병에 걸렸어. 피가 말초혈관까지 제대로 가지 못하는 병. 결국, 한쪽 다리를 잘라내고 의족을 하게 됐어. 그래서 한여름에도 다리를 치마로 가렸고 밖에 나가지도 않았어. 어느 봄날, 잘생긴 청년이 집을 방문했어. 근처 교회에 다니는 젊은 전도사였는데 성경책과 전도서를 나눠주러 왔던 거였어. 남자는 종종 그녀의 집에 들렀어. 정원 손질도 해주고 집안일도 도와주고 말벗도 해줬지. 둘은 차츰 가까워졌어. 어느 날, 남자는 여자에게 의족을 보여달라고 했어. 의족을 어떻게 분리하는지 궁금하다면서. 사랑하는 이가 원했기에 그녀는 치마를 들어 올리고 의족을 떼어 보여줬어. 그러자 남자는 의족을 들고 달아나 버렸어. 그리고 영영 사라졌

---

* 〈선한 시골 사람들〉, 플래너리 오코너

어. 마지막 장면에 그녀의 엄마가 이웃 아줌마와 전화 통화를 하면서 이런 대화를 했어. 그 남자 참 좋은 사람이라고. 그렇게 생각하지 않냐고.

밤새 폭우가 쏟아진 다음 날, 지선의 집을 찾아갔다. 요청이 온 것은 아니었지만 그냥 갔다. 정원을 꾸미는 일은 쉽지 않아요. 제때 심고, 제때 약 치고, 쓸려가거나 허물어진 곳도 틈틈이 관리해야 하니까. 무보수 봉사 이유를 묻는 동료에게 중배는 그렇게 대답했다. 대문 앞에서 시신을 불렀다. 대답이 없었다. 문을 두드렸다. 슬쩍 문을 밀어보았다. 그렇게 삐걱거리던 문이 미끄러지듯 열렸다. 인기척을 일부러 크게 냈지만, 집은 침묵으로 대답했다. 뒤쪽으로 돌아갔다.

곳곳에 생긴 물웅덩이. 이파리와 잔가지로 어지러운 흙바닥. 뿌리가 드러난 묘목. 넘어진 버팀목. 썩어가는 어린 꽃들. 지난밤 억수비는 정원을 깊이 할퀴고 갔다. 레일 옆에 넘어져 있는 유모차를 일으켰다. 바퀴의 진흙을 모두 닦아내고 레일 위에 끼워 똑바로 세웠다. 한쪽 손잡이가 부러져 있는 것을 발견했다. 공구 상자가 여기 어디 있었는데. 마당 이곳저곳을 뒤졌다. 어디선가 나타난 할아버지가 그 모습을 지켜보고 있었다.

"자네 왔는가?"

"안녕하세요?"

"나야 늘 안녕하지."

"지선이는 어디 갔나요?"

그는 안으로 들어오라고 손짓했다.

밥은 먹었냐고 물었다. 가스레인지 위에서 밥솥이 칙칙 소리를 내고 있었다. 중배가 대답하기도 전에 그는 수저 한 벌을 더 챙겨 식탁 위에 올려놓았다. 점심을 준비하는 동안 중배는 거실 청소를 했다. 마른빨래를 정리했다. 식사 준비가 다 됐다는 소리가 부엌에서 들렸다. 마주 앉아 밥을 먹기 시작했다.

"자네, 일 도와주러 온 지 얼마나 되었지?"

"3개월 정도 됐습니다."

노인은 밥을 꼭꼭 씹으며 고개를 끄덕였다.

"시간은 충분했구먼."

"예. 장마만 아니었으면 이미 다 완성했을 텐데."

"아니, 기본 스텝을 배우기에 말이야."

"…."

"마누라가 죽은 지 10년쯤 지났을 때였어. 예전부터 알고 지내던 사교댄스 원장 선생이 나를 콜라텍이라는 곳에 데리고 갔어. 그때 처음 본 춤이 탱고였지. 젊은 애들은 살사나 스윙처럼 격렬한 움직임을 좋아하지만, 늙으면 호흡이 딸려 더는 그런 춤을 추기 힘들어. 결국, 탱고를 출 수밖에는 없단 말이지. 그래서 이 바닥에서는 탱고를 '춤의 무덤'이라고도 해. 하지만 말이야, 좋게 생각하면 모든 춤의 끝, 춤의 완성이라 생각할 수도 있겠지. 탱고는 리더와 팔로워가 함께 만들어 가는 춤이야. 리더는 두 걸음 앞서 나가고 파트너 여자는 같은 걸음만큼 물러나거나 따라오지. 둘은 작은 시차를 두고 같은 스텝을 밟는 거야. 두 개의 몸이 하나의 스텝을 추는 모양새지. 원장 선생이 이런 말을 하더군. 서로의 합이 맞아야 하는 탱고를 출 때면 파트너의 몸이 마치 자신의 일부인 것처럼 느껴진다, 상대의 움직임이 자신의 움직임처럼 생각된다고. 춤을 추는 순간만큼은 우리 너리는 서로를 구별하지 못해. 두 개의 몸. 하나의 마음. 최고로 아름다울 때지."

"…."

"하지만 말이야, 탱고가 끝나고 헤어질 때는 그보다 고통스러운 것이 없다네. 마치 몸의 일부가 찢겨 나가버리는 것처럼."

식사는 끝났다. 중배는 빈 그릇을 포개 쟁반에 올렸다. 남은 반찬은 반투명 플라스틱 용기에 담아 냉장고에 넣었다. 식탁을 닦고 설거지를 시작했다. 할아버지는 컵에 커피 믹스 두 개를 붓고 물을 조금 넣었다. 달콤한 냄새가 났다. 호로록 소리가 뒤에서 들렸다.

"몸이 그렇게 되고 나서도 늘 명랑하던 애였는데. 얼마 전부터 이불 속에서 나오질 않더군."

"…."

"정원이 완성되는 것이 두렵다면서."

중배는 물을 틀었다. 어떤 소리도 담장 밖으로 새어 나가지 않도록 손잡이를 최대한 돌렸다. 그릇끼리 몸을 부대꼈다. 달그락거리는 소리만 요란했다.

오 복지사를 통해 지선이 큰 병원에 입원했다는 소식을 들었다. 기계 장치에 의지한 채 겨우 연명 중이다, 루프스 합병증까지 걸려 눈도 보이지 않는다고 했다. 그녀는 활동 지원이 불가능한 기타 등급으로 분류되었다. 이름과 사진, 질병 코드와 등급, 그동안 받은 지원금 명세가 적힌 서류는 바인더로 들어갔다. 바인더는 그녀가 쓰러졌던 생수통 근처 캐비닛 맨 위 칸에 끼워졌다. 그곳은 3년간 보관하다 파쇄 처리해야만 하는 이들의 마지막 대기 장소였다.

***

중배는 시립 공원 정식 직원이 되었다. 공원 내 '플라워 가든

존'을 담당하고 있다. 지금은 일에 적당히 요령이 붙었다. 그래서 처음처럼 힘들진 않았다. 손을 자주 베이지도 않고, 무릎이 까지지도 않고, 다음 날 허리가 크게 쑤시지도 않는다. 잘 관리된 정원은 더할 나위 없이 안전했다. 이곳 어디에도 숨겨놓은 녹슨 덫 따위는 없었다.

빈 땅을 고르고 씨앗을 뿌리는 일. 메마르지 않게 주기적으로 물을 주고 흙을 솎아내야 하는 일. 제때 퇴비를 주고 진딧물을 일일이 잡아야 하는 일. 우기를 대비해 물길을 내고 땅을 다지는 일. 정원은 그렇게 정원사의 노고를 먹고 자란다. 계절이 바뀔 때마다 사라지는 것도 많았다. 마름병에 걸려 부러진 줄기와 해충에 갉아 먹혀 떨어진 이파리와 바닥에서 썩고 있는 열매와 비바람에 무너진 가지를 자루에 쓸어 담았다. 그것들을 매일같이 거두어 소각장에서 태워 없앴다. 이제 소멸은 일상이 되었다.

하지만 사라지는 것과의 이별은 여전히 서툴렀다. 상실은 익숙해지는 게 아니었다. 연주가 끝난 탱고처럼 고작 뒤돌아서는 것뿐이었다.

계단 아래

우리

2024 아르코문학창작기금 선정작

[이틀 만에 30만 원을 벌 수 있는 알바가 있다면 믿으시겠어요? 생동성 시험은 누구에게나 열려있습니다.]

나는 스마트폰에 눈을 고정한 채 침대에 드러누웠다. 몸을 뒤척일 때마다 시궁창 냄새가 매트리스에서 울컥 올라왔다. 동창 덕수는, '개꿀 알바임, 너도 지원해!'라며 광고 페이지 링크를 보내줬다. 나는 맨 마지막 FAQ까지 꼼꼼히 읽어봤다.

Q. 생동성 시험이란 무엇인가요?
A. '생물학적 동등성 시험'의 약자로 복제약의 효능과 부작용을 확인하기 위한 임상 시험입니다.

Q. 안전한 알바인가요?

A. 이미 충분한 전임상 시험을 거친 검증된 복제약을 테스트하는 것이므로 매우 안전합니다. 모든 약은 식약처의 승인을 받은 후 시험을 행합니다.

Q. 지원 자격 요건이 어떻게 되나요?

A. 만 19~29세 신체 건강한 남녀는 누구나 시험에 참가할 수 있습니다.

…

Q. 참가비는 어떻게 지급되나요?

A. 시험 종료 후 일주일 이내 본인 명의 통장으로 입금됩니다.

마지막 문장에서 빛이 났다. 하룻밤 감금의 대가로 이보다 괜찮은 게 세상에 또 있을까. 고급 정보를 알려준 덕수가 그저 고마웠다. 생동성 시험은 다른 아르바이트에 비해 인기가 많다. 짧은 기간에 목돈을 벌 수 있기 때문이다. 피부발진, 소화불량, 편두통 같은 투약 부작용이 생길 수는 있지만 크게 걱정하지는 않는다. 그런 사소한 고민은 한 모금 마시고 버린 8천 원짜리 카페라테처럼 지독한 사치일 뿐이다.

점심시간이 한참 지났다. 옷걸이에 걸어놓은 야구모자를 푹 눌러썼다. 방문이 서로를 차갑게 노려보는 원룸 복도를 걸어 나왔다. 위층에서 슬리퍼 끄는 소리가 손톱으로 칠판을 긁는 것처럼 거슬렸다. 건물 밖으로 나갔다. 근처 편의점에서 컵라면, 삼각김밥, 에너지 음료를 샀다. 딸기 맛 풍선껌도 두 통 집었다. 간이테이블에 앉아서 라면 국물까지 다 먹었지만 양이 차지 않았다. 살지 말지 고민하다가 결국 내려놓은 불갈비 핫바가 계속 아른거렸다. 스마트폰을 켜 웹툰 사이트에 접속했다. 지난주까지 읽던 연작을 찾았지만 어디에도 없었다. 작가 사정으로 종료되었다는 짧은 공지 사항만 남아있었다. 수많은 작품이 일주일에 두 번 매일 같은 시각 올라오지만, 일정 수 이상 추천을 받지 못하면 금세 퇴출당한다. 수많은 웹투니스트가 그렇게 사라졌다. 문득 그들은 지금 어디서 무엇을 하고 있을지 궁금해졌다.

집으로 돌아오는 길에 일부러 가구 공장 뒤쪽으로 돌아갔다. 악기점에 들르기 위해서다. 문을 열고 안으로 들어갔다. 단골 사장에게 팔아달라고 맡긴 내 기타, 300만 원이나 주고 산 마틴 D-42 어쿠스틱이 먼지를 뽀얗게 뒤집어쓴 채 진열장 한구석에 동그맣게 세워져 있다. 팔리면 꼭 전화 달라고 사장에게 재차 말했다. 내가 먹고 튈까 봐 걱정되어서 그러냐며 사장은 농담 반 진담 반으로 대꾸했다. 무료한 오후에 말 상대가 생겨 기뻤는지 그는 쉽게 날 놓아주지 않았다. 새로 들여놓은 독일제 기타도 구경시켜 주고 월간 악기 잡지에 실린 가게 홍보 광고도 보여주었다. 얼마 전 개점한 건너편 휴대폰 가게 사장이 커피숍 아줌마와 바람피우는 것 같다는 이야기도 해주었다.

나는 튜닝 좀 해놓겠다고 말하고 D-42 기타를 집어 들었다. 조 사트리아니의 〈If I could fly〉를 연주했다. 소리가 어딘가 낯설었다. 예전에는 노래 제목처럼 금세 저 하늘 위로 날아갈 것만 같았지만 이제는 아니었다. 뭐랄까. 음률이 강소주를 마시며 세상 탓만을 하는 어느 루저의 구시렁거림처럼 들렸다.

나는 4년을 음악과 함께 지냈다. 그동안 방송국 오디션에 숱하게 도전했다. 유명 프로듀서에게 자작곡도 많이 보냈다. 주말마다 기획사 문턱이 닳도록 드나들었다. 하지만 결과는 똑같았다. 탈락의 흔적은 하얀 벽에 남은 모기 핏자국처럼 오랫동안 지워지지 않았다. 지난주에 방을 빼겠다고 집주인에게 말했다. 보물처럼 간직했던 희귀 음반들과 R-359 전자 키보드는 중고 시장에 내다 팔았다. 음악 관련 서적은 분리수거 날 모두 버렸다. 살림살이는 이삿짐 상자 세 개에 차곡차곡 채워 넣고 봉했다. 하지만 처음이자 마지막으로 만든, 내 유일한 앨범은 버리지 못했다. 영혼까지 갈아 만든 앨범이었다. 가이드 레코딩부터

마스터링까지 비싼 스튜디오에서 작업을 했다. 전문 사진작가에게 의뢰해 재킷 사진도 찍었다. 앨범 디자인에도 큰돈이 들었다. 하지만 남은 것은 빚과 먼지만 쌓인 재고뿐이었다.

"뛰어난 실력? 예술가 정신? 좋은 곡? 다 불쏯이야. 게다가 요즘 누가 기타 연주곡을 듣니?"

선배의 충고를 난 묵묵히 듣기만 했다.

"먼저 유명해져야 해. 그게 중요한 거야. 네가 셀럽이면 대중은 네 똥도 돈 주고 살 테니까."

그의 마지막 조언은 내 유리 심장에 박혀 오랫동안 떨렸다.

이제 복학까지 얼마 남지 않았다. 앞으로 할 일은 맑은 아침에 창문 너머 바라보는 남산 타워처럼 명확해졌다. 학점 관리를 해야 하고, 토익 점수를 900점대로 올려놔야 하고, 청년 희망원정대 국토 순례 경험도 쌓아야 하고, 워드프로세서 자격증도 따야 한다. 더 늦기 전에 말이다.

***

장소는 경기도 외곽에 있는 어느 병원의 부설 연구소였다. 시험 주관 기관의 의뢰를 받은 곳이라고 들었다. 건물은 주변이 논밭이라서 찾기 쉬웠다. 경비실에서 방문객 정보를 작성한 후 안으로 들어갔다. 내가 가야 할 연구 2동 건물은 꽤 멀리 떨어져 있었다. 빨간 블록이 깔린 길을 따라 걸었다. 잘 정돈된 잔디밭, 오색 만발한 꽃밭, 멋진 연못, 고풍스러운 벤치와 조각상이 눈에 들어왔다. 곳곳에 울창한 나무가 있어서 더위를 식혀줄 그늘도 많았다. 잘 꾸며진 놀이동산 정원을 걷는 느낌이었다. 건물 출입문에 도착해 스피커폰 벨을 눌렀다.

"시험 참가잡니다."

"엘리베이터 타고 5층 피험자 대기실로 오세요."

자동 유리문이 늙은이 기침하듯 쿨럭거리다 열렸다.

대기실 안으로 들어갔다. 강의실처럼 생긴 실내에는 이미 많은 참가자로 북적였다. 삼면이 통유리창으로 뚫려있어 건물 밖 풍경이 한눈에 들어왔다. 대기실 좌우로 수면실, 검사실, 분석실 같은 방이 다닥다닥 붙어있었다.

동물실험실이라 쓰여있는 맞은편 출입문이 벌컥 열렸다. 흰 가운을 입은 남자가 천으로 덮인 철창 케이지를 들고 나왔다. 좁은 통로를 지나가다가 책상에 케이지가 부딪쳐 덮어놓은 면포가 반쯤 벗겨졌다. 안에는 개 한 마리가 있었다. 털이 반쯤 빠지고 뼈만 남은 놈이었다. 모두의 시선이 개를 향했다. 녀석은 모여있는 사람들을 보자 좁은 케이지 안을 빙빙 돌면서 불안해했다. 백태 낀 눈동자가 이리저리 흔들렸다. 남자는 빠른 걸음으로 사람들 사이를 지나갔다. 컹! 컹! 컹! 개는 자기를 바라보는 젊은 여자를 향해 허투루 짖었다. 여자는 흠칫 놀라며 허리를 꼿꼿이 세웠다. 남자는 얼른 천을 덮고 비상문을 통해 빠져나갔다.

기다리는 참가자들 속에서 덕수를 찾았다. 친구는 진작에 와 있었다. 그는 대학 졸업 후 몇 군데 중소기업을 다녔지만, 현재는 아르바이트로 생활을 이어가고 있다. 내가 물었다.

"편의섬 일은 이렇게 하고 왔어?"

"어제 그만뒀어."

"그러면 끝나자마자 여길 온 거냐?"

"놀면 뭐 하니. 용돈벌이라도 해야지."

덕수는 함께 온 친구를 소개해 주었다. 아이돌 가수처럼 매끈하게 생긴 남자였다. 무테안경이 조각 같은 콧날과 잘 어울렸다. 그는 국가직 5급 공채에 합격해 곧 사무관으로 임용 예정이라 했다. 차림새를 보니 경제적으로도 여유가 있어 보였다. 이런 친구에게도 단점이라는 게 있을까 싶었다. 덕수는 안경 친구 앞에서 어떻게든 날 추켜세워 주고 싶어 했다.

"얘 작곡 진짜 잘해. 타이틀 곡 참 좋았는데. 전번 앨범은 좀 팔렸지?"

나는 그냥 웃었다.

*＊＊

양복 입은 남자가 대기실로 들어왔다. 간호사들이 뒤를 따랐다. 인적 사항, 은행 계좌번호, 서약서 등의 서류를 나누어 주고 작성한 후 사인해서 제출하라고 했다. 양복 남자는 사전에 통보한 대로 3개월 이내 다른 생동성 시험을 받은 사람은 본 시험에 참여할 수 없다고 말했다. 건강상 문제가 생길지 모른다는 이유였다. 주민등록번호로 조회를 끝낸 후 몇 명이 부적격자로 호명되었다. 그들은 투덜대면서 밖으로 나갔다. 소지품 검사도 했다. 어떤 남자가 불평을 토로했지만, 혹시 금지된 약물이나 술 등이 있을지 몰라서 그런 것이니 양해 바란다는 답변만 돌아왔다.

남자는 1박 2일 동안의 시험 계획과 주의 사항에 대해 자세히 설명했다. 고혈압과 고지혈증, 두 가지 알약을 하루 두 번 먹는다, 세 시간마다 채혈, 약물 반응 정밀 검사 4회, 시험 신뢰성을 높이기 위해 정해진 시각에 투약하고 같은 음식으로 식사하며 같은 시각에 취침해야만 한다, 시험 기간 중 금주·금연은 물론이고 운동을 해서도 안 되며 한약이나 비타민 같은 보충제 섭취도 금지한다고 했다.

"…금번 테스트에 사용한 복제약은 매우 안정적이므로 부작용 가능성은 극히 낮습니다. 하지만 만에 하나, 부작용이 발생하면 해당 이상자의 시험은 즉시 중지되고 시험 연계 병원으로 바로 가 치료를 받게 될 것입니다. 그러니 피험자분들께서는 아무 염려 마시고 정해진 규정만 잘 따라주시면 됩니다. 에, 그리고 노파심에 말씀드립니다만, 고의로 규칙에 위배 되는 행위를 하면 즉시 퇴실되고 시험비도 지급하지 않습니다. 저저번 차 시험에서 피험자 몇 명이 밤에 몰래 빠져나가 술 마시다 걸려서 법적 책임까지 물은 일이 있었습니다. 취침 시간에 연구소 정원을 돌아다니다 걸린 사람도 있었고요."

나눠준 시험 가이드 뒷면에는 규정 위반 시 받게 될 법적 처분에 관해 깨알같이 적혀있었다. 양복 남자의 말이 끝나자마자 덕수는 안경 친구의 옆구리를 팔꿈치로 쿡쿡 찔렀다. 안경 친구는 고개를 푹 숙인 채 애써 웃음을 참았다. 양복 남자가 마지막으로 물었다.

"혹시 질문 있나요?"

난 조심스럽게 손을 올렸다.

"껌은 씹어도 되나요?"

"그런 건 상관없습니다. 술, 담배, 기타 약물 외에는 괜찮아요."

"…딸기 맛인데 괜찮겠죠?"

킥킥대는 웃음소리가 여기저기 들렸다. 덕수는 자기 얼굴을 손으로 가린 채 날 외면했다.

혈액 및 소변 검사, 체중, 혈압 측정 같은 기본 검진이 끝난 후 시험은 바로 시작되었다. 노란색 구슬처럼 생긴 혈압약과 길쭉한 분홍색 고지혈증약을 함께 먹었다. 날생선의 비릿함이 느껴졌다. 입안이 찝찝해 물을 몇 컵 더 마셨다. 30분 후 피를 뽑았다. 기분 탓인지 모르겠지만 속이 좀 불편한 것 같았다.

다음 검사 전까지 자유 시간이 주어졌다. 투약과 채혈 사이의 공백을 채우는 것은 각자의 몫이었다. 어떤 이는 스마트폰으로 드라마를 보고 있었고, 어떤 이는 가지고 온 책을 읽었고, 어떤 이는 함께 온 일행과 잡담했다. 한 남자는 우스꽝스럽게 생긴 노란색 고양이가 양쪽에 달린 헤드셋을 뒤집어쓰고 잠을 청했다.

창가로 가서 밖을 보았다. 5층에서 내려다보는 정원은 아름다웠다. 넓고 푸른 잔디밭, 아름드리나무들, 물감을 떨어뜨려 그린 것 같은 곳곳의 꽃밭이 보기에 좋았다. 내가 걸어온 S자 붉은색 길도 풍경과 잘 어우러졌다. 바람이 불어왔다. 나무의 풍성한 초록색 잎사귀가 일제히 한쪽으로 출렁거렸다. 그 안에 숨겨져 있던 하얀 꽃망울들이 보석처럼 반짝였다. 그 순간, 정원이 바다처럼 느껴졌다. 일렁이는 이파리와 꽃은 하얀 포말을 품은 푸른 파도로 변했다. 파도는 내가 서있는 5층으로 끊임없이 밀려왔다.

자연이 만들어 준 그림 같은 풍경을 보자마자 좋은 멜로디가 떠올랐다. 나도 모르게 몇 마디를 흥얼거렸다. 하지만 곧 고개를 흔들었다. 풍선껌이 또 씹고 싶어졌다. 딸기 맛 두 개를 꺼내 한 번에 털어 넣었다. 싸구려 딸기 향이 콧속에서 사라질 때까지 계속해 씹었다. 음악을 그만둔 이후로 난 늘 껌을 달고 살았다. 어떤 날은 진이 다 빠진 고무 덩어리를 종일 우물거리기도 했다. 내 미래에 아무런 도움도 되지 못하는 악상이 시도 때도 없이 튀어나오지 않도록 입을 틀어막아야 했다.

혀를 조금 내밀었다. 녹진녹진해진 껌이 혀를 감싸며 삐죽 튀어나왔다. 입술을 동그랗게 하고 천천히 불었다. 작은 공기방울이 입술에 걸렸다. 그것은 점점 커지고 붉은색은 점점 희미해졌다. 풍선 안으로 한낮의 햇살이 빨려 들어왔다. 만지면 그대로 부서져 버릴 것만 같은 연약한 무지개 하나가 안에 만들어졌다.

***

점심으로 도시락을 나누어 주었다. 날이 좋으니 나가 먹자는 덕수의 제안에 함께 밖으로 갔다. 커다란 메이플 나무 아래 자리를 펴고 앉았다. 덕수와 안경 남자는 아까부터 하던 이야기를 계속 이어갔다.

"S전자 초봉이 7천이라던데, 완전 끝내주지 않냐?"

"에이, 아니야. 아마도 다른 수당 때문에 많아 보인 거겠지. 기본급은 많아야 5천500쯤 될걸?"

"OPI와 TAI 빼고 그렇대."

"그게 뭔데?"

"초과이익성과급하고 목표달성장려금. 영철이한테 직접 들었어."

"이상하네. 내 친구도 거기 다니는데 그 정도는 아닐걸. 영철이만 그런 거 아냐? 그 회사는 부서마다 차이가 꽤 크다며."

연봉이 왜 그렇게 다른지 둘은 그 이유를 한참 동안 찾았다. 그러다 이렇게 결론을 내렸다.

"그래도 공무원 철밥통보다는 못하네. 네가 짱 먹어라."

난 한 마디도 그들의 대화에 끼어들지 못했다. 속이 여전히 불편했다. 몇 수저 뜨다가 그만두었다. 밥을 다 먹은 덕수는 그제야 내가 옆에 있다는 것을 깨달은 모양이었다. 그는 자랑스럽게 이런 말을 했다.

"야, 너 처음 마루타 알바 왔지? 난 벌써 세 번째다. 사실 두 달 전에도 여기 왔었어."

'3개월 이내에는 생동성 시험에 참가할 수 없다'라는 것은 애초에 지켜질 만한 규칙이 아니었다. 얼굴을 제대로 확인하지도 않고 오직 주민등록번호만으로 최근 시험 여부를 조회하기 때문이었다. 이를 잘 아는 전문 마루타들은 다른 사람의 번호를 도용하기도 한다고 했다. 내가 물었다.

"그렇게 자주 해도 몸이 괜찮니?"

"안 괜찮으면 또 왔겠어? 이런 종류의 시험은 안전해. 부작용도 거의 없고. 있어봤자 좀 졸리거나 일시적으로 식욕이 없어지는 정도야. 가끔 심한 사람들이 있긴 한데, 어차피 그런 부류는 비타민만 먹어도 병원에 실려 갈 애들이야. 한마디로 생물학적으로 열등한 거지, 이 시험 자체가 말 그대로 '생물학적 동등성'을 확인하자는 거잖아?"

안경 남자는 덕수의 말에 고개를 끄덕이며 음식물을 삼켰다.

남은 점심시간을 보내는 것도 지겨워질 무렵, 덕수가 턱으로 한 곳을 가리켰다.

"쟤 어떠니?"

맞은편의 벚나무 아래 젊은 여자 한 명이 앉아있었다. 혼자서 도시락을 먹는 중이었다. 초여름임에도 불구하고 그녀는 큼직한 카디건을 입고 있었다. 가끔 불어오는 바람에 흩날리는 긴 머리카락이 인상적이었다. 안경 남자는 드라마 남자 주인공처럼 손가락을 좌우로 까닥거리며 말했다.

"눈 더럽게 낮네. 저 정도는 10분이면 작업 끝이다. 텐 미닛츠 투 킬!"

"내기할까?"

둘은 결국 전화번호를 얻어오는 것으로 승부를 가리기로 했다.

첫날의 일정이 끝나갈 무렵이었다. 무언가 부서지는 소리와 함께 비명이 들렸다. 대기실 안의 모든 시선이 그곳으로 향했다. 점심때 보았던 긴 머리 여자가 책상 아래 주저앉아 있었다. 바닥에는 필기도구들이 굴러다녔다. 옆에는 안경 남자가 서있었다. 그는 얼굴이 빨개져 어쩔 줄 몰라 했다. 직원이 다가와 무슨 일이냐며 물었다. 안경 남자가 뒷머리를 긁적거리며 뭐라고 대답했다. 간호사는 쓰러진 여자를 부축해 회복실로 데리고 갔다.

"저거 완전 미친년이네."

제자리로 돌아온 안경 남자가 덕수에게 내뱉었다. 잘생긴 그의 얼굴이 수치와 분노로 부들부들 떨렸다.

"어떻게 된 거야?"

"어떻게 되긴. 그냥 보통 때처럼 작업 들어갔지. 교과서 멘트 좀 날리면서. 근데, 저년은 그저 멍하니 날 바라보기만 하더라고. 아무런 표정도, 말도 없이. 무슨 좀비처럼 말이야. 좀 모자란 애인가? 그런 생각이 들긴 했지만 내기는 내기니까 거기서 그만둘 수 없잖아? 그쪽이 내 스타일이라 전화번호 좀 알려줄 수 있겠냐고 했어."

"그랬더니?"

"그냥 내 말을 씹곤 제 할 일만 하더라고."

"헐."

"고개를 처박고 종이에 그림만 그리더라. 내가 호구로 보이나? 사람 말이 말 같지 않나? 내 헌팅 역사상 이런 경우는 처음이라 진짜 당황스럽더라고. 어이도 없고 화도 나고 해서 그냥 가만히 옆에 서서 버텼지. 그랬더니 종이쪽지를 건네주더라? 거기 뭐가 적혀있는 줄 알아?"

"전화번호?"

"제발 꺼져주세요."

"대박!"

"나도 킹 받아서 한마디 했지. 마음에 안 들면 싫다고 하면 되지 이게 무슨 매너입니까? 그러자 책상 위를 뒤엎고 바닥에 주저앉아 저 난리를 친 거야!"

덕수는 이 상황이 재미있는지 깔깔대고 웃었다. 어쨌든 내기에 졌으니 돈 내놓으라고 했다. 안경 남자는 미친년은 예외라며 퉁명스럽게 대답했다. 혹시 벙어리가 아니냐는 물음에 아까 간호사랑 무슨 이야기 하는 것을 봤다고 안경 남자는 대답했다.

"저런 소시오패스가 어떻게 생동성 시험을 받을 수 있지?"

안경 남자는 분이 안 풀리는지 그 후로도 한참을 씩씩댔다.

여자의 파란색 색연필이 내 발아래까지 굴러와 있었다. 연필을 주워 그녀 자리로 갔다. 바닥에는 흩어진 색연필들을 모두 필통에 담아 책상 위에 올려놓았다. 펼쳐놓은 노트에 눈길이 갔다. 분홍색 삼각형 혓바닥. 정성스럽게 닦은 구두 앞코 같은 주둥이. 매끈한 지느러미와 꼬리. 유선형의 파란 몸통. 종이에는 한쪽 눈은 감고 한쪽 눈은 뜬 돌고래가 그려져 있었다. 돌고래 머리 위로 말풍선이 그려져 있었지만, 내용은 비어있었다. 책상 한쪽에 유선 이어폰과 연결된 CD 플레이어를 보았다. 투명 플라스틱 덮개라 안에 담긴 CD가 보였다. 나는 눈을 뗄 수 없었다. 그것은 내 클래식 기타 연주 앨범이었다.

***

시골이라서 그런지 여름이라도 밤공기는 제법 찼다. 우리는 일부러 길이 아닌 조명등이 없는 곳만 골라 걸어갔다. 발아래서 낙엽 소리가 불안하게 바스락거렸다. 가끔 잔돌과 나뭇가지에 발이 걸려 휘청거리기도 했다. 이 긴 밤을 이렇게 심심하게 보낼 거냐고 처음 말한 이는 덕수였다. 덕수는 도로 쪽 담에 개구멍이 있다는 것을 알고 있었다. 전에도 그곳을 통해 빠져나가 근처 편의점에서 술을 마신 후 돌아왔고 아무 일 없었다는 듯 시험을 마쳤다. 검사 수치가 이상하게 나왔을지는 몰라도 그가 받는 불이익은 없었다.

개구멍이 있는 곳에 서의 도착할 때쯤이었다. 정원 언덕 벤치 위에 어스름한 형체가 눈에 들어왔다. 난 걸음을 멈추고 그것을 유심히 바라봤다. 성공적인 생동성 시험을 위해 모두 잠을 자야 하는 이 시각, 규칙을 거역하고 무리에서 이탈해 밖을 헤매는 이는 우리만이 아니었다. 난 지금 아니면 영영 기회가 없을 것임을 본능적으로 깨달았다. 앞서가던 덕수가 멍하니 서있는 내게 말했다.

"야! 뭐 해? 빨리 안 따라오고."

"…저기 있잖아."

"뭐?"

"정말 미안한데 같이 못 갈 것 같다."

"왜?"

"속이 불편해서. 그냥 가서 쉬는 편이 좋겠어."

"자식, 진작 좀 말하지. 여기까지 따라 나와서는."

덕수는 핀잔을 주었다. 덕수와 안경 남자는 나를 두고 어둠 속으로 사라졌다.

여자는 벤치에 홀로 앉아있었다. 정원의 나무와 꽃밭 사이에 심어놓은 노란 무드등이 그녀를 오롯이 비췄다. 여자는 앞을 바라보고 있었고 손은 노트 위에서 바삐 움직였다. 그녀의 시선을 따라갔다. 끝이 붉고 몸뚱어리가 노란 열매를 가지마다 매단 소나무. 송홧가루를 종일 뒤집어써 위스키 색으로 변한 조각상. 검푸른 하늘과 달무리와 별. 그녀는 밤 풍경을 노트에 스케치하는 중이었다.

놀라지 않도록 일부러 인기척을 냈다. 여자는 내 쪽을 돌아보았다. 낮과는 달리 긴 머리카락을 머리끈으로 질끈 묶어 하얀 목선과 귀가 드러나 보였다. 햇빛이라고는 태어나 한 번도 쬐어 본 적 없었을 것 같은 하얀 피부였다. 쌍꺼풀 없는 큰 눈. 작은 입술. 귀에 매달려 있는 파란색 플라스틱 귀걸이. 타원형 귀걸이는 귀에 비해 크기가 커 마치 크리스마스트리의 장식용 구슬 같았다. 그 모든 것은 그녀를 만들자마자 깊은 숲속에 버린, 한 번도 사람의 손을 타지 않은 러시아 인형처럼 보이게 했다.

여자는 나를 보자마자 깜짝 놀라 했다. 노트를 황급히 덮고 가슴에 안았다. 언제든지 달아날 자세를 취했다. 혹시 낮처럼 비명을 지르면 어쩌나 걱정됐다. 나는 적의 없는 표정으로 부드럽게 인사했다. 여자는 여전히 경계를 풀지 않고 날 관찰했다. 그대로 서있기도 뭐해 벤치 끝에 엉덩이를 반쯤 걸치고 앉았다. 정원 어딘가에 몸을 숨기고 울어대는 벌레 소리. 나무 이파리를 스치는 바람 소리. 논길을 달리는 오토바이 소리. 무드등의 지직거리는 전자파 소리. 소극장의 얇은 막간 커튼을 바라보며 무대가 열리기를 기다리는 관객의 심정처럼 정원의 온갖 소리는 묘한 긴장감을 주었다. 나는 냉랭한 분위기를 깨기 위해 입을 열었다.

"여기, 좀 낯설죠?"

"…"

"그래서 그런지 잠도 안 오네요."

"…"

"아까 우연히 봤는데 그림 잘 그리시던데요. …파란색 돌고래."

"파란색이 아니라 코발트블루예요. 내 귀걸이 색 같은."

여자의 목소리는 중성적이었다. 높낮이도 없고 건조했다. 하지만 탁하거나 갈라지지는 않았다. 그녀의 무채색 음성은 단조롭지만, 사람을 편안하게 만드는 17세기 클라우디오 몬테베르

디의 현악기 연주곡처럼 들렸다.

"사람 눈으로 구분할 수 있는 파란색은 종류가 140가지가 넘어요. 중국의 쪽잎으로 만든 어두운 남색은 인디고, 아프리카 공작 수컷의 날개털에서 처음 발견한 색인 피콕블루, 유아복에 흔히 사용하는 연한 하늘색은 베이비블루, 녹색 쪽에 가까운 짙은 청색은 프러시안블루라고 해요. 그런데 사람들은 모두 그냥 파랑이라 부르죠."

종로 낙원상가에 악기를 사러 갔을 때였다. 어느 작은 공방에서 사장이 첼로 현 조율하는 것을 본 적 있었다. 그는 제일 낮은 음의 스트링을 여러 번 튕겼다. 소리는 울림통 안에서 증폭되며 금세 큰 소리로 변했고 방 안에 울려 퍼졌다. 그러자 세워져 있던 현악기들이 일제히 따라 울기 시작했다. 같은 진동수를 가지는 악기들은 그렇게 공명(共鳴)했다. 악기를 둘러보고 가게를 나갈 때까지 그곳의 현악기들은 서로를 향한 애틋한 울음을 멈추지 못했다. 여자의 이야기는 느닷없이 그때 기억을 소환했다.

"그림 그리는 분이세요?"

"웹투니스트였어요. 한때였지만."

"어쩐지. 저도 웹툰 좋아하는데. …그 돌고래 캐릭터 어디서 본 것 같아요."

"애써 거짓말할 필요 없어요. 겨우 4회 만에 끝난, 조회 수도 얼마 안 되는 웹툰을 기억하는 사람은 없으니까."

속내를 들킨 것 같아 당황스러웠다. 얼른 말을 돌렸다.

"어떤 스토리인가요?"

"어린 돌고래가 부모의 간곡한 바람을 저버리는 패륜적 이야기."

"예?"

"바다에서의 평범한 삶을 거부한 돌고래는 자기가 좋아하는 음악을 하고 싶어 해요. 우여곡절 끝에 뜻을 함께하는 친구들을 모아 어렵게 밴드를 결성하죠. 그리고 혹등고래 왕궁 콘서트홀에서 첫 공연을 갖게 돼요. 여러 해양 동물 앞에서요. 주인공 돌고래는 마지막 엔딩곡을 연주하며 기쁨의 환호성을 지르죠. 돌고래가 내뿜는 고주파는 오대양으로 널리 널리 퍼져가게 되고 그 소리가 모여 크고 높은 파도가 된다는 뭐, 그런 이야기예요."

"재미있군요."

"…."

"돌고래는 어떤 곡을 마지막으로 연주했나요?"

"언더 문라이트 위드 유."

전율이 일었다. 그 곡은 내 앨범의 표제곡이었다.

"웹툰을 연재할 때 항상 그 노래를 들으며 작업했어요. 그러던 어느 날 웹툰 담당자에게서 연락이 왔죠. 그 앨범 전곡의 멜로디를 다 외울 정도가 됐을 때쯤이었을 거예요. 담당자는 내게 말했어요. 이번 달 안에 마무리 지으라고."

조기 종료의 이유는 자극과 반전으로 채워진 다른 작품들에 비해 너무 잔잔하고 지루해서였다. 그녀는 담담하게 말을 이어갔다.

"돌고래는 참 힘들게 사는 동물인 것 같아요. 한쪽 뇌가 잘 때도 반대쪽 뇌는 숨을 쉬기 위해 깨어있어야 한대요. 평생 편안히 잠도 자지 못하게 말이에요. 하지만 웹툰이 종료됐으니까 적어도 내 돌고래는 이제 두 눈 감고 잠들 수 있겠죠."

말을 마친 여자는 문득 날 빤히 바라봤다. 민망해진 내가 물었다.

"왜 그렇게 쳐다봐요?"

"사진과 많이 달라서요."

"예?"

"앨범 재킷 사진을 너무 뽀샵했나 봐요."

그녀는 내가 앨범 연주자임을 이미 알고 있었다.

"언제부터 알았어요?"

"대기실로 처음 들어올 때부터요. 어떻게 못 알아볼 수 있겠어요? 내 최애 앨범인데."

그때였다. 오른쪽에서 밝은 빛이 나타났다. 빛은 우리가 있는 곳을 향해 오기 시작했다. 순찰 중인 경비원들이었다. 난 다급히 말했다.

"이 시각에, 밖에 있는 거 걸리면 쫓겨날지도 몰라요."

여자가 뭐라 말하려고 했지만 내 손은 그보다 빨랐다. 그녀의 손을 덥석 잡고 벌떡 일어났다. 그 바람에 공책과 연필이 잔디밭으로 굴러떨어졌다. 반대 방향으로 무작정 도망쳤다. 유일한 내 팬과 나는 어둠 속을 질주했다. 젖은 잔디가 미끄러워 넘어졌다. 넘어지면서 바닥에 무릎을 세게 부딪쳤지만 아픈지도 몰랐다. 우린 앞만 보고 달렸다. 어디까지 가야 할지 그 끝을 알 수 없었다. 시작만 있고 마지막이 없다는 것. 그것은 형벌과도 같았다. 꿈은 언제나 흐리멍덩했고 현실은 지독히도 밝았다. 우리를 쫓아오는, 한 번도 본 적 없는 그들은 세상 무엇보다 두려웠다.

연구소 건물 뒤쪽으로 달음박질쳤다. 외벽에 붙어있는 비상계단이 보였다. 계단 아래에 좁은 공간이 있었다. 그곳으로 들어가 몸을 숨겼다. 위쪽 가림막 때문에 주변의 조명등이 닿지 않아 계단 아래는 컴컴했다. 꿉꿉하고 역겨운 냄새가 물씬 났다. 우리 옆에 쌓여있는 무언가로부터였다.

"이쪽에서 무슨 소리가 난 것 같은데?"

경비원 목소리가 가까이 들렸다. 동그란 빛 두 개가 주차장과 담벼락 사이를 이리저리 움직였다.

"자넨 뭐 본 것 없나?"

"뭘 보셨기에 그러시오? …형님도 참, 아무것도 없구먼."

랜턴 빛의 움직임에 따라 부유하는 먼지가 설탕 결정처럼 반짝거렸다. 밤하늘의 별이 쏟아져 눈앞에서 춤을 추는 것만 같았다. 계단 바로 앞까지 빛줄기가 들어왔다. 빛은 무질서하게 널브러진 실험 장비, 책상, 의자, 캐비닛을 비췄다. 바닥에는 여기저기 웅덩이가 고여있었다. 발걸음 소리가 가까이 다가왔다. 여자의 숨소리는 점점 더 가빠지기 시작했다. 구멍 뚫린 배관 파이프처럼 쉭쉭, 쇳소리가 났다. 내 이마와 등에서는 땀이 뚝뚝 흘러내렸다. 계단 아래 우리는 실험용 개처럼 웅크린 채 가만히 있었다.

검은 물체가 바람을 가르며 눈앞에서 달려갔다. 그것은 집기들 사이를 빠르게 빠져나가 순식간에 담장 위로 뛰어 올라갔다. 어둠 속에서 파란 눈동자가 번뜩거리다 사라졌다.

"저 망할 놈의 고양이! 젠장, 간 떨어질 뻔했네!"

"갑시다, 형님. 구매부에 말해서 약 좀 사놔야 쓰겠소."

둘은 자리를 떴다.

모든 것은 사라졌다. 길고양이도, 고장 난 집기도, 설탕 닮은 먼지도, 웅덩이도. 어둠은 한 번에 삼켜버렸다.

어디선가 벚꽃 향이 났다. 나무 한 그루 없는 건물 뒤쪽 구석에서 분명히 그 냄새를 맡았다. 그녀의 숨기척이 내 얼굴을 스치며 지나갔다. 우린 두 뺨이 닿을 정도로 가까이 붙어있었다. 한 손으로는 그녀의 손을 잡고 다른 한 손으로는 야윈 어깨를 감싸안았음을 그제야 난 깨달았다. 내 품 안에서 그녀는 벌벌 떨고 있었다.

"괜찮아요. 다 갔어요."

"…."

"이제 우리 자리로 돌아가면 돼요. 더 늦기 전에."

"난, 더는…, 갈 곳이…, 없어요."

그녀의 목소리는 부서져 내 심장 안으로 들어왔다.

***

채혈 주사기의 유리관 속으로 피가 쭉쭉 빠져나갔다. 내 몸에 수도꼭지를 박아놓고 틀어놓는 것만 같았다. 심장이 쿵쾅거리고 현기증이 났다. 내가 할 수 있는 것은 고작 눈을 감는 것뿐이다.

드디어 마지막 검사가 끝났다. 시험 종료까지는 이제 얼마 남지 남았다. 연이은 혈액 검사로 왼쪽 팔뚝에는 시커먼 멍이 생겼다. 시험이 막바지에 이르자 부작용이 뚜렷이 느껴졌다. 목에 두드러기가 났고 간헐적인 편두통도 느껴졌다. 소화불량 증상도 정도가 심해졌다. 덕수는 재미있다는 듯이 놀려댔다.

"왜 그렇게 비리비리하냐. 넌 남들과 좀 틀릴 줄 알았는데."

아니다. 그럴 땐 틀렸다고 하는 게 아니야. 다르다고 해야 해. 그냥 그렇게 태어났고 그냥 그렇게 다른 거다. 그것은 누구의 잘못도 아니야. 나는 속으로 답했다.

종일 그녀의 모습을 볼 수 없었다. 건물 안은 물론 정원까지 나가 찾으러 돌아다녔다. 어젯밤 숨었던 건물 뒤 계단 아래에도 가보았다. 그 좁은 공간에는 동물 철제 우리가 아무렇게나 쌓여 있었다. 밤이라 잘 보지 못한 것이었다. 녹슬고 부서진 케이지는 응고된 피와 짐승의 털이 눌어붙어 있었고 창살을 따라 이름 모를 벌레들이 기어다녔다.

대기실로 돌아왔다. 지나가는 간호사를 붙잡고 물었다.

"피험자 중에 긴 생머리에 카디건을 입은 여자가 안 보이던데, 혹시 어디 있는지 아세요?"

"그분 성함이 어떻게 되죠?"

그제야 난 여자의 이름조차 묻지 않았음을 깨달았다.

"이름은 잘 모르겠지만 얼굴이 하얗고 긴 머리에 커다란 귀걸이를 했는데…."

"아, 그 여자분! 시험 종료하셨어요. 새벽에 부작용이 심하게 나타나서요. 오늘 아침에 병원으로 가셨는데요."

난 망연자실하게 간호사를 바라보았다.

"너무 걱정하지 마세요. 가끔 이런 일이 있긴 하지만 좀 쉬면 괜찮아지니까요. 그 파란 귀걸이 하신 분하고는 어떤 관계인가요?"

나는 힘없이 대답했다.

"아니요. 아니에요."

"예?"

"파란색 아니라고요. …그녀의 귀걸이는 코발트블루예요."

***

5시가 됐다. 이틀간의 자발적인 감옥살이는 그렇게 끝났다. 한꺼번에 피험자들이 밖으로 쏟아져 나왔다. 난 건물을 나가지 않고 1층 로비로 가 소파에 앉았다. 남은 껌을 모두 입에 털어 넣었다. 턱이 아프도록 씹었다. 떡 같은 껌 덩어리가 굴러다녔다. 혹시 남았을지도 모를 입안의 약물 흔적을 지우기 위해, 하룻밤의 경험이 노래가 되지 않기 위해, 나는 부지런히 이와 혀를 움직였다.

　창문을 통해 정원을 바라보았다. 산사나무 한 그루가 트럭에 실려 정원으로 들어왔다. 달걀 모양의 푸른 잎사귀 사이로 진한 빨간 체리 닮은 열매가 가득 매달렸다. 그 화려한 빛깔 때문에 주변 나무 사이에서도 눈에 잘 띄었다. 인부들이 트럭 위로 올라가 밑동과 가지를 노끈으로 묶었다. 정원 관리사의 신호에 맞추어 일제히 줄을 당겼다. 나무는 수직을 유지하며 천천히 미끄러져 내려왔다. 헝클어진 머리카락 같은 뿌리 뭉치가 구덩이 안으로 들어갔다. 사방에서 밀고 당겨 나무를 똑바로 세웠다. 구멍에 흙을 넣고 메꾸기 시작했다.

　휴대폰으로 메시지가 왔다. 악기점 아저씨였다.

　[기타 팔렸다. 저녁때 들려라.]

　아저씨에게 전화를 걸었다. 나는 어떤 사람이 기타를 사갔는지 물었다. 그게 뭐가 중요하냐는 심드렁한 대답만 돌아왔다. 기타를 산 사람이 음악을 업으로 하는 사람인지, 얼마나 음악을 해왔는지, 앞으로도 그 일을 계속할 건지, 나는 쉬지 않고 물었다.

　"쉰은 족히 넘어 보이는 대머리 아저씨였어. 무슨 방송국 공개 오디션에 나간다고 하더라고. 직장도 곧 그만둘 거래. 그 양반, 무슨 늦바람이 불어 그 나이에 젊은 애들이나 나가는 오디션에 꽂혔을까?"

난 소파에 깊숙이 몸을 파묻었다. 산사나무 심는 것을 계속 쳐다보았다. 오늘 새로 이사 온 이 나무는 정원 어디에 있어도 어울릴 법한 지극히 평범한 나무로 변해가고 있었다. 악기점 아저씨의 지리멸렬한 이야기는 오랫동안 계속되었다.

증발

종일 주적거리던 오후였다. 처음엔 요맘때 늘 얼굴을 비치는 동생이 온 줄 알았다. 들어와! 준배는 비트코인 시세가 출렁거리는 모니터에서 눈도 돌리지 않은 채 소리만 질렀다. 한쪽이 뒤틀려 잘 열리지 않는 문을 힘들게 미는 소리가 났다. 낑낑대는 신음이 귀에 거슬렸다. 고개를 돌려 문을 쳐다봤다.

기태 부인은 반쯤 열린 문 앞에 서있었다. 그녀는 약속 시각보다 두 시간이나 빨리 왔다. 담배꽁초 가득한 소주병, 낯 뜨거운 술집 지라시 뭉치, 대부 업체 명함 같은 것들을 준배는 부리나케 쓰레기통에 쓸어 넣었다. 하지만 퀴퀴한 냄새만큼은 지울 수 없었다. 그녀는 마디가 거의 보이지도 않는 하얗고 가는 손가락으로 코를 슬쩍 막았다. 얼른 창문을 열었다. 빗물이 안으로 폭포처럼 들이닥쳤다. 다시 창문을 닫았다. 준배는 어색하게 웃으며 말했다.

"일찍 오셨군요."

"오전 일정이 빨리 끝나서요. 제가 너무 이른 시각에 온 건 아닌지…."

"아닙니다. 저야 종일 사무실에 있는데요, 뭐."

며칠 전 준배는 기태 부인의 전화를 받았다. 남편에 관해 상의할 게 있다고 했다. 무슨 일 때문이냐고 물었지만, 전화상으로는 말하기 곤란하다며 말끝을 흐렸다. 선뜻 이해되지 않았다. 한편으론 그녀 같은 부류가 이런 누추한 장소를 직접 찾아온다는 사실에 묘한 쾌감을 느꼈다.

기태 부인은 다 해진 인조가죽 소파에 앉았다. 옆에 내려놓은 명품 가방은 사무실 어느 곳과도 어울리지 않았다. 제일 깨끗한 잔에 커피 믹스를 타서 가져왔다. 혹시 이런 싸구려는 마시지 않는 건 아닐지 걱정했지만, 그녀는 개의치 않아 했다. 'JB 민간 조사원 대표 이준배'라고 적힌 명함을 건넸다. 형식적인 안부 인사가 오갔다. 그녀는 어두운 표정으로 말했다.

"남편이 사라졌어요."

경찰에 신고했냐는 물음에 그녀는 고개를 저었다. 스스로 집을 나간 것 같다고 했다. 기태의 자발적 실종이라니. 듣고도 믿기지 않았다. 정말 그렇다면 신고도 별 도움이 되지 않을 것이다. 성인 단순 가출의 경우 보통은 72시간 이내에 집으로 돌아오니 일단 기다려 보라는 틀에 박힌 대답뿐일 테니까.

"그이는 증발한 겁니다."

증발이란 단어에서 이질감이 느껴졌다.

"남편이 종종 말했죠. 고등학교 때 제일 친했던 친구가 준배 씨라고요. 그리고 전직 형사 출신이라는 것도."

그녀는 언제, 어떻게 기태가 '증발'했는지 설명해 주었다. 하지만 가출 이유는 모른다고 했다.

"제발 그이를 찾아주세요. 남편은 아무 말도 없이 무책임하게 사라질 사람이 아니에요. 준배 씨도 잘 아시잖아요."

비용이 많이 들어도 괜찮다, 어디 있는지 찾아주기만 하면 자기가 어떻게든 설득해 데려올 것이다, 될 수 있는 대로 조용히 처리해 달라고 부탁했다. 기태 같은 유명인의 가출은 가십거리를 쫓아다니는 기자의 좋은 먹거리인 것을 그녀도 알고 있었다. 이것저것 묻느라 이야기가 길어졌지만, 사실 준배의 결심은 진작에 섰다. 그동안 몇 달째 단 한 건의 의뢰도 들어오지 않았다. 겨우겨우 꾸려오던 이곳도 이젠 닫아야 하나 부쩍 고민하던 차였다. 우습게도 이번 의뢰가 기태의 마지막 선물일지도 모르겠다는 생각이 들었다. 돈만 찔러주면 무슨 짓이든 하는 무허가 업체보다는 그래도 동창에게 부탁하는 편이 낫겠지. 적어도 제수씨의 처지에서는. 가슴 한쪽에서 자꾸 고개를 들고 일어나려는 자격지심을 준배는 그렇게 애써서 달랬다.

***

기태와 준배는 고등학교 3년 내내 같은 반이었다. 늘 그렇듯이 기태는 줄곧 반장이었다. 그 시절 둘은 가까웠다. 건달 흉내나 내던 준배와 좋은 집안의 공부 잘하는 모범생 기태, 둘의 교집합은 거의 없었지만 동네 양아치에게서 기태를 구해준 작은 사건을 계기로 친해졌다. 말수가 적은 기태였지만 그래도 준배와는 많은 이야기를 나눴다. 1학년 여름 방학 때 준배네 시골로 놀러 간 적이 있었다. 아무도 없는 부두에 앉아 준배가 몰래 가져온 막걸리를 새까맣게 탄 먹태 구이와 함께 먹었던 일을 기태는 3년 내내 이야기하며 즐거워했다. 그것이 그의 삶에서 유일한 일탈일 것이라고 준배는 생각했다. 졸업과 동시에 관계는 소원해졌다. 몇 번 같이 밥을 먹기는 했다. 하지만 장래가 보장된 명문대생 기태와 어촌에서 아버지 뱃일을 도와주는 준배가 사는 세상은 너무 달랐다. 둘이 공유할 수 있는 것이라고는 학창 시절의 빛바랜 추억뿐이었다.

기태를 다시 만난 것은 무려 20년이 지나서였다. 여의도공원 인근의 어느 손보사 건물 앞에서 우연히 마주쳤다. 준배는 단번에 기태를 알아봤다. 살이 좀 쪘지만 어린 시절 모습에서 크게 변하지 않았다. 기태는 준배를 덥석 끌어안았다. 더벅머리 10대로 돌아간 듯, 어린아이처럼 반가움을 숨기지 못했다. 기태는 L증권사 리서치 센터의 스타 애널리스트가 되었다. 준배는 그가 고정 패널로 나오는 경제 TV를 찾아보았다. 정장 차림의 말끔한 기태는 어릴 적 낯기림 심한 친구가 아니었다. 시황 분석부터 종목 추천까지 말에 막힘이 없었고 논리에 비틈이 없었다. 부드러운 미소, 예의 바른 말투, 변함없는 겸손함, 코너 끝에 항상 하는 초보 투자자를 위한 따듯한 격려 때문에 애청자들은 그를 주식 천사라 불렀다. 그의 책은 언제나 경제 서적 베스트셀러 코너에 있었다. 기태 부인도 그에 못지않았다. 중견 아트테크사 대표이자 미술 평론가, 셀럽 강사, 아들을 최고 명문대에 보낸 능력 있는 여자였다. 기태 가족은 TV에서나 봤음직한 완벽한 상류층이었다.

기태는 연말 동창회 모임에 준배를 초대했다. 그날은 12월 마지막 날이었다. 말이 동창회였지 사실상 성공한 소수의 졸업생을 위한 사모임에 가까웠다. 유럽 어느 도시의 맛집에 관해,

최근 출시한 골프 장비의 장단점에 관해, 와인 맛의 심오함에 관해 동창들은 돌아가며 떠들었다. 흥신소 일 너무 위험하지 않냐, 생명보험은 들 수 있냐, 호신용품도 가지고 다니냐 같은 질문을 몇 명이 했지만, 대답을 주의 깊게 듣는 이는 없었다. 그들이 궁금해하는 것은 따로 있었다. 술이 좀 돌자 서로서로 필요한 도움을 청하거나 받는 은밀한 협상이 시작됐다. 많은 이들이 기태에게 달라붙었다. 추천 종목이나 인수합병 같은 정보를 물었다. 자신을 위한 의자가 이곳에 존재하지 않음을 깨달은 준배는 애꿎은 시계만 연신 쳐다봤다.

10시경 모임이 끝났다. 기태는 자기 차로 데려다주겠다고 했다. 준배는 폐 끼치기 싫어 가까운 전철역에 내려 달라고 했지만, 기어이 집까지 함께 갔다. 대리 기사가 운전하는 동안 둘은 뒷좌석에 앉아 대화를 나눴다. 준배는 지갑에 들어있는 사진을 꺼내 보여줬다. 장성한 아들은 기태의 젊은 시절 모습과 판박이였다. 작년 봄, 의대에 들어갔다, 나이에 비해 생각이 깊다, 착하고 성실하다 같은 자식 자랑을 늘어놓았다. 기태는 문득 옛날 이야기를 꺼냈다.

"고1 때였지? 함께 너희 시골 간 거."

"그래, 맞아."

"그 동네 참 좋았는데."

"좋기는. 코딱지만 한 어촌인데, 뭐."

"부두에서 바다를 바라보면서 네가 한 말, 지금도 기억난다. 안개에 가려 흐릿한 섬을 가리키며 말했지. 나중에 돈 많이 벌면 저 섬을 살 거라고. 그곳에 한 번 가본 적도 없으면서 말이야."

"내가?"

"그래. 이유를 물었더니 이렇게 대답했잖아. 여기서 바라보면 저 섬은 언제나 파라다이스처럼 보인다고."

"그래? 그때 너무 처마셨나? 하하하."

하지만 기태는 같이 웃지 않았다. 손으로 턱을 괸 채 차창 밖 얼어붙은 도시의 물빛을 묵묵히 바라볼 뿐이었다.

***

기본적인 조사는 끝마쳤다. 금전, 도박, 약물 중독 같은 문제는 전혀 없었다. 다행이었다. 기태는 적어도 그런 세상에 살진 않았다. 하지만 이유 없는 실종은 없는 법이다. 친구의 고민은 무엇이었을까?

기태의 전 직장, L증권사의 친했던 동료를 찾아내 연락했다. 준배는 자신을 기태의 고교 총동문회 간사라고 소개했다. 동문회에서 기태를 재테크 분야 자문위원으로 추대하고자 하는데

회보에 실을 직장 에피소드를 취재 중이라고 했다. 상대방은 그런 건 직접 물어보는 편이 낫지 않겠냐고 되물었다. "같이 지낸 동료의 이야기가 더 실감 나니까요"라고 대충 얼버무렸다. 현리서치 센터장인 옛 동료는 무척 바빴다. 일주일 전에 약속을 잡았음에도 불구하고 직접 만나 이야기할 수 있는 시각은 이른 아침뿐이었다. 그것도 잠시만 짬을 낼 수 있다고 했다. 증권 회사 업무 시작이 6시부터이고 장 시작 전까지, 기업 분석 보고서 검토, 전략 회의, 시황 분석 같은 스케줄이 분 단위로 꽉 차있다는 것을 그때 처음 알았다.

동트는 하늘을 바라보며 센터장 사무실에서 기다렸다. 약속 시각이 되자마자 기다렸다는 듯이 문이 벌컥 열렸다. 턱살이 덜렁거리는 남자가 들어왔다.

"아이고, 많이 기다리셨지요?"

연한 푸른색 바탕의 산뜻한 명함을 받았다. 준배가 뭐라 입을 열기도 전에 비서가 다가와 센터장에게 보고했다. 어젯밤 연락해 온 이들에 관해서였다. 센터장은 1분도 안 걸려 약속을 다시 잡거나 취소하거나 연기했다. 건물 안의 시간은 밖과 달리 서너 배는 빠르게 움직였다. 센터장은 기태에 관한 이야기를 시작했다.

"처음 팀에서 같이 근무했을 때 기태 씨는 완전히 날아다녔어요. 그때가 건설주 랠리가 한참일 때였는데. 일일 매출 실적을 보여주는 빌보드에 그 친구는 거의 매일 꼭대기에 있었죠. 처음 RA(Research Assistant) 시절에는 저런 소심한 친구가 여의도 정글에서 과연 살아남을까 걱정했었는데. 동기 중 제일 잘나갈 줄 정말 아무도 몰랐죠."

센터장은 기태의 실력을 침이 마르게 칭찬했지만, 준배 귀에는 질투처럼 들렸다.

"그러다 두 달 전 느닷없이 사표를 냈어요. 몰래 개인 투자를 하다가 대박 난 게 아니냐고 다들 의심하긴 했지만, 뭐, 이젠 퇴직한 마당이니 알 수 없지요. 아무튼 기태 씨는 퇴직금 따윈 신경도 쓰지 않더라고요."

남편이 사라질 때 아무것도 가지고 가지 않았다고 제수씨는 말했다. 신분증, 신용카드, 통장, 심지어 휴대폰까지 다 그대로 그의 서재에 있었다. 기태는 몸에 걸친 모든 것을 벗어던지고 알몸으로 빠져나간 것만 같았다. 센터장은 파르스름한 턱을 쓰다듬으며 말을 이어갔다.

"음, 퇴사할 때쯤이던가? 생뚱맞았던 일이 하나 기억나는군요. 분기 보고서 준비 때문에 다들 바쁠 때였는데 기태 씨는 저녁도 거른 채 어디 좀 다녀오겠다고 했어요. 그리고 한 시간 반쯤 지나서 돌아왔어요. 꽤 피곤해 보였지요. 한참 일을 하던 중,

문득 기태 씨를 보았는데 책상에 엎드린 채 꼼짝도 하지 않고 있더라고요. 와이셔츠 등이 땀에 다 젖었고 몸살을 앓는 것처럼 끙끙 소리를 냈어요. 깜짝 놀라 괜찮냐고 물었죠. 그랬더니 피곤한 얼굴로 씩 웃으며 말하더군요. 타투하고 와서 그렇다고."

"타투? 문신이요?"

"예."

"무슨 문신이죠?"

"그건 모르겠어요."

문신과 기태. 절대로 어울리지 않는 조합이다.

"제가 보기에만 그런 건지는 잘 모르겠지만 기태 씨 표정이 그날 이후 많이 밝아진 것 같았어요. …뭐랄까. 마치 소풍을 앞둔 어린아이 같은 표정?"

타투 시술 시간은 얼마나 크고 정교한 그림이냐에 따라 다르다. 잉어나 거북이 같은 것은 보통 2회, 한 번에 두세 시간 소요된다. 팔과 어깨까지 이어진 타투는 종일 걸리기도 한다. 등 전체를 하면 10회 이상 시술을 해야 하는 꽤 길고 복잡한 과정이 필요하다. 한 번에 두 시간 내외로 손바닥 두 배 정도 크기를 시술하는 것이 보통이다. 그렇지 않고 넓은 면적을 장시간 하게 되면 피부에 심한 자극을 주어 몸살이나 오한, 발한 같은 소위

'문신 앓이'를 겪는다. 그날의 기태처럼 말이다. 강력계 형사 시절 제 몸뚱이를 도화지 삼던 깍두기들 덕에 저절로 알게 된 지식이다.

리서치 센터를 중심으로 한 시간 이동 거리 안에 있는 타투 가게를 검색했다. 찾아낸 곳을 모두 방문했다. 마지막으로 간 업소에서 그의 흔적을 찾아냈다. 주인은 손님의 프라이버시 등을 들먹거리며 입을 다무는 척했지만, 돈을 좀 질러주니 금세 떠버리가 되었다. 심지어 그가 새긴 문신 도안까지 보여주었다. 푸른 바다, 지평선, 구름, 야자수, 해먹에 누워 그것을 느긋하게 바라보는 사람. 기태가 등에 그려 넣은 타투는 한적하고 아름다운 섬이었다.

집으로 돌아가면서 기태 부인에게 메시지를 보냈다.
[전 직장 동료를 만났습니다. 실마리를 찾은 것 같습니다.]

***

대개의 자발적 실종자는 사라지기 전 친한 이에게 간접적으로라도 심정을 토로한다. 동창회에서 기태와 제일 친했던 영석을 찾아갔다. 약속 장소인 회사 근처 카페에서 그를 기다렸다.

공교롭게도 영석의 회사는 기태 직장과 가까웠다. 가로수길을 사이에 두고 겨우 두 블록 떨어진 곳이었다.

[갑자기 일이 생겨서 말이야. 쏘리. 최대한 빨리 갈게.]

영석은 그렇게 메시지 하나 덜렁 보내놓고 한 시간째 카페에 나타나지 않았다. 센터장처럼 지독하게 바쁜 것 같았다. 이 거리에서 바쁘지 않은 사람을 찾는 건 어려웠다. 하다못해 산책하는 개도 정신없이 걸었다. 남아도는 것이 시간뿐인 준배와는 다른 이들이었다. 일주일 새에 계속 이곳을 오다 보니 이상한 기분이 들었다. 초능력을 가진 슈퍼 영웅이 지배하는 세상에서 근근이 살아가는 길고양이가 된 것만 같았다.

창밖 풍경을 오도카니 바라봤다. 가게 앞 가로수에 눈길이 갔다. 며칠 전 보았던 나무가 아니었다. 처녀의 긴 머리카락처럼 이파리를 늘어뜨리던 풍성한 모습은 온데간데없고 가지가 모두 잘린 길쭉한 몸통만 남아있었다. 반대편 보도의 나무들도 하나같이 커다란 이쑤시개처럼 변해버렸다. 잘린 가지들은 한쪽에 산더미를 이루었다. 몇몇 사람이 가로수를 등지고 둘러싼 채 서있었다. '우리는 나무 그대로의 나무를 원합니다'라고 쓰여있는 세움 간판을 들고 있었다. 무슨 일인지 종업원에게 물었다.

"강정전(强整剪)을 반대하는 사람들이에요."

"강전정?"

"가지치기를 저렇게 과도하게 하는 걸 말하는 거예요."

"누가 나무를 저 꼴로 만들었답니까?"

"당연히 구청에서 그랬죠. 민원이 많았대요. 무성해진 가지 때문에 새와 곤충이 꼬여 시끄럽다, 도로 바닥이 더러워진다, 자기네 가게 간판이 가지 때문에 안 보인다 같은."

시선을 다시 데모대 쪽으로 돌렸다.

"하지만 저런 식의 가지치기는 결국 사람에게도 해를 끼치게 돼있어요. 가지가 몸통에서 너무 많이 줄어들면 나무는 에너지 비축이 부족할 것으로 생각해 절단된 가지 면에서 잔가지들을 동시에 여러 개 자라게 해요. 그것들은 지지력이 약해 조금만 비바람이 불어도 쉽게 떨어져 위험해요. 최악의 경우 잘린 면에 세균이 침투해서 속까지 썩어 들어가면 나무가 통째로 전복될 수도 있고요. 그래서 미국의 〈수목 관리 표준〉이나 국제수목관리학회의 〈수목 관리 가이드라인〉을 보면, 가지치기 때 25퍼센트 이상의 나뭇잎을 제거하지 말라고 명시하고 있죠."

준배는 놀란 눈으로 젊은 아르바이트생의 얼굴을 쳐다보았다. 그는 씩 웃으며 답했다.

"여기서 알바하기 전에 저분들과 함께 있었거든요."

가지를 치우는 구청 직원과 항의하는 사람 간에 실랑이가 일어났다. 어떤 여자는 눈물까지 흘리며 목청을 높였다. 준배는 피식 웃음이 나왔다. 배때기가 부르니까 저런 짓거리를 하고 다니지. 누가 가로수 따위에 신경이나 쓴다고. 준배는 차고 쓴 커피를 한 모금 마셨다.

"기태가 사라졌다고?"
자초지종을 듣자마자 영석은 놀라워했다.
"둘이 제일 친하다면서 몰랐냐?"
"피차 바쁜 처지라서 연락은 잘 안 해."
필요할 때만 전화하는 건 연락이 아니지. 그건 비즈니스야. 속으로 말했다. 영석이 마지막으로 기태를 본 때는 지난달 금요일 저녁이었다. 실종 사흘 전이다. 인근 바에서 만났는데 자기 회사 사업 파트너 몇 명도 합석했다고 했다.
"뭐? 기태가 모르는 사람하고 술을 마셨다고?"
"그 양반들이 하도 자리 좀 마련해 달라고 해서. 친구가 유명한 증권 애널리스트니까 참 피곤하다."
"기태는 그날 어땠어?"
"글쎄. 딱히 이상해 보이는 점은 없었어. 한 명이 자꾸 추천 종목 좀 찍어달라고 해서 좀 불편해하는 것 같긴 했지만."
준배는 미간을 쿡쿡 문질렀다. 모든 것은 여전히 흐릿했다.

눈을 크게 뜨면 뜰수록 더욱 그래 보였다.

"하지만 생각해 보니 표정 하나는 밝았던 것 같긴 해."

준배는 아무렇게나 내뱉었다.

"걔 원래 웃는 상이잖아."

"그렇긴 하지. 음, 헤어질 때 기태가 이런 말을 했던 게 기억나네. 난 평생 다른 사람을 위해 베팅했지만 이제 날 위해 베팅할 때야. 그때 감이 딱 오긴 했는데. …그게, 그러니까 그게 말이지."

영석은 갑자기 입을 다물었다. 익숙한 촉이 머리끝까지 쭉 뻗쳐 올라왔다. 준배는 낮고 빠르게 물었다.

"걔, 여자 생겼냐?"

영석의 표정이 갑자기 싸늘해졌다.

"야. …혹시나 해서 그런 건데, 너, 있잖아, 이 일로 뭔가 돈 좀 뜯어내려는, 그런 건 아니겠지?"

친구인 척하며 뒤통수를 후려치는 인간 말종 대하듯 영석은 준배를 쏘아보았다.

***

영석이 아는 것이라고는 '소라'라는 이름과 그녀의 가게에 관한 게 전부였다. 둘의 관계는 네가 생각하는 그런 게 아니라고 그는 귀에 피가 맺히도록 말했다. 그럼 무슨 관계냐고 물었더니, 딱 한 번 셋이 같이 밥 먹은 게 다고 무슨 사이인지는 자기도 잘 모르겠다는 바보 같은 설명만 늘어놓았다. 물론 이해할 수는 있었다. 많이 배운 놈들도 남녀 사이를 정확히 정의하기는 힘든 법이니까.

그녀 가게로 무작정 찾아갔다. 강북 변두리의 낙후된 동네였다. 어떻게든 세상의 중심으로 가려고 매일같이 아등바등 애를 쓰는 이들만 바글거리는 달동네는 냄새부터 달랐다. 알려준 주소를 한참 찾았다. 그녀가 운영하는 작은 독립서점은 4층 건물 반지하에 있었다. 책방 이름은 〈흔적 없이 사라지다〉였다. 가게 명 하나는 끝내주는군. 쓴웃음이 나왔다. 지하로 연결된 계단을 따라 내려갔다. 문을 열고 들어갔다. 서점 주인 소라는 남자 손님과 이야기하는 중이었다. 그녀는 준배를 향해 가볍게 눈인사하고 계속 대화를 이어갔다. 손님은 무슨 책을 찾는 것 같았다. 그녀의 모습이 생각했던 것과 달라서 내심 놀랐다. 기태가 어떤 스타일의 여자를 좋아하는지는 알 수 없지만 적어도 저런 부류는 아닐 것 같았다. 그녀는 XX, XY 어느 염색체에도 속하지 않는 회색 지대에 사는 사람이었다. 고수머리, 펑퍼짐한 작업복 차림, 평생 로션이라고는 발라본 적도 없는 칙칙한 피부, 거기에 젓가락처럼 비쩍 말랐고 한쪽 다리까지 불편해 보였다. 젊은 날 Y여대 메이퀸 출신인 와이프와는 비교조차 되지 않았다.

안을 쓱 한번 둘러봤다. 사면 책장에 책이 빼곡했다. 구석에 있는 의자에 앉아 대화가 끝나기만 기다렸다. 손님은 책값을 치르고 나갔다. 감사합니다. 또 오세요. 그녀는 문을 향해 고개 숙여 인사했다. 준배는 일어나 소라에게 다가갔다. 입을 떼기도 전에 그녀가 먼저 말했다.

"책 사러 오신 분은 아니군요."

쥬배는 그녀의 위아래를 빠르게 살폈다. 형사 출신의 본능적 기지 때문이었다.

"어떻게 아셨죠?"

"이 지역 사람은 아니신 것 같고. 변두리 이름도 없는 작은 책방까지 찾아올 정도의 책 덕후라면 책은 살펴보지도 않고 가만히 앉아있지는 않을 테니까요. 여기처럼 한정 인쇄된 독립 서적을 취급하는 책방에서는 특히나 그렇죠."

제법 똑똑한 여자다. 본론을 꺼냈다.

"저는 기태 친구 이준배라고 합니다. 기태를 아시죠?"

그녀는 이해할 수 없는 미소를 입가에 띠었다. 어딘지 모나리자를 닮은 것 같았다. 계산대 아래에서 무언가를 꺼냈다.

"기태 씨가 맡겨둔 것이에요. 친구가 찾아오면 건네주라고 하면서."

 상자는 붉은색의 큼지막한 복(福) 자가 새겨진 포장지로 싸여 있었다. 위에 '올해도 성투하시길 바랍니다'라고 적혔다. L증권사 리서치 센터 로고도 보였다. VVIP 고객에게만 주는 명절 선물이었다. 이런 선물을 기태는 매년 준배에게 보냈다. '부디 행복하길. 너의 벗, 기태가'라고 쓴 엽서도 함께 들어있었다. 놀랍게도 기태는 이런 날이 올 것을 알고 있었다. 준배의 표정을 가만히 읽던 소라가 말했다.

 "우리 관계가 궁금하시지요?"

 어떻게 물어봐야 하나 오는 내내 고민하던 것을 그녀는 한 번에 해결해 줬다.

 "저도 알고 싶어요. 기태 씨와 어떤 관계인지. 우린 손님과 책방 주인으로 처음 만났어요. 기태 씨는 서점 이름이 마음에 들어서 그냥 들어왔다고 했지요. 그러곤 저쪽 책장 앞에 서서 이 책 저 책을 뒤적이며 한참 읽었어요."

 거기에는 수필류의 서적이 꽂혀있었다.

 "우리 서점에서는 2주에 한 번 독서 모임을 해요. '세상의 모든 삶에 관한 것'이라는 큰 주제만 정하고 나머지는 말 그대로 프리하게 운영하지요. 각자 읽을 책이 정해지면 다음 모임 때까지 읽고 와서 느낀 점 등을 다 같이 사유하고요. 주부, 회사원,

학생, 치킨집 사장, 일용직, 심지어 백수까지 회원은 참 다양해요. 덕분에 삶을 바라보는 시선도 그만큼 다채로워졌죠. 기태 씨는 모임에 거의 빠지지 않고 참석했어요. 심지어 모임이 없을 때도 오시곤 했지요."

"…."

"저는 기태 씨를 참 좋은 친구라고 생각해요. 재고 정리나 대청소하는 걸 도와줄 정도의 친구?"

그녀는 방긋 웃었다.

"…친구. 친구라. 진짜 친구 사이라면 지금 어디 있는지도 아시겠군요."

"전번 모임을 마지막으로 더는 오지 않았어요. 곧 여행을 떠납니다. 언제 돌아올지 모르는 여행. 그런 말을 끝으로 연락이 끊겼고요."

준배는 책장에 기대어 서서 짧고 희끗희끗한 머리카락을 위로 쓸어 올렸다.

"모임에 왔을 때, 그 친구 어때 보이던가요?"

소라는 천장에 매달린 낡은 형광등을 잠시 응시하다가 답했다.

"가을 모임이었을 거예요. 누군가 어느 시인이 쓴 책을 소개했어요. '명품 하나가 늘면 고독 하나가 사은품으로 따라옵니다.

그래서 천국에도 오류*는 있는 겁니다'라는 구절을 읽어줬지요. 그때 갑자기 기태 씨가 울음을 터트렸어요."

"예?"

"그러곤 밖으로 뛰쳐나갔어요. 죄송하다는 말만 남기고요. 회원들은 서로 얼굴만 쳐다보며 어리둥절했었죠. 모임이 끝날 무렵 기태 씨는 다시 돌아왔어요. 난데없이 조각 케이크와 커피를 사들고요. 그리고 말했지요. 오늘, 최고의 모임이었다고요. 그래서 한턱내겠다면서. 그때 기태 씨의 환한 얼굴은 지금도 잊을 수가 없어요."

"…."

"제가 여기서 서점을 운영한 지 벌써 10년이 넘어요. 직업 때문에 사람들은 제가 책을 많이 읽겠거니 하고 생각해요. 하지만 부끄럽게도 사실 전 글을 잘 읽지 못해요. 태생적으로 난독증이 있어서요. 좀 긴 문장을 읽다 보면 앞뒤가 꼬여서 제대로 이해하기가 힘들어요. 책 장사 하는 사람이 난독증이라니 참 아이러니하지요? 행복도 그런 것 같아요. 완벽해 보이는 행복 이면에는 설명하기 어려운 완벽한 그림자가 있으니까요."

---

* 심리학 용어 '천국의 오류(Paradise fallacy)'에서 빌림.

그동안 알아낸 것을 간추려(서점 주인이 여자라는 사실은 뺐다) 제수씨에게 문자로 보냈다. 하지만 답장이 없었다. 보낸 메시지는 종일 '읽지 않음'으로 표시되어 있었다.

***

그날의 마주침은 우연이었다. 그보다 더 우연일 수 없을 만큼. 압구정 로데오역 근방 업소에서 미수금을 처리한 후 거리로 나왔다. 다음으로 들려야 할 곳이 청담역 쪽이라 가깝기도 했지만, 날이 좋아 그냥 걸었다. 비버리 코리아 건물이 있는 사거리 횡단보도에서 신호를 기다렸다. 건너편에서 기태 와이프 닮은 여자를 발견했다. 자세히 살펴보았다. 틀림없는 그녀였다. 일행과 함께 어느 양식점으로 들어갔다. 주제넘은 호기심이 발동했다. 준배는 레스토랑 앞으로 갔다. 프랑스 요리 전문점인 것 같았는데 한눈에 보기에도 고급스러웠다. 창문을 통해 안을 살폈다.

그녀는 신원을 알 수 없는 남자와 함께 있었다. 단정한 헤어스타일의 중년으로 짙은 밤색 정장 차림과 산뜻한 하늘색 넥타이가 잘 어울리는 남자였다. 주문을 끝낸 둘은 대화를 이어갔다. 말소리가 들리진 않았지만, 그 온도는 밖에서도 느낄 만큼 따뜻했다. 남자의 말이 끝나면 그녀는 환한 미소로 답했고 웃음은 또 다른 대화를 불러들였다. 젊은 남자가 다가왔다. 어딘지 익숙한 얼굴이었다. 준배는 그가 누군지 곧 기억해 냈다. 사진 속에서 보았던 기태의 아들이었다. 그녀는 웃으며 아들을 맞았고 아들은 중년 남자에게 깍듯이 인사했다. 남자는 젊은이의 어깨를 가볍게 툭툭 치며 부드러운 미소를 지었다. 음식이 나왔다. 셋은 식사 내내 즐겁게 이야기하고 먹고 마셨다. 간간이 큰 웃음소리가 창밖으로 들렸다. 그들은 집 안에서 한 번도 고함과 울음소리를 들어본 적 없는 완벽한 가족처럼 보였다.

준배는 청담역 쪽을 향해 걸음을 옮겼다. 한참 가다가 문득 이상하다는 생각이 들었다. 그 레스토랑에서는 음식 냄새가 나지 않았다. 열린 창문에 바짝 붙어있었음에도 그랬다. 하지만 곧 고개를 끄덕였다. 행복한 사람들이 식사하는 곳은 본디 냄새가 밖으로 나지 않는다. 밖으로 나오는 순간 증발해 버리기 때문이다.

***

후배의 연락이 온 것은 자정이 넘어서였다. 2만 원짜리 싸구려 양주를 마시며 흑백 서부 영화를 보던 중이었다. 외팔이 악당이 보안관과 결투를 벌이려는 찰나 전화벨이 울렸다. 발신자 이름을 보자 짜증이 확 몰려왔다.

"형님, 접니다."

"인마, 밤에는 전화하지 말라고 했지?"

"저도 잘 알죠. 하지만 뭔가 알아내면 아무 때나 연락하라고 하신 건 형님이잖소?"

늙어서 기가 빠져나가서인지 얼마 남지도 않은 감마저 잃은 것인지 너무 힘에 부쳤다. 기태 부인을 우연히 만난 후부터는 더욱 그랬다. 결국, 강력반에서 함께 근무했던 친한 후배에게 기태의 마지막 흔적을 알아봐 달라고 부탁했다. 물론 합법적인 방법은 아니지만 기태와 기태 와이프, 나, 모두를 위해서 최선이라 믿었다.

"그래서 뭘 알아냈는데?"

"그 양반 실종 전에 핸드폰을 새로 개통했어요. 지금은 해지된 상태지만. 통화 위치를 따라 근처 CCTV를 다 뒤져 봤어요. 찍힌 영상을 모두 살펴봤지만, 딱히 특별한 점은 없더라고요. 그냥 혼자서 한가롭게 여기저기 돌아다니다 때 되면 편의점이나 국밥집 가서 끼니 때우고. 공원에 앉아서 하늘을 보며 멍때리거나, 지나가는 사람을 빤히 관찰하거나, 철봉에 매달려 운동을 하기도 하고. 그렇게 마냥 시간만 죽이다 저물면 돌아갔죠.

며칠을 그렇게 지냈어요. 멀리 가지도 않고 모두 집에서 가까운 곳이었죠."

TV 화면 속 외팔이가 총을 뽑아 보안관을 향해 쐈다. 보안관은 그대로 바닥에 쓰러졌다. 악당이 썩은 이를 드러내며 킬킬거렸다. 웃음소리가 몹시 거슬렸다. TV를 껐다.

"그 말 하러 전화했냐?"

"그럴 리가요. 혹시나 해서 통화 내역을 살펴봤는데 이상한 점을 찾았어요. 마지막 며칠간은 같은 번호로만 전화했더라고요. 그래서 수신 측이 어딘가 알아봤더니, 나 참, 바로 거기였어요."

"어디?"

"대방동 모녀 실종 사건 때, 그곳 있잖아요."

후배의 설명이 시작되기도 전에 준배는 긴 한숨을 토했다.

다시 찾은 그곳은 더 허름하게 변했다. 외벽에 붉은 X자가 온통 칠해져 있는 재개발 지역 한복판이라 황량해 보이기까지 했다. 이삿짐센터는 5층 건물 맨 위층이었다. 엘리베이터도 없었다. 있다고 해도 이용할 것 같진 않았다. 계단을 따라 올라갔다. 문 앞에 서서 기척을 살폈다.

"열렸으니 들어오시오."

안에서부터 소리가 들렸다. 문을 열고 들어갔다. 사장은 족히 팔십은 되어 보였다. 온통 백발에 수염까지 덥수룩해 더 늙어 보였는지도 모른다.

"어떻게 오셨소?"

"사람을 찾으러 왔습니다."

"누굴요?"

"김기태라는 사람입니다. 마지막으로 이곳과 통화한 것으로 확인되어서요."

솔직히 말했다. 노인은 담담하게 물었다.

"경찰이신가?"

"아닙니다."

준배의 옷차림을 위아래로 살폈다.

"그럼, 민간 조사원이나 흥신소에서 오신 분이겠군요. 아, 요즘은 그런 말 안 쓰지, 지금은 탐정사무소라 부르죠?"

"그쪽 관련은 맞지만, 오늘은 친구 자격으로 온 겁니다."

노인은 오도카니 바라만 봤다.

"빚쟁이는 아니니 걱정하지 마십시오, 사장님. 가족의 부탁으로 찾고 있는 겁니다."

"친구분 성함이 뭐라고 하셨소?"

"김기태."

노인은 철제 캐비닛으로 가 장부를 뒤적였다. 그동안 사무실

안을 살폈다. 박 화백, 리어카 김, 세탁소 영감, 설거지 부천댁….
여러 사람의 이름과 연락처가 패널에 가득했다. 책장마다 검은
색 바인더가 빼곡했고 대형 전국 지도와 달력이 맞은편에 걸렸
다. 회의용 탁자와 싸구려 천 소파. 손잡이가 누렇게 바랜 전화
기 두 대와 책상. 특별한 것도 의심스러운 것도 없는 영세 이삿
짐업체처럼 보였다. 적어도 보통 사람 눈에는. 노인은 장부를 들
고 준배가 앉아있는 자리로 다가왔다. 탁자 앞에 내려놓았다.

"여기 있군요. 중순에 이사하신 분. 의뢰는 작년 12월 31일에
하셨네요."

그해의 마지막, 준배와 함께 동창회에 갔던 날이다. 아주 오
래전부터 준비했음이 틀림없었다. 단도직입적으로 물었다.

"이사하는 날, 달빛은 없었나요?"

노인은 놀라는 기색도 없었다. 마치 그런 질문이 나오길 기
다렸다는 듯이 답했다.

"흠. 어떻게 아셨소?"

턱으로 패널을 가리키며 대답했다.

"화백이란 달빛 이사 설계자, 리어카는 운반책, 세탁소와 설
거지는 의뢰인의 신분 세탁을 해주는 사람들이니까요."

노인은 빙긋 웃었다. 접힌 주름마다 수많은 고객의 사연을
숨겨 놓은 것만 같았다.

"여기가 뭐 하는 곳인지 이토록 잘 아시니 제가 의뢰인의 행선지를 말하지 않을 거라는 것도 아실 테지요?"

달빛 이사, 댓바람 이사, 번개 이사라 불리는 자들. 자발적 실종을 원하는 사람에게 머물 집, 신분 세탁, 직업 소개, 심지어 성형수술 알선까지 해주는 현대 사회가 낳은 괴물 사업이다. 주 고객은 대개 심각한 수준의 채무자다. 하지만 가정 폭력이나 다른 이유로 찾는 이도 많다. 이 바닥에는 세 가지 불문율이 있다. 의뢰인의 사연을 묻지 않는다. 원하는 시각에 원하는 장소로 데려다주고 사라진다. 의뢰인에 관해서는 함구한다. 노인의 대답은 옳았다. 강제 조사권도 없는 민간인에게, 하물며 범죄도 아닌 개인적인 사연에 답할 의무는 없다. 준배는 이곳이 긴 추적의 끝임을 직감했다.

"한 가지만 묻겠습니다. 그 친구, 지금 잘 지내고 있나요?"

노인은 아무런 대답도 하지 않았다. 자글자글한 입가에 희미한 미소만 비쳤다.

"지금 행복한가요?"

"그걸 난들 어떻게 알겠소? 행복이란 놈은 눈을 감고 씨앗을 뿌리는 것과 같아서 나중에 무엇이 자랄지 알 수 없는데 말이요. 할 수 있는 것이라곤 제때 물과 비료를 주고, 흙을 고르는 일뿐. 파종한 이는 그저 가만히 앉아 기다려야 하죠."

"…."

"의뢰인들은 다짜고짜 빨리 와달라고 하는 경우가 대부분이에요. 하지만 김기태 씨는 서두르는 법이 없었어요. 무엇에 쫓기는 것 같지도 않았고 구질구질하게 자기 처지를 말하지도 않았지요. 그저 딱 한마디만 하더군요. 증발해 버리기 전에 잘 온 것 같다고. 젊은 양반이 참 현명하기도 하지. 사람에겐 누구나 끓는 점이 있어요. 100도에 끓기도 하고 90도에 끓기도 하고. 어떤 이는 더 낮은 온도에서. 누구나 평생 한 번은 그 지점에 도달하지요. 하지만 중요한 것은 증발하지 않는 거예요. 흔적도 없이 소멸하면 거기 무엇이 담겨있었는지 아무도 기억할 수 없을 테니까요. 친구는 물론 가족조차도."

준배는 고개를 돌려 창밖을 보았다. 꼭대기 층이라 주변이 잘 보였다. 무너져 가는 회색 콘크리트뿐이지만 가로수길보다 좋은 점은 있었다. 가지가 모조리 잘려 나간 나무는 하나도 없었다. 아무렇게나 휘어진 채, 정리되지 않은 날 것 그대로, 빛과 물이 있는 쪽을 향해 가지와 이파리가 자라고 있었다. 사람이 사라지자 나무는 더 풍요로워졌고 더 자유로워졌다.

여기까지다. 내가 할 수 있는 일은 이제 모두 끝났다. 준배는 자리에서 일어났다. 가볍게 고개 숙여 인사를 했다.

"시간 내주셔서 감사합니다."

문을 열고 나가려는 순간 뒤에서 노인이 말했다.

"친구분 이사 타이밍 하나는 기가 막히게 잡은 것 같아요. 옛말에도 있잖소, 가장 좋은 이별의 순간은 아무것도 준비되지 않은 때라고. 나도 죽기 전에 그런 죽이는 타이밍 좀 잡아봤으면 좋겠구려."

준배는 건물 밖으로 나와 차 운전석에 올라탔다. 안주머니에서 휴대폰을 꺼냈다. 기태 와이프에게 문자를 보냈다.

[기태는 잘 지내고 있는 것 같습니다. 그러니 너무 걱정하지 마세요.]

차 시동을 걸었다. 낡은 차체가 덜덜거렸다. 차는 구불구불한 언덕길을 내려가기 시작했다.

***

그 일대가 모두 매각되어 거주민은 물론 가게들까지 다 나갔다는 이야기를 철거 일 하는 동생에게서 들었다. 달빛 이삿짐센터도 예외는 아니었다. 안에 들어갔을 때 사무실은 처음부터 존재하지 않았던 것처럼 깨끗이 비어있었다고 했다. 재개발로 한몫 쥐고 떠난 것인지, 더는 손님이 찾지 않아 문을 닫은 것인지, 스스로 증발을 택한 건지는 모르겠지만 노인은 그렇게 사라졌다. 준배는 그의 소원대로 '죽이는 타이밍'을 잡은 것이길 바랐다.

오전에 기태 와이프로부터 잔금이 입금되었다. 수고했다는 짧은 메시지도 받았다. 준배는 그동안 기태 와이프에게 보냈던 메시지들을 다시 보았다. 여전히 '읽지 않음' 상태였다. 쪽지를 모두 삭제했다. 준배는 창가로 가 커튼을 걷어 올렸다. 멀리서부터 시나브로 맑아오는 하늘을 오랫동안 쳐다보았다.

이 글을 쓰게 된 동기는 조그만 전자 장치 때문이었다. 머릿속에 왜? 라는 의문이 불쑥 들어왔다. 일면식도 없는 내게 그는 청테이프로 꼼꼼하게 붙인 종이 상자를 보냈다. 충격 방지용 비닐 쿠션이 잔뜩 들어있는 상자 안에서 손가락만 한 USB 타입 녹음기를 찾아냈다. 녹음 내용은 그들 간의 대화가 전부였다. 중간중간 단절된 부분이 있는 것으로 보아 선택적으로 녹음 버튼을 누른 게 틀림없었다. 대화를 거의 외울 정도로 반복해 들었다. 간간이 의도치 않은 잡음이 섞여있어서 다행이었다. 그로부터 녹음된 시간, 장소, 이동 경로를 유추했다.

나는 우리 계간지의 시리즈 에세이인 〈아름다운 자화상〉 섹션에 이들의 이야기를 한 꼭지로 넣으면 좋겠다고 말했다. 편집장은 신통치 않은 반응을 보였다. 20~30대 젊은 여성을 대상으로 하는 무크지에 걸맞지 않다는 이유였다. 편집부 직원들과 긴 논의를 거쳤다. 간곡한 바람은 통했다. 하지만 잡지 성격에 맞게 결말을 바꿔야 한다는 조건을 달았다.

이야기는 녹음된 대화를 기반으로 썼다. 추정이나 상상력은 되도록 배제했다. 주변 풍경과 상황 묘사는 현장 답사를 통해 서술했다. 펜션 주인을 만나 그날 일에 대해서 취재(한사코 면담을 거부하긴 했지만)했다. 펜션 입구에 설치된 CCTV 영상도 참고했다. 식사할 때나 슈퍼마켓에 들렀을 때 같은 일은 사람들의 기억에 전적으로 의존했다. 대화 내용은 최대한 편집 없이 실었다. 상태가 너무 좋지 않아 알아들을 수 없는 경우에는 생략했고 따로 설명이 필요한 부분은 부연 설명을 달았다.

〈아름다운 자화상〉

일곱 번째 이야기
Une Louve 편집부, 제21호 Vol. 4.

자동차가 펜션 앞마당으로 들어왔다. 보닛에서 덜덜거리는 소리가 줄기차게 났다. 마당을 한 바퀴 빙 돌았다. 후진 주차를 했다. 차가 앞뒤로 움직일 때마다 바퀴에서 삑삑, 휘파람 소리가 났다. 마당 한가운데 있는 마르고 길쭉한 나무에서 이파리 몇 개가 떨어졌다. 차 앞 유리창에 하나가 달라붙었다. 낮잠 자던 개가 벌떡 일어났다. 차 쪽으로 달려갔다. 누런 것이 꼬리를 흔들며 주변을 빙빙 맴돌았다. 가벼운 잔가지, 마른 낙엽, 조그만 돌멩이들이 개의 호들갑에 놀라 사방으로 달아났다.

남자 둘, 여자 한 명이 내렸다. 키 큰 남자(그녀의신화), 왜소한 남자(달려라구급열차), 단발머리의 앳된 여자(언젠가가왕)였다. 셋은 트렁크에서 가방을 꺼내 메고 펜션 입구로 걸어왔다. 황구가 뒤를 쫓았나. 현관문 옆 작은 창문이 열렸다. 녹이 슬었는지 덜컥대며 잘 열리지 않았다. 그 바람에 위에 매달아 놓은 펜션 간판이 춤을 췄다. 눈이 좌우로 쫙 찢어지고 달덩이처럼 생긴 아줌마가 좁은 창문으로 얼굴을 디밀었다. 뒤쪽으로 TV 화면이 보였다. 음악이 흘러나왔다. 아줌마는 혀짤배기소리로 말했다.

"어소세요."

"예약한 사람입니다."

그녀의신화가 말했다. 아줌마는 고개를 빼고 나머지 일행을 살펴보았다. 언젠가가왕은 엉덩이를 연신 흔들어 대는 개를 쓰다듬었다. 달려라구급열차는 등을 돌린 채 펜션을 둘러싼 초겨울 풍경을 스마트폰에 담았다.

"남자들만 온다고 하지 않았어요?"

"사정이 생겨서요."

"방 하나죠?"

"네."

"이거 참, 곤란하네."

"네?"

"우린 남녀 혼숙은 안 받아요. 예전에 저 아래 감촌골 펜션에서 여자 하나에 남자 손님 몇 명이 묵었는데 그때 문제가 생겼어요. 거기서 야동인가 뭔가를 찍어 인터넷에 올렸는데 화면에 펜션 이름과 전화번호가 나왔대요. 그래서 경찰이 와 주인아저씨를 피의자로 몰고 한바탕 난리를 쳤거든요."

"저희는 그런 사람들 아닙니다."

"…."

"부탁드립니다."

아줌마는 마뜩잖은 표정을 숨기지 못했다. 서랍에서 열쇠 꾸러미를 꺼냈다. 잠깐 기다려요, 라고 말하고는 방문을 열고 나갔다. "젊음은 도전이다! 도전은 짜릿하다! 상쾌하다!" 스피커에서 맥주 회사 CM 송이 흘러나왔다. 젊은 춤꾼의 현란한 힙합 춤과 분수처럼 뿜어지는 맥주 거품 장면이 오버랩되었다. TV는 홀로 춤을 추고 노래를 불렀다. 펜션 뒤쪽에서 작업복 차림의 남자가 마당으로 나왔다.

"이 개놈의 새끼는 집 지키라고 데려왔더니만 시도 때도 없이 꼬리 치고 지랄이여."

아저씨는 장화 발로 걷어차는 시늉을 했다. 누런 개는 배를 뒤집어 보였다. 등과 달리 배가 유난히 희었다. 작업복 남자는 일행 중 유일한 여자인 언젠가가왕의 얼굴을 힐끔 봤다. 주인아줌마가 슬리퍼를 질질 끌며 밖으로 나왔다.

"비수기라 2층 VIP 룸으로 드리는 거예요. 난방은 벽에 붙은 다이얼로 조절하면 되고요. 장에 여분의 이불 있으니까 추우면 꺼내 쓰세요. 그리고 냉장고 문 닫을 땐 세게 좀 닫으세요. 안 그러면 들뜨거든요."

"저녁 식사는 몇 신가요?"

"6시 반. 1층 식당으로 오세요."

"근처에 뭐 있어요?"

"놀만한 곳은 많죠. 차로 한 30분 나가면 번지 점프하는 데 있고. 밤나무 삼거리에서 왼편으로 쭉 가다 보면 강가 나루터에 사륜 바이크랑 오리배 빌리는 데도 있고요. 근데 날씨가 추워져 장사를 할릉가 모르겠네."

"그냥 산책할 만한 곳은 없나요?"

***

"혹시 누구 충전기 있어요? 배터리가 얼마 안 남아서요."

언젠가가왕이 물었다. 달려라구급열차가 충전기를 건네주었다. 아웃렛에 플러그를 꽂고 휴대폰과 연결했다. 그녀의신화가 화장실로 들어간 사이 언젠가가왕은 짐을 풀었다. 가방 안에서 화장품을 꺼내 상 위에 가지런히 세웠다. 좌우로 보면서 줄이 비뚤어지지 않았는지 살폈다. 그녀는 빨간색 이어폰을 스마트폰에 꽂고 음악을 듣기 시작했다. 달려라구급열차가 TV를 켰다. 맥주 광고가 또 나왔다. 채널을 바꿨다. 632번 여행 채널에서 마드리드 프라도 미술관이 나왔다. 드가의 〈녹색 옷을 입은 발레리나〉에 관한 설명을 잠시 듣다가 껐다. 달려라구급열차는 일어나 베란다로 나가는 창문을 열었다. 젖은 낙엽 냄새와 배릿한 땅내가 한데 뭉쳐 들어왔다. 밖으로 나가 아래를 봤다. 안주머니에서 수첩을 꺼내 펼쳤다. 2층에서 내려다보이는 풍경을 연필로 그리기 시작했다.

그녀의신화가 수건으로 얼굴을 닦으며 나왔다. 산그늘을 바라봤다.

"좋네."

"그러게요."

"나갈까?"

언젠가가왕이 베란다 창문을 두드렸다. 그림을 그리던 달려라구급열차가 뒤를 돌아봤다.

"우리 산책하러 가요."

펜션 뒤편에서부터 시작되는 오솔길을 따라 걸어갔다. 아줌마 말로는 슬슬 걷다 보면 금방 강을 볼 수 있다고 했지만 길은 오래도록 끝나지 않았다. 달려라구급열차가 말했다.

"가왕님 차례예요."

뒤따르던 언젠가가왕은 잠시 머뭇거리다 입을 열었다.

"공개오디션 예선전 노래를 부르고 나올 땐 느낌이 참 좋았어요. 마치 다 이룬 것 같은, 유명 스타가 된 것 같은, 길거리에서 사람들이 막 알아보고 함께 사진 찍자고 할 것 같은, 그런 기분이 들었거든요. 하지만 달라진 것은 별로 없었어요. 사는 것과 노래 부르는 것. 둘은 완전히 다른 이야기잖아요. 난 연습하는 시간 외에는 종일 알바를 했어요. 커피숍, 베이커리, 술집 서빙, 편의점, 쇼핑몰, 마트 상품 판매, 패스트푸드점, 식당 주방 보조, 결혼식 대행 친구. 세상의 모든 잡일은 다 해본 것 같아요. 하지만 제일 기억에 남는 건 말이죠."

축축한 바람이 불어왔다. 물비린내가 났다. 저 앞 큰 바위를 돌아가면 금세 강이 보일 것 같다.

"웃음 입히기 알바요."

"웃음 입히기?"

"방송 나가기 전 프로그램에 웃음소리하고 환호성을 녹음하는 알바. 웃음 더빙."

"그런 것도 있나. 그거 방청객 소리가 아니었어요?"

"보러 온 사람이 적거나 호응이 좋지 않으면 녹화 후 다시 소리만 더빙하기도 한대요."

"그렇군요."

"웃음 더빙은 중요한 일이에요. 진짜 사람이 진심으로 웃지 않으면 TV 시청자도 재미가 없거든요. 처음엔 AI로 만든 가짜 웃음소리를 끼워 넣기도 했다지만 너무 티가 나서 쓸 수가 없었대요. 녹화 시간에 맞춰 우린 방송국 로비에 모여 기다렸어요. 누군가 일당이 얼마냐고 물었지만, 녹화가 끝나봐야 알 수 있다는 대답만 돌아왔어요. 한 시간이 될지, 두 시간이 될지, 종일 걸릴지 아무도 모른댔어요.

우린 조그만 방에 들어가 모니터 앞에 모여 앉았어요. 자리 사이사이에는 마이크가 설치돼 있었고요. 제일 고참 언니가 나와 몇 가지 수신호를 알려주며 연습시켰어요. 양손을 번쩍 들어 올리면 아하, 하고 길게 탄성을 질러야 하고 팔을 빙빙 돌리면 깔깔거리며 웃어야 했어요. 오오, 하는 괴성은 주먹을 쥐고 좌우로 흔들고요.

공교롭게도 웃음소리를 입힐 그날 방송은 내가 나갔던 오디션 프로그램이었어요. 그게 155번째, 아니 156번째 오디션이었는데. 편집이 덜 끝난 미완성본이었지만 시간이 없어서 먼저 웃음 더빙부터 한다고 했어요. 녹음은 길었어요. 수신호에 맞추어 오오, 아하, 깔깔거리다 보니 머릿속이 텅 비어가는 것만 같았어요. 거의 막바지에 왔을 때였어요. 목이 쉬어 소리가 잘 나오질 않아 그냥 시늉만 내고 있을 즈음이었죠. 화면에 참가번호 862번을 난 내가 나타났어요. 심사위원들 앞에서 덜덜 떨고 있는 모습은 정말 안쓰러웠어요. 화면 속 나는 마이크를 움켜쥐고 노래를 불렀어요. 자꾸 탈락하는 음. 갈라지는 고음. 어색한 시선과 몸짓. 눈과 귀를 틀어막고 싶었어요. 이렇게 끝날 수는 없다. 난 노래로 유명해질 거야. 그래서 아이디도 언젠가가왕이잖아.

모니터 속 내 모습을 빤히 바라보던 고참 언니는, 그 언니는 팔을 빙빙 돌렸어요. 그러자 알바들은 너나 할 것 없이 자지러지게 웃기 시작했어요. 그 순간, 모든 것이 물속에 잠긴 것처럼 먹먹해졌어요. 이상하게도, 마치 주위에 아무도 없는 것처럼, 어떤 소리도 들리지 않았어요."

침묵이 강물처럼 흘렀다. 흙바닥을 스치는 여섯 개의 발소리만 들렸다. 언젠가가왕이 다시 입을 열었다.

"난 조용히 눈을 감았어요. 그리고 노래를 따라 불렀어요. … 입술과 혀를 부드럽게 움직이며. 호흡에 신경 쓰면서. 음정에 집중하면서. 내 귀에만 들리게. 아주 조그맣게.

컷! 녹음실 직원이 신경질적인 목소리로 소리 질렀어요. 누구야? 지금 노래 따라 부른 사람! NG가 난 후 내가 나온 부분에서 한참 전으로 돌아가 다시 녹음을 시작했어요. 대장 언니의 핀잔과 다른 알바의 눈총을 받으면서요. 녹음은 4시가 넘어 끝났어요.

며칠이 지난 어느 저녁이었어요. TV로 오디션 프로그램을 보며 엄마와 밥을 먹고 있었어요. 다음에 나오니? 엄마는 자꾸 물어봤어요. 하지만 난 끝까지 나오지 않았어요. 나중에 들었는데 웃음 더빙 후 PD가 편집했대요. 알바조차 반응이 시원찮은 부분은 사전에 잘라낸다고 하더라고요."

그녀의신화가 물었다.

"그래서 무엇이 아쉬운데?"

"더 크게 웃지 못한 것."

셋은 강가를 걸었다(강물 흐르는 소리, 자갈 소리, 노랫소리, 정체를 알 수 없는 잡음과 내용을 알아듣기 힘든 잡담이 뒤섞여 2분 15초간 들리다 끊어졌다). 언젠가가왕이 자갈밭에 앉았다. 그녀의신화는 담배를 꺼내 입에 물었다. 달려라구급열차는 작고 납작한 돌멩이를 골라 집었다. 강을 향해 던졌다. 강물과 자갈이 만난 자리에 물의 흉터가 옴팡지게 파였다. 달려라구급열차는 신발과 양말을 모두 벗고 낮은 곳으로 들어갔다. 첨벙거리며 걸었다. 그녀의신화가 책을 꺼내 펼쳤다. 언젠가가왕은 휴대폰으로 음악을 듣기 시작했다. 간간이 읊조리듯 노래를 따라 불렀다. 강물은 흘러갔다.

***

삼겹살 굽는 냄새가 식당에 가득 찼다. 밖과 연결된 문을 모두 닫고 작은 창문만 열었다. 그래야 연기가 더 잘 빠진다고 아줌마가 말했다. 고기 굽는 소리가 요란했다. 술을 더 시켰다. 아줌마는 직접 담근 술을 내왔다.

"이건 싸비쓰."

"감사합니다."

"오늘 유일한 손님인데 이 정도는 해야지. 받으시게."

"고맙습니다."

"자네도 받고."

"오늘은 손님이 없나 봐요."

"오늘뿐만 아니야. 여름 성수기 지나면 다들 그냥 개점휴업이야. 이 근처는 사실 강 빼고는 별것 없는 곳이라 말이지."

"장사하기 힘드시겠네요."

"그래도 목구멍에 풀칠 정도는 돼. 그냥저냥 사는 거지, 뭐. …근데 아까부터 궁금해서 그런데 셋이 무슨 관곈감? 학교 친구라고 하기엔 나이 차도 있는 것 같고. 형제라기에는 안 닮았고. 그렇다고 어디 회사에서 온 것 같지도 않고."

"동호회에서 왔어요."

"무슨 동호회?"

"고성모."

"음?"

"고생 끝에 성공한 사람들의 모임."

"별 희한한 모임도 다 있네. 그래, 다들 뭘 성공들을 하셨어?"

아줌마는 옆자리의 의자를 끌어다 앉았다. 이미 앞치마는 걷어 한쪽으로 치운 후였다. 언젠가가왕의 얼굴을 뚫어지게 봤다.

"가만있자. 이 아가씨는 어디서 본 것 같네."

"TV에서 본 것 같지 않아요?"

"글쎄."

"가수예요."

달려라구급열차가 대신 대답했다. 아줌마는 사춘기 소녀처럼 탄성을 질렀다.

"어쩐지 예쁘게 생겼다 싶더니. 그래서 바깥양반이 눈에 익은 것 같다고 했구먼. 나머지 두 총각은?"

달려라구급열차가 말했다.

"전 공무원 시험에 합격했어요."

"진짜 성공한 사람 맞네. 요즘은 뭐니 뭐니 해도 공무원이 장땡이지. 우리 막내도 서울에서 공무원 시험 준비하는데 몇 년째 떨어지기만 해. 비싼 돈 들여 대학 보내 놨더니 학원비, 책값, 고시원비가 그보다 더 들어가. 아이고, 못 살아. 근데 댁은 무슨 성공을 하셨소?"

그녀의신화가 말했다.

"작가입니다."

"소설가?"

"시를 씁니다."

"아! 어쩐지 이 양반 뭔가 분위기가 있다 싶었어. 나도 소싯적엔 시 좀 읽었는데. 호호호. 꽤나 문학소녀였지. 이봐, 시인 양반, 자작시 좀 읊어줘 봐."

아줌마는 어느새 술을 따라 마셨다. 그녀의신화가 시를 암송했다. 묵묵히 듣던 언젠가가왕이 피식 웃었다. 시는 그녀가 강가에서 불렀던 노래 가사였다. 이것도 '싸비스'라며 김치찌개를 끓여 내왔다. 라면 사리도 넣었다. 식사 중간에 아저씨가 식당 안으로 들어왔다. 아줌마를 보자마자 역정부터 냈다.

"103호 화장실에서 물 새는데 몰랐어? 바닥이 흥건혀!"

"그거 새 동 파이프 없으면 해결이 안 돼요. 내일 사람 불러."

"염병. 돈이 퍽도 썩었구먼."

아저씨는 툴툴거리며 공구 박스를 꺼내 들고 나갔다.

이야기는 아줌마의 청춘 시절 연애담으로 이어졌다. 나이에 비해 열 살은 젊어 보인다는 말에 맥주를 더 가지고 나왔다. 식사가 끝난 것은 8시가 넘어서였다. 달려라구급열차가 슈퍼마켓 위치를 물었다. 곧 닫을 것 같으니 빨리 가보라고 했다. 숙박비와 식사비를 지금 드리겠다며 그녀의신화가 돈을 건넸다. 거스름돈은 극구 사양했다. 잘 챙겨주셔서 고맙다는 말도 잊지 않았다.

"호호호. 뭐 이 정도로 그래. 내가 좋아서 그런 건데. 시 한 수들은 대가라고 생각해. 이거 괜히 젊은 친구들끼리 노는데 끼어든 것은 아닌지 모르겠어. 늙은이 눈치도 없이."

"아닙니다. 저희도 즐거웠어요. 그리고 죄송합니다."

"댁이 왜 죄송해. 내가 미안하지. 젊은 양반이 참 예의도 바르지."

아줌마의 웃음소리가 식당에 차고 넘쳤다.

***

장바구니에 소주, 물, 마른오징어, 과자, 막대 사탕을 집어넣었다. 술이 주전부리보다 많았다. 바구니가 묵직해졌다. 그녀의신화가 언젠가가왕에게 물었다.

"넌 콜라로 할래?"

"아니. 괜찮아요. 언제 이렇게 마셔 보겠어요."

"이제 막 살게?"

그녀의신화의 말에 모두 따라 웃었다. 셋을 물끄러미 바라보던 월곡 슈퍼 할머니가 끼어들었다.

"인생 재밌게 사는 거 뭐 있나. 술 마시고 점 백 화투 치는 게다지. 화투는 안 사남?"

할머니 말이 끝나기 무섭게 출입구 옆 미닫이문이 드르륵 열렸다. 담배에 찌든 노인네 냄새가 났다. 노란 깔깔이 차림의 대머리 할아버지가 이쪽을 향해 외쳤다.

"아니, 젊은 애들한테 뭔 꽃놀이를 하라고 그려? 요즘 사람들 그딴 구닥다리 놀이는 관심도 없어. 할 줄도 모르고. 저기, 뭣이냐, 창고에 보드게임 있어. 할멈, 거 한번 꺼내줘 봐."

셋은 러시아워, 할리갈리, 인생 게임, 카탄의 개척자 같은 보드게임 앞을 서성였다. 언젠가가왕은 만7천 원짜리 미니 블루마블을 집어 들었다.

***

그녀의신화는 새 술병을 땄다. 달려라구급열차의 이야기는 계속됐다.

"더는 갈 데가 없었어요. 아빠는 연락도 되지 않았고 형 휴대폰도 사용 중지된 지 오래였죠. 결국, 다시 돌아간 곳은 마로니에 공원이었어요. 길거리에서 초상화 그려주는 일. 배운 게 도둑질이라 그나마 제일 할만하더군요. 어느 날이었어요. 점잖게 생긴 노인이 왔어요. 멋진 중절모. 깨끗한 양복. 상의 주머니에는 붉은색 행커치프도 꽂혀있었죠. 할아버지는 전시용 그림들을 오도카니 바라보았어요. 한참을 그러더니 내게 초상화를 부탁하더군요. 그리고 이렇게 말했죠.

다른 화가들이 그린 그림은 영 맘에 들지 않더군. 무조건 젊고 잘생기게 그리기만 하거든. 하지만 난 단 하나만을 원하네. 품위 있는 얼굴. 원하는 건 그뿐일세.

만 원짜리 길거리 초상화에서 뭘 바라는 걸까? 이상하단 생각이 들었지만 늘 그렇듯이 난 정형화된 노인을 그렸어요. 온화한 미소. 붉고 생기가 도는 뺨. 풍성한 백발. 팽팽한 피부. 노년의 절망과 고독 따위는 아무런 상관없다는 듯한 표정. 할아버지는 물끄러미 완성된 자기 얼굴을 바라보았어요. 그리고 돈을 낸 후 아무 말도 없이 자리를 떴어요. 그림은 그대로 둔 채로요."

달려라구급열차는 그녀의신화가 따라준 소주를 마셨다. 새우깡을 몇 개 집어 먹었다. 손가락과 입 주변을 두루마리 휴지로 닦았다. 언젠가가왕은 벽에 등을 기댄 채 목까지 이불을 올렸다. 이야기는 이어졌다.

"할아버지를 다시 만난 것은 정말 우연이었어요. 난 전철을 타고 시내로 나가는 중이었죠. 구로역에서 커다란 가방을 끌고 할아버지가 올라탔어요. 영감님은 가방 안에서 남성용 벨트를 꺼냈어요. 그리고 열차 안 사람이 모두 들을 수 있게 큰 소리로 말하기 시작했어요.

본 물건은 국내 우수 중소기업의 제품으로 지하철 공사 측 판매 대리점으로부터 납품받은 것으로 천연 가죽 소재를 사용해 내구성을 갖춘 동시에 우수 디자인상까지 받은 것입니다. 중국산 저가 제품과는 차원이 다른….

열차 안을 돌아다니며 손님들 무릎 위로 두 개에 만 원짜리 벨트를 툭툭 던지고 지나갔어요. 제품에는 명함 한 장이 붙어있었어요. 그리고 우린, 아주 잠깐, 1초도 되지 않는 동안 눈이 마주쳤어요. 할아버지는 겸연쩍은 얼굴로 이렇게 말했어요.

불편을 끼쳐 죄송합니다.

아. …그때 표정이란. 그 얼굴을 그렸더라면 진짜 품위 있는 자화상을 그릴 수 있었을 텐데. 난 며칠 동안 그분의 얼굴만 그렸어요. 지하철에서 본 표정을 떠올리면서요. 아마 수십 장은 될 거예요. 그중 제일 잘된 그림을 들고 명함에 적힌 주소로 갔어요. 구로역 주변에 있는 무슨 유통업체라는 곳이었죠.

사장은 날카로운 눈초리로 머리끝부터 발끝까지 날 살펴보았어요. 불법 판매 단속 나온 경찰이나 공무원 아닌가? 표정에 의심이 가득했죠. 사장은 내가 건넨 그림을 보더니, 누군지 바로 알아보았어요. 노인은 구로와 인천 노선을 타는 신입 기아바이라고 했어요. 기아바이는 지하철 잡상인을 뜻하는 은어로 굶주림의 '기아(飢餓)'와 산다는 '바이(Buy)'를 합친 말이라고 하더군요. 그러면서 기아바이들에게 물건을 대주는 이런 장소가 구로역, 금정역, 남영역, 회기역 근방에 수십 군데나 있어 경쟁이 날로 치열해지고 있다는 묻지도 않은 신세 한탄까지 했죠. 난 사무실을 나오면서 그분께 그림을 잘 전해달라고 신신당부했어요.

며칠 후, 확인차 사무실로 전화를 했어요. 하지만 아무도 받지 않았어요. 궁금한 나머지 다시 찾아갔지만, 사무실은 굳게 잠겼어요. 셔터가 내려진 문 앞에는 불법 판매 과태료 고지서와 사업장 폐쇄 명령서만 붙어있었고."

"그래서 무엇이 아쉬운데?"

"아쉽다기보다는 궁금해요."

"뭐가?"

"할아버지가 초상화를 맘에 들어 했는지."

달려라구급열차는 충전기 USB 잭에 스마트폰을 연결했다. 그녀 익신화는 문어발 같은 전선에 연결된 핸드폰들을 물끄러미 바라봤다. 언젠가가왕이 물었다.

"신화님은 시 쓸 때 어떤 기분이 들어요?"

"그런 걸 왜 물어?"

"워낙 다른 세상의 이야기라. 왠지 가오가 서는 느낌? 맞죠?"

"말하자면 품위가 있는."

달려라구급열차 말에 모두 웃었다.

"시를 쓴다는 것은, 뭐랄까. …새벽 5시에 업소에서 퇴근하는 언니가 뱉은 길바닥의 가래침을 핥는 느낌과 비슷해."

"더러워."

인상을 구긴 언젠가가왕에게 달려라구급열차가 말했다.

"더럽다기보다는 외롭다는 표현이 더 맞는 것 같은데."

"그래. 그럴지도 모르지. 하지만 자기계발서와 학습서에 밀려 서점의 아무도 찾지 않는 구석 귀퉁이에 꽂힌 시집보다는 덜 외로울 거야. 첫 시집을 출간한 직후였어. 책은 몇 달도 지나지 않아 반품됐어. 출판사는 폐간했고. 남은 정산금을 받기도 전에 말이야. 글쟁이가 선택할 수 있는 길은 별로 없었어. 처음엔 번역 일을 했지만, 곧 그만뒀어. 시는 번역되는 순간 사라져버린다는 것을 깨달았거든. 창문에 맺힌 이슬이 아름다워 손가락으로 톡 건드렸더니 구정물로 변해버리는 것처럼.

택배 기사부터 대리운전까지. 정수기 판매부터 창고 정리까지. 노가다부터 뱃일까지. 난 먹고살기 위해 닥치는 대로 덤벼들었어. 하지만 뭐니 뭐니 해도 최고의 가성비는 호스트바였어."

"호빠요? 신화 님이? 못 믿겠어."

"정빠, 디빠, 퍼블릭, 게이 손님도 받는 중빠, 퇴물 집합소 아빠 방까지, 거기 오는 손님들은 상처 입은 여자들뿐이야. 대개는 업소녀들이지. 남자 손님들 앞에서 개처럼 핥고 빨고 가랑이를 벌리며 춤을 추던 그녀들도 그곳에만 오면 자기를 농락하던 자들처럼 변해. 난 오줌 섞인 맥주를 받아 마시고 여자들이 보는 앞에서 자위행위를 했어. 그들은 하나같이 환자야. 시퍼런 멍 자국을 마음에서 지우지 못하는 만성병 환자들. 기둥서방이

나 다른 선수에게 속아 돈을 탈탈 털리기도 하고. 마이킹*에 물려 빚쟁이 되고. 풀풀 돈 냄새를 풍기니 파리 떼처럼 지인들에게 꾀여 사기당하기도 하고. 그 친구들도 잘 알 거야. 사람한테 물리면 심하게 아프다는 것을. 마치 불 덴 곳에 소금을 뿌린 것처럼 말이야."

언젠가 가왕은 그녀의 신화를 빤히 쳐다봤다.

"그렇게 보지 마. 탤런트나 모델처럼 생긴 다른 선수들과 비교해 별로라는 건 나도 잘 알아. 난 노래를 잘하지도, 춤을 잘 추지도 못해. 특별히 잘생기거나 잘빠진 것도 아니지. 재미있는 말로 여자들을 구워삶지도 못하고. 하지만 난 잇빠였어. 담당 룸의 TC도, 팁도, 손님들 지명 순위도 늘 최고였으니까."

"비법이 있어요?"

"그것이 비법인진 잘 모르겠지만 사실 누가 날 돌봐줬거든."

"누가요?"

"마담. 압구정 일대 관리를 하는, 꽤 잘나가는 여자였어. 일하겠다고 처음 찾아갔을 때 그녀는 대뜸 내 과거를 물었어. 시인이었다고? 대표작 한번 읊어봐라. 뜬금없게도 양주와 맥주 냄새가 질펀하게 배어있는 지하 룸살롱에서 난 시를 낭송했어. 한

---

* 업소 선금금, 대출금.

없이 맑아 아팠던 20대의 자작시를."

"…."

"조용히 듣기만 하던 마담은 이렇게 말하더군. 너 아주 무서운 애로구나."

"시 제목이 뭐였어요?"

"내일은 해피 엔딩."

"오호."

언젠가가왕과 달려라구급열차는 감탄 비슷한 소리를 냈다.

"마담과 난 비공식적인 관계, 쉽게 말하면 비밀 연인이 됐어. 그 바닥에서는 선수 관리하는 사람이 데리고 있는 애들과 연애해서는 안 되는 법이거든. 공사가 흐려져 골치 아픈 문제가 생길 수도 있으니까. 박스*에서 로진**은 그냥 쓰레기니까. 산전수전 겪은 마담은 나가요 언니와 호스트 간의 순애보 따위는 믿지 않았어. 달콤한 밀어에 쓸개까지 가져다 바칠 만큼 어리석지도 않았고.

하지만 내게는 달랐어. 사귄 지 100일 되던 날, 마담은 작은 원룸을 선물로 줬어. 시인에겐 자기만의 방이 필요하다면서. 마담은 종종 내 침대에서 잠을 자고 갔어. 사장님들에게 온갖 교

---

* 호스트 집단.
** '로맨스 진상'이라는 뜻의 속어.

태와 신음으로 서비스하던 그녀였지만 나와 잘 때는 한 번도 그런 적이 없었어. 네 앞에서 쓸 수 있는 가면은 하나도 없어. 그녀는 그렇게 말했어. 난 마담이 잠들 때까지 곁에서 시를 읽어주었어. 그건 그녀가 제일 좋아하는 시간이었어. 잠이 약한 빛처럼 피부로 스며드는 때. 현실과 꿈의 경계 지대. 모든 것이 흐릿한 개와 늑대의 시간. 그 모호함을 좋아했지. 시집을 덮기 전에 마담은 잠들었어. 시는 마치 마술 주문처럼 편히 쉬게 했어."

"……."

"마담이 한때 시인을 꿈꿨다는 것은 헤어지고 오랜 시간이 지닌 후에 알게 됐어. 문학으로 고양된 의식과 정념. 그건 굉장히 무서운 거야. 언어와 운율이 강제하는 삶의 언명을 스스로 부정하면서 산다는 것보다 고통스러운 것은 없으니까."

"……."

"후회돼."

"더 잘해주지 못한 것이요?"

"아니."

"그럼요?"

"행복하게 살려면 시 따윈 읽지 말라는 말을 해주지 못한 것이."

시계는 자정을 가리켰다.

"졸려."

언젠가가왕이 눈을 감고 중얼댔다.

"이제 자야겠다."

달려라구급열차가 말했다.

"괜찮겠어?"

그녀의신화가 물었다.

"이제 편해졌어요."

"나도."

"사실 나도 그래."

"지금 다시 오디션을 보라고 하면 정말 편안하게 부를 수 있을 텐데."

모두 웃었다.

"고생 끝에 엔딩이 성공적이라 다행이다. 그치?"

그녀의신화가 말했다.

"이제부터 난 화장을 할까 해요."

"왜?"

"민낯으로 사람들을 만나는 것은 부끄러우니까."

***

동이 트기 전, 셋은 펜션을 나섰다. 황구가 꼬리를 흔들며 뒤를 따랐다. 개는 달려라구급열차가 들고 있는 묵직한 검은 비닐에 관심을 보였다. 자동차 트렁크에 가방을 모두 집어넣었다. 달려라구급열차는 보조석을 앞으로 밀고 검은 비닐을 바닥 시트에 내려놓았다. 언젠가가왕은 반대편 문을 열었다. 그녀의신화는 자동차 키를 꺼내 들고 운전석으로 걸어갔다.

"어이!"

주인아저씨가 그녀의신화를 불러 세웠다. 손에는 빗자루를 들었다.

"꼭두새벽부터 가려고?"

"…네. …좀, 바빠서요."

"아침은?"

"그냥… 가다가."

아저씨는 투박한 손짓을 했다.

"들어와. 밥은 먹고 가야지."

셋은 서로 얼굴을 쳐다봤다.

"어여!"

셋은 식당으로 총총 걸어갔다. 열린 차 문으로 개가 기어들어 갔다. 검은 비닐을 주둥이로 헤집었다. 쿵. 녹색 액체가 담긴 병이 쓰러졌다. 킁킁거리며 냄새를 맡았다. 황구는 다시 차 밖으로 나왔다. 꼬리를 흔들며 식당으로 쪼르르 달려갔다.

〈아름다운 자화상〉 그 일곱 번째 이야기였습니다.

글은 이렇게 마무리 지었다. 아는 형사로부터 실제 사건 상황 보고서를 받아보았다. 오래 고민했다. 하지만 진짜 결말을 이보다 더 잘 쓰긴 힘들 것이라는 생각에 가감 없이 그대로 싣는다.

변사사건 발생 보고(No. 7xxx)

* 일시 및 장소
-20xx.10.29.(수) 07:22분 경.
-강원도 인제군 북면 용대리, 러블리 펜션 203호실.

* 변사자 인적 사항
-김유철(남, 32세): 호스트 접대부.
-강용구(남, 29세): 길거리 화가.
-오수빈(여, 23세): 언더그라운드 가수.

* 신고자(발견자) 인적 사항
-최숙자(여, 71세), 러블리 펜션 주인.

* 사망 추정 시각 및 사망원인
-02:00~04:00경, 폐 섬유화로 인한 호흡 곤란과 급성신부전 및 다발성 장기부전에 의한 사망.

* 사건 개요
-사건 발생 전날 15시경: 상기 변사자 3인은 러블리 펜션에 방문해 1박을 함.
-16시 30분~17시 30분경: 주변 산책을 함.
-18시 40분~20시경: 저녁 식사.
-20시 20분경: 슈퍼마켓에서 과자, 술 등을 구매.
-21시경: 203호실에서 함께 음주함.
-01시경: 김유철은 근처 편의점에서 택배를 부친 후 다시 숙소로 돌아옴.
-02~04시경: 함께 미상의 초록색 약물을 소주에 섞어 마심(추정).
-07시 22분: 최초 신고 접수.

* 비고

- 변사자들은 김유철이 만든 인터넷 자살 카페 〈내일은 해피 엔딩〉에서 만난 사이로 서로 일면식이 없는 관계임.
- 김유철은 '그녀의신화', 강용구는 '달려라구급열차', 오수빈은 '언젠가가왕'이라는 닉네임으로 활동했음.
- 해당 사이트 폐쇄 및 행정 조치. 국과수 약물 의뢰.

형사로부터 뒷이야기를 들었다. 오수빈은 방문을 향해 엎드려 있었다. 강용구는 베란다 창 쪽으로 웅크린 채였다. 바닥은 토사물과 피로 뒤덮였다. 둘의 피부는 마치 파란 물감으로 물들인 것처럼 변했다. 특히 여자 얼굴은 더 기묘했다. 하얗게 화장했지만, 약물 부작용으로 피부가 푸르게 변해 마치 코팅한 파란 구슬처럼 보였다. 김유철은 작은 방에서 반듯이 누운 채 발견됐다. 곁에는 펼쳐진 책 한 권이 놓여있었다.

"사람들이 세상을 진실로 있는 그대로 본다면, 자신의 삶을 진실로 있는 그대로 본다면, 꿈이나 환상 없이 본다면, 사람들이 가능한 한 빨리 죽는 쪽을 선택하지 않을 이유를 하나도 대지 못할 거라고 나는 믿습니다.*"

---

* 《선셋 리미티드》, 코맥 매카시, 2015.

그 문장에는 여러 번 밑줄이 그어져 있었다.

강용구는 신림동 고시원에서 수년 동안 공무원 준비를 하다가 계속된 실패로 심한 우울증에 시달렸다. 홍대 등지에서 언더그라운드 가수로 활동한 오수빈은 노모의 병시중과 생활고로 힘들어했다. 김유철은 모 신문사 신춘문예로 등단한 시인이었지만 얼마 전까지 호스트바 남자 접대부로 일했다. 세 명은 사건 며칠 전부터 서로 문자를 주고받았다. 모일 장소와 시기를 논하다가 김유철이 이런 쪽지를 보냈다고 했다. 떠나기 전 지금까지 제일 아쉬웠던 것, 후회되는 것, 하나씩 말해보는 건 어떨까요? 혹시 누가 알겠어요. 그러면 좀 덜 무서울지.

사건이 기억 속에서 거의 사라졌을 무렵이었다. 부산 보수동 헌책방 골목에서 우연히 김유철의 시집을 발견했다. 겉표지가 누렇게 변했고 표지 뒷면의 ISBN과 가격표가 다 지워진 C급 상태였다. 책장을 급히 넘겼다. 종이에서 곰팡내가 풀풀 났다. 〈내일은 해피 엔딩〉이 있는 쪽을 보고 실망을 금할 수가 없었다. 앞부분이 찢겨나갔기 때문이었다. 사라진 곳을 난감하게 바라봤다. 이제 내가 할 수 있는 것이라곤 곡절 끝에 살아남은 네 줄 문장을 지면에 옮겨 적는 것뿐이다.

그래도 시는 써졌다.
오늘 적은 시로 나는
두부 한 모, 된장 큰술 넣고
달가운 미래를 끓였다.

옥상
정원

-왜?

 통화가 연결되자마자 준성의 외마디가 치고 들어왔다. 손으로 비틀어 짤 수 있을 만큼의 짜증이 목소리에서 뚝뚝 떨어졌다. 말투에서 바깥 날씨가 짐작됐다. 창수가 안부를 묻기도 전에 준성이 다시 말했다.

 -잠깐만.

 핸드폰을 무언가에 올려놓는 소리가 났다.

 -김 씨! 벌써 그걸 깔면 어떻게 해요? 나무뿌리 다 썩겠네! 그리고 거기 물 계속 뿌리라니까! 분진 날리잖아!

 늦은 오후, 준성의 짜증 섞인 목소리는 찢어진 스피커에서 나오는 흘러간 노래처럼 들렸다. 송화기 너머에는 낮은음자리가 없었다. 언어는 터를 닦고 기둥을 박고 지붕을 얹어 공간을 만들었다. 빈자리에는 잡부의 굼뜬 움직임과 욕을 섞어 욱여넣었다. 공사 현장에서의 준성은 가장 그다웠지만, 그것은 어디까지나 해가 떠있는 동안이었다. 준성은 저물녘의 친구였다. 칠판 귀퉁이를 쇠젓가락으로 긁어대는 목소리가 다시 들려왔다. 그래도 처음보다는 한결 부드러워졌다.

-오래 기다렸지?

-바쁘구나.

-좀. 지금 옥상 정원 작업 중이야.

-어디야?

-신림동 원룸촌. 아이고, 힘들어 죽겠다.

-지금 펄라이트 작업하는 거지?

-어? 어떻게 알았어?

-네 목소리가 하도 커 뭐 하는지 다 들렸다. 그 단계면 시작한 지 얼마 안 되겠네. 아연 파이프와 오일 스테인 설치하는 데 며칠. 방근 시트, 배수판 블록, 부직포, 펄라이트 까는 데 또 며칠. 그런 게 다 끝나야 나무 심을 흙을 뿌릴 수 있다며.

-오, 마이 갓!

-네가 옥상 정원 만드는 방법 알려줬잖아. 전번 술자리에서.

-기억력 하나 끝내주네.

-그냥 생각났어.

-사무실이냐?

-아니. 오늘 연차.

-어디 놀러 갔어?

-집이야.

-휴가에 웬 방구석?

-….

-무슨 할 말 있냐?

-그렇긴 한데 너 한가할 때 다시 전화하는 편이 낫겠다.

-왜 이리 뜸을 들여?

-너라면 답을 찾아줄 것 같아서.

-뭔 소리야?

-넌 책을 많이 읽으니까 뭐라도 알지 않을까. 아무리 복잡한 문제에서도 늘 해결책을 찾아냈잖아. 고등학교 때부터 지금까지 쭉.

-더위는 네가 먹었구나. 무슨 일 있니? 영숙이, 아니 제수씨랑 싸웠냐?

-아니.

-그렇지? 그렇겠지. 너희 같은 잉꼬부부가 그럴 린 없을 테고.

-나, 어떤 여자를 좋아하게 됐다.

-뭐?

-같은 회사 사람이야.

-뭐?

-유부녀를 좋아하게 됐다고.

준성의 한숨 소리가 들렸다. 깊은 탄식은 송화기에 바짝 붙어있는 창수의 고막을 아프게 때렸다. 호요바람은 창수 방 안의 벽을 타고 빙빙 돌다가 스며들었다. 잠시 후 그가 대답했다.

-너 진심이구나.

-그걸 어떻게 알아?

-우리 알고 지낸 지 30년이다. 네 목소리만 들어도 구란지 아닌지 금방 알아. 인마.

-….

-넌 감정을 잘 숨기지 못하니까.

불완전한 연정 또한 다솜이라 부를 수 있을까. 창수는 자신의 감정을 인정하였을 때 어찌 될지 이미 알았다. 오십이라는 나이는 사랑이 시작될 때 그 끝을 아는 때이기 때문이다. 유리는 평범했다. 그 엔간함에 사람들 틈에 있으면 으레 배경이 되었다. 그래서 무심한 동료는 유리의 출근 여부도 잘 알지 못했다. 유리의 자리는 창수의 왼쪽 대각선 방향이었는데 자리와 자리를 구분 짓는 높은 파티션 때문에 모습이 거의 보이질 않았다.

-안녕하세요?

-안녕히 가세요.

아침, 저녁, 둘이 나눈 여름 동안의 인사는 겨우 어미의 차이뿐이었다.

유리가 처음으로 만년설 봉우리처럼 환하게 빛나기 시작한 것은 팀 내 퇴직자 환송회 때였다. 늘 먹던 음식에 늘 먹던 술이 놓였고 지루한 환송사와 뻔한 화답이 오갔다. 감사패를 건네받은 퇴직자가 건배를 제의했다. 폭탄주가 회전목마처럼 출렁거리며 계속 돌아갔다. 2차로 노래방을 갔다. 팀 전통에 따라 제비뽑기를 했고 첫 번째로 뽑힌 유리가 노래를 불렀다. 선택한 곡은 옛날 발라드였는데 창수가 젊은 시절 레코드 가게 앞에서 자주 들었던 노래였다. 마들렌을 맛보다 과거로 돌아올 수 없는 여행을 떠나버린 마르셀처럼 창수도 노래에 빠져 길을 잃어버렸다.

-사람들에겐 가시가 있어요. 그래서 난 늘 상처투성이가 되었지요. 만일 제 몸 하나 보호할 작은 가시조차 없는 이를 본다면, 그런 미련한 사람을 만난다면, 난 꼭 안아줄 거예요.

유리는 노래를 잘했다. 목소리는 맑고 싱싱했다. 그 투명함 때문에 그녀의 속이 훤히 들여다보이는 듯했다. 모니터 화면에

99점이라는 점수가 나올 때까지 창수는 말을 잃었다. 유리는 창수 옆에 앉았다.

-이 노래 참 좋지요?

창수는 겨우 물었다.

-완전 공감요.

유리의 숨결에 약한 술 냄새가 실렸다. '공감'이라는 낱말은 초성과 종성을 툴툴 털어냈다. 남은 모음 두 쌍이 달라붙어 나비로 변했다. 날개 안쪽이 노랗고 끝이 푸른 나비였다. 나비는 이문세의 〈그녀의 웃음소리뿐〉을 합창하는 술 취한 팀원들의 머리 위를 날아다녔다. 사람 키만 한 스피커가 뿜어대는 거친 파동 속에서도 나비의 날개는 접히지 않았다. 나비는 창수의 손등 위에 내려앉았다. 창수는 유리에게 노랗고 푸른 나비를 보여주려고 천천히 손을 올렸다. 하지만 유리는 앉은 채 졸고 있었다. 목은 10시 방향을 향해 기울어졌고 찰랑거리는 갈색 단발머리의 끝은 6시를 향했다. 창수의 어깨는 유리의 편안한 베개가 되었다. 그날 유리는 창수의 세상에서 강아지처럼 잠들었다.

창수는 노인 요양병원을 찾았다. 안사람이 바빠 혼자 아버지를 만나러 왔다. 한 달 전에 보나, 일주일 전에 보나, 화장실을 다녀와 다시 보나, 언제나 오랜만이라며 맞아주는 아버지는 앞니가 없는 말간 웃음을 보였다. 치매도 아버지의 온화한 성품을 무너뜨리지 못했다. 이런저런 사담을 하다가 문득 창밖을 보았다. 하늘이 높아 좋았다. 창수는 콧바람이나 쐬고 오자 했다. 아버지는 아이처럼 좋아했다. 목에 이름, 나이, 보호자 전화번호, 요양원 이름이 적힌 목걸이를 씌워줬다. 휠체어를 밀며 강변을 거슬러 올랐다. 명지바람이 얼굴을 쓰다듬고 갔다. 아버지는 어느새 소년이 되었다.

　-아, 좋다, 좋아.

　-아버지.

　-왜? 우리 아늘.

　-제가요. 사랑에 빠진 것 같아요.

　-며느리는 좋겠네, 킥킥킥.

　-그게 아니고요. 다른 여자랑요.

　-다른 여자를 왜 좋아해?

　-그러게 말이에요.

　-킥킥킥, 너도 늙었구나, 노망났어.

　-그래도 사랑하면 좋은 거 아닌가요?

　-그야 그렇지. 안 하는 것보다야 100배 낫지, 암.

아버지는 솔솔 부는 바람에 젖은 겨드랑이를 말리며 즐거워했다.

***

 여자는 캐널시티 나카스 포장마차 거리에서 정연 언니를 만났다. 정연은 후쿠오카에 온 지 한 달밖에 되진 않았지만, '미즈 스펀지'라는 별명답게 반 현지인이 되어있었다. 함께 간 곳은 유명한 이자카야 가게였는데 이른 저녁부터 바글거렸다. 정연은 앉자마자 생맥주를 시켰다. 메뉴판을 쓱 훑은 후 교자, 명란, 우설 스테이크, 마파두부가 담긴 세트를 주문했다. 여자가 웃으며 말했다.

 -언니. 얼굴 좋아졌네.

 -그래? 만날 여기서 술을 마셔서 그런가? 아니면 골치 아픈 남자 문제가 없어서 그런가?

 -글은 잘 써져?

 -잘 써지는지는 모르겠지만 집중 하나는 잘돼. 아는 사람 하나 없는 곳에 오니까.

 -그러면 선택 잘한 거네.

 -회사 생활은 어떠니? 진급 소식은? 여전히 희망 고문이야?

 -영 아니야. 갈수록 순위가 뒤로 밀리고 있어.

 -왜?

 -눈에 띄는 업무를 맡아야 하는데 그런 게 아닌지라. 게다가

위로 똥차들도 많고.

-어쩜 넌 나아지는 게 없니.

-어쩔 땐 언니 같은 프리랜서가 부러워.

-바보 같은 소리. 빛 좋은 개살구다. 회사 밖은 지옥이야.

-유명한 성 칼럼니스트의 은유치고는 참 진부하네.

둘은 웃고 떠들고 마셨다. 술잔 안에 잠긴 고만고만한 이야기들이 자신을 먼저 꺼내 달라고 졸라댔다. 여자는 뜬금없는 말을 꺼냈다.

-언니, 사내 연애 어떻게 생각해?

-요즘 같은 세상에 그게 뭐 대수야. 그럴 수도 있지.

-문제는 유부녀, 유부남이라는 거지.

정연의 눈이 휘둥그레졌다.

-그 유부녀와 내가 좀 친하거든.

-그 여자가 자기 특급 비밀을 네게 말해줬다고?

-언니도 참. 아무리 친해도 그런 걸 어떻게 제 입으로 말해?

-그럼 어떻게 알아?

-척 보면 알지. 행동, 말투, 그 남자를 바라보는 시선.

-오, 재밌는데. 자세히 이야기해 봐.

스미마셍! 정연은 가쿠 하이볼 두 잔을 주문했다. 이랏샤이 맛세! 머리에 파란 두건을 쓴 직원들의 코러스와 함께 직장인

무리가 우르르 들어왔다. 나카스 강바람이 그 뒤를 졸래졸래 따라왔다.

 몇 개 부서에서 팀원들을 뽑아 TF를 꾸렸다. 사장이 직접 지시한 프로젝트의 사업 타당성 검토가 목적이었다. 창수와 유리도 멤버로 참여했다. 일주일은 금세 지났다. 과제가 끝난 후 해단식을 했다. 둘은 뒤풀이 회식에서 많은 대화를 나눴다. 일 이야기로 시작해 사생활에 관한 것으로 끝났다.
 팀으로 돌아가서도 연은 은근하게 이어졌다. 유리는 창수의 자리 근처를 지나다 종종 말을 건넸다. 같이 커피를 마셨고 가끔 점심도 먹었다. 창수의 별 재미도 없는 농담에 유리는 잘 웃었다. 창수는 근무가 시작되기 전 오늘의 유머를 검색했고 그날 검토할 자료와 함께 출력해 읽고 암기했다. 유리는 창수가 자기 머그잔을 깨뜨린 것을 알고 새 컵을 선물했다. 창수는 사무집기 어떤 것보다도 컵을 소중히 다뤘다. 컵 표면에 맺힌 물방울에서 유리의 얼굴이 종종 나타났다. 창수는 푸른색을 좋아한다고 했다. 유리는 자신과 어울리지 않는 푸른색 블라우스를 샀다. 유리는 회식 때 창수가 부른 노래를 유튜브에서 찾아 무한 반복해 들었다. 노래는 자기 SNS의 배경음악이 되었다. 창수는 저녁 식사를 함께하고 싶어 했다. 하지만 유리의 밤은 낮보다 무거워 그러질 못했다.

정연은 빈 잔을 손에서 내려놓고 물었다.
-너 참 이상하다.
-뭐가?
-너까지 왜 그렇게 난리니? 당사자도 아니면서.
-그냥 직감이지. 여자로서의 직감. 걘 완전히 달라졌다니까.
-내 말은 네가 왜 남의 사생활에 그렇게 관심이 많은가 하는 거야. 그건 절친 사이 이상이고 프라이버시 침해야.

정연은 허리를 펴고 똑바로 앉았다. 여자의 눈을 뚫어지게 바라봤다. 검은 눈동자가 줄기가 부러진 들꽃의 단면처럼 초근초근했다. 정연은 말린 명란 조각을 손가락으로 집어 질겅질겅 씹기 시작했다.

***

창수는 의자에 앉아 창틀에 반쯤 걸쳐 흐르는 매지구름을 바라봤다. 그의 눈빛은 젊은 여자의 뒷모습을 멍멍히 쳐다보는 늙은이의 것을 닮았다. 휴대폰을 열고 준성에게 전화를 걸었다.
-우리 집 옥상에 정원을 만들려고 하는 데 얼마나 들까?

-너희 집 마당에 진짜 정원 있잖아.

-와이프가 옥상 정원을 원해.

-왜?

-발코니에서도 숲을 느끼고 싶은가 봐.

-친구니까 솔직히 까놓고 말하는데 옥상 정원이든 테라스 정원이든 그거 건물에는 안 좋아. 너희 집처럼 오래된 건물은 특히. 자칫하면 큰일 나. 하중 때문에 옥상이 파손될 수도 있고 배수가 잘 안되면 나무뿌리가 썩거나 흙이 쓸려 내려갈 수도 있어. 최악엔 뿌리가 콘크리트 바닥을 뚫고 내려가기도 해. 결국, 둘 중 하나가 될 거야. 나무가 죽거나 건물이 무너지거나.

-집에다 숲을 만든다는 거, 쉽지 않구나.

-그래도 제수씨가 기어코 원하면, 뭐, 할 수야 있겠지. 비용이 많이 들고 공기가 길어져서 그렇지. 낮에 우리 여직원이랑 상담해 봐라.

-….

-더 할 말 있냐?

-…있잖아.

-그만해!

-뭘?

-지금 네 머릿속에 있는 생각.

-거북이 생각하지 마, 그러면 넌 뭐가 생각나니?

-거북이.

-내가 요즘 그래.

-풋. 하지만 난 절대로 그딴 거 생각 안 하지. 동물 안 좋아하니까.

-….

-정신 차려. 인마.

-넌 이해할 줄 알았는데.

-무슨 근거로?

-책에서 제일 많이 나오는 소재가 위험한 사랑이니까.

-이번엔 또 뭐냐?

-그 사람 남편을 만났어.

이마트를 오랜만에 찾았다. 안사람과 함께였다. 보통은 집 근처에서 식자재를 샀지만, 주말에 손님이 오기로 해 준비할 것이 많아 같이 나왔다. 창수는 고기와 채소, 와인과 치즈, 맥주와 과일을 카트에 담으면서 아내 뒤를 쫓았다. 카트는 푸른 몰개를 헤치고 가는 작은 거북이처럼 떠다녔다. 돌물을 간신히 빠져나온 카트는 유속이 느려지는 개어귀까지 밀려갔다. 앞서가던 아내는 금세 냉동식품 판매대 속으로 사라졌다.

인파 속에서 익숙한 실루엣을 발견했다. 유리였다. 반가움에 겨워 자기도 모르게 이름을 불렀다. 시선이 마주친 순간 그녀의 안색이 변했다. 함께 뒤를 돌아본 이는 그녀의 남편이었다. 유리는 창수에게 남편을 소개했다. 가벼운 인사를 나눴다. 그는 훤칠했다. 목소리가 굵고 낮아 신뢰감을 주었다. 남쪽 사투리가 조금 남아있었지만, 도시의 삶은 거친 억양을 낡은 칫솔모처럼 부드럽게 바꿔놨다.

-무슨 축하 파티 준비하시나요?

남편은 창수의 카트 맨 위에 놓아둔 샴페인 병을 가리켰다. 창수 아내가 어느새 나타나 옆에 붙어 섰다. 아내는 무인 계산대의 바코드 스캐너처럼 유리의 머리부터 발끝까지 볼만장만 훑고 갔다.

창수와 유리 부부는 스타벅스에서 차를 마셨다. 유리 남편의 강권으로 그리되었다. 아메리카노, 아이스 라테, 프라푸치노, 말차 레모네이드를 주문하면서 금주의 시그니처라는 감귤 초코케이크도 시켰다. 대화의 눈은 넷의 공통점을 찾아 한참 도리반거렸다. 결국, 안착한 곳은 유리의 직장 이야기였다. 유리 남편이 말했다.

-예전엔 월요일 출근을 되게 힘들어했는데 요즘은 그렇지 않은 것 같아요. 표정도 밝아졌고.

창수가 말했다.

-회사에 가면 설레는 일이 많나 보군요.

유리는 라테를 빨대로 빨아 마셨다. 잔은 바닥을 드러냈다. 얼음끼리 부대는 소리만 요란했다.

-그죠? 이젠 뭔가 좀 보이나 봐요. 다음 승진 심사에서 꽤 가능성이 있다고 들었습니다만. 아무튼, 이번엔 잘됐으면 좋겠어요.

유리가 처음으로 입을 열었다.

-희망 사항일 뿐이야. 가능성 하나 없는 로맨스처럼.

-가능성 하나 없는 로맨스라도, 어떨 때는 그 부질없는 게 사람을 참 행복하게 하잖아요?

창수 아내가 유리에게 말했다. 유리는 어색하게 웃었다. 창수는 유리를 바라봤다. 유리는 시선을 피했다. 창수 아내는 말차 레모네이드를 마셨다. 유리 남편은 케이크를 조금 베어 먹었다. 둥글게 잘린 삼각형 꼭짓점이 달가림이 끝난 손톱달처럼 변하자 까만 몸태가 숨겨둔 숫저운 주황색 과육을 부드럽게 흘려보냈다.

통화 내내 준성은 무언가를 적고 있었다. 연필이 종이 위를 달리는 소리만 서걱서걱 들려왔다. 흑연이 꼭꼭 밟고 간 자리는 그 높이가 미세하게 다를 것이다. 파인 골마다 솟은 봉마다 단어가 모이고 엉겨 붙어 문장이 되고 기어코 얼개로 변할 것이다. 창수는 준성의 마음이 자신과 같지 않은 것 같아 불안했다.

-내 말 듣고 있는 거냐?

물음에 준성은 긍정도 부정도 하지 않았다. 그저 응, 응, 하기만 했다. 흑심은 발도 없이 잘도 달렸다.

-난 …이제 어떻게 해야 할까?

***

여자는 방송국 1층 카페에서 정연 언니를 기다렸다. 오늘은 정연의 생방송이 있는 날이다. 여자는 근처 거래처로 출장을 왔다가 정연과 만나기로 했다. 기다리면서 라이브 방송을 들었다. 그녀와 상담하고자 하는 청취자는 많았다.

-사랑 없는 섹스, 그건 어느 시대, 어느 지역을 막론하고 늘 존재했어요. 다만 점잖은 사람들이 공식적인 자리에서 입에 담지 않을 뿐이에요. 인정할 것은 인정해야죠. 받아들이지 않는다고 존재하지 않는 것은 아니잖아요?

-작가님, 그렇다면 그 반대는 어떻게 생각하세요?

-섹스 없는 사랑이요?

그때 커피가 준비되었다는 진동 벨이 울렸다. 여자는 에스프레소 더블 샷을 받아서 자리로 왔다.

-……그렇게 세상의 모든 부사를 빼면 남는 건 동사뿐이겠지요. 하지만 괜찮을 겁니다. 사랑은 어차피 동사니까. 이제 우리에게 남은 선택지는 자동사로 할지, 타동사로 할지를 결정하는 것뿐입니다.

방송이 끝난 후 정연은 카페로 내려왔다. 담당 PD와 다음 스케줄 이야기를 하느라 조금 늦었다고 했다. 정연이 말했다.

-허구한 날 에스프레소만 마시지 말고 여기 모카커피 좀 마셔봐. 반 고흐가 좋아했다는 예멘산 모카 사나니. 이 카펜 그게 유명해.

-고흐가 사랑한 커피는 모카 마타리야. 초콜릿 향과 와인 향이 섞인 풀 바디 커피.

-대단하십니다. 커피 박사님.

-난 그 향이 싫어. 커핀지 와인지 분간이 되질 않아서. 게다가 유명하다고 나와 맞는 것도 아니잖아.

-맞는지 아닌지는 먹어 봐야 알지 않을까?

-그냥 알 수도 있어.

-뭐라니?

여자는 웃었다.

-언닌 귀국하고 나서 더 잘나가는 것 같아.

-이번에 출간한 책 덕이야. 젠더 싸움에 유명세를 좀 치렀으니까. 책 제목을 그렇게 정하고 싶진 않았지만, 편집장이 그래야 팔린다고 하도 난리를 쳐서 말이야.

-은밀한 사랑을 즐기는 법?

-너무 저질스럽진 않니?

-내용은 그런 거 아니잖아.

-요즘 누가 내용 보고 책 사니? 제목, 서평, 작가 인지도. 이 세 개가 판매 부수를 정하지. 그나저나 오늘 갑자기 보자고 한 이유가 뭐야?

-그냥 언니 보고 싶어서.

-솔직히 말해라.

여자는 또 웃었다.

-그 사람들은 어떻게 됐어?

-궁금해?

-불륜 이야기는 늘 재밌는 법이니까. 또 뭘 찾아냈니? 둘 사이에서.

-손.

손은 과거를 보여주는 삶의 비행운이라 믿었다. 그건 유리의 오래된 믿음이었다. 창수의 손은 작고 손목은 가늘었다. 그는 남자답지 않은 손을 부끄러워했다. 작은 손 콤플렉스 때문에 구기 운동도 좋아하지 않았다. 어느 날 작업 중 손을 다쳐서 수술을 받았다. 흉터가 길게 남은 손가락을 보며 유리가 말했다.

-손이 작고 예뻤는데. 꽃처럼요.

창수의 부끄러움은 꽃이 되었다. 유리는 손바닥을 창수의 손에 마주 댔다. 손가락에서 시작된 온기는 크리스털 잔 안쪽 면을 따라 흐르는 포도주처럼 마디마디를 타고 내렸다. 온기는 세 줄 손금을 따라 퍼졌고 가늘고 볼품없는 회목까지 뻗쳤다. 싸릿함이 심장까지 도달하는 데는 긴 시간이 필요치 않았다. 가까운 떨림은 먼 두려움을 불렀다. 창수는 자기 손을 바라봤다. 잦은 외근 작업이 만든 굳은살투성이 손바닥이 민망했다. 유리는 질기지만 부드러운 내피 장갑을 선물했다. 창수는 장갑을 끼고 그 위에 보호용 커버를 씌웠다. 그 후로 유리는 더는 팽이잠을 자지 않았다.

둘은 많은 이야기를 나눴다. 재능 없는 셰프가 만든 수정과 같은 농담을 창수는 자주 했다. 어설픈 단맛이지만 그래도 잣 한 알의 진심을 띄워 유리에게 보냈다. 하지만 어떤 대답을 바라진 않았다. 둘은 가끔 퇴근길에 바에 들러 와인을 마셨다. 유리가 말했다. 어떤 날의 창수는 보통날의 창수와 다른 것 같다고. 유리가 출근한 날과 그렇지 않은 날의 마음처럼 창수는 유리의 감정을 읽었다. 서로는 따라 부르기 쉬운 노래였고 듣기 좋은 멜로디였다. 헤어질 때 유리는 겨우 이런 말을 남겼다.

-오늘은 날이 맑아 나비가 많네요.

사랑옵은 농담과 애달픈 진심 사이의 일방통행은 위태로웠다. 애면글면한 걸음은 기예에 가까웠다. 품을 수 없는 사람들의 만남에 마지노선이 있다면 그 바깥은 비난과 조소의 낭떠러지이고 그 안쪽은 한낱 그리움뿐이다.

여름이 오기 전 어느 날이었다. 둘은 함께 저녁을 먹고 노래방에 갔다. 유리와 창수 모두 술을 많이 마셨다. 과음의 원인은 서로 달랐다. 부부간 잦은 냉전부터 옥상 정원에 관한 다툼까지 각자의 사정을 애써 안에서 삭혔다. 하지만 그날 밤 진짜 중요한 대화 주제는 따로 있었다. 마지막으로 무슨 노래를 같이 부를 것인가였다. 창수가 중년으로 넘어가기 직전과 유리가 막 대학 신입생이 되었을 때 유행했던 노래를 골랐다. 연도 맨 앞자리가 1에서 2로 바뀔 때 좋아했던, 삼인조 밴드 '자전거 탄 풍경'의 〈너에게 난, 나에게 넌〉을 불렀다. 노래를 부르는 동안 창수는 유리의 손을 잡았다. 유리의 손은 찼다. 창수는 그것이 부쩍 차가워진 바깥 날씨 탓이라고 믿고 싶었다. 피부 온도가 마음 온도와 같아지는 순간 모든 것이 끝난다는 것을 잘 알고 있었기 때문이다. 창수는 유리의 부재(不在)를 아는 첫 번째 사람이 되고 싶었다. 하지만 그러지 못함 또한 받아들였다. 사랑, 알량한 두 글자는 너무 약해 빠져 세상의 손가락질을 견딜 수 없었다.

정연은 다 마신 아이스 모카 마타리 커피잔에서 얼음을 꺼내 물었다. 아득히 부서지는 소리가 작은 북소리처럼 들렸다. 부서진 얼음 조각에 언어를 적셔 식힌 후, 고흐가 사랑했던 초콜릿 향과 와인 향에 담가 입 밖으로 꺼냈다.
 -사랑이 오는 순간은 아주 짧아. 전자현미경으로 들여다봐야 할 정도로 그야말로 나노급 찰나지. 그 순간은 멋진 외모에서도, 달콤한 목소리에서도, 풀 옵션 BMW에서도, 고급 레스토랑의 구운 버섯과 브로콜리를 곁들인 트리플 에이 안심 스테이크에서 오는 것도 아니야. 내가 가지지 못한 무엇을 목도한 순간 시작되는 거지. 사랑해선 안 되는 이를 사랑하는 것은 불어난 강물에 빠진 것 같아. 빠져나오려 해도 절대 그럴 수 없거든. 발악할수록 힘센 물살은 팔다리를 붙잡고 막 끌어당기니까. 살아남는 방법은 하나뿐이야. 몸을 강물에 맡기고 누워 물살이 순해져 그저 뭍에 닿길 기다리는 수밖에는.

***

준성은 버럭 화를 냈다.

-밤에는 연락하지 말라고 했지!

창수는 기어들어 가는 목소리로 대답했다.

-미안하다.

-하루 중 제일 소중한 시간이라고!

-미안.

-….

-진짜 미안해. 하지만 지금 너무 힘들어서 그래.

-너 정말….

-이런 고민을 너 말고 누구와 하겠니?

-썩을 놈. …잤냐?

-그게 뭐가 중요해?

-아니, 중요해. 우리 나이엔 잤냐 안 잤냐가 중요하다고. 시시껄렁한 감정 따위가 아니라.

감정과 나이가 궤를 같이한다면 물음표와 느낌표, 마침표와 쉼표의 의미는 쉽게 사라져 버린다. 괜찮다, 괜찮을 거다, 라며 청춘의 등을 두드려 주는 때에도 자기 심장 소리는 애써 외면

해야만 한다는 것. 그 또한 받아들여야 한다. 비밀스러운 사랑은 무엇으로부터도 위로받을 수 없다. 스무 살에 30년 후의 삶을 상상하지 못한 것처럼 중년의 창수도 화석화된 설렘을 다시 만날 줄 몰랐다. 여태 묵묵히 걸어왔고 이제야 완만한 해변에 도착해 짐을 내려놓고 앉아 만추를 기다리는 때였다. 그러다 문득 유리가 쏘아 올린 한 발의 폭죽을 보았다.

중년의 색은 본디 무채색이다. 중년은 색상과 채도 없이 명도만으로 존재한다. 창수는 빛을 받아들이기만 하는 검은색과 뱉어내기만 하는 하얀색 중에서 검정을 택했다. 수직 정렬 구조의 고밀도 탄소 나노 튜브 덩어리가 만든, 세상에서 가장 완벽한 검은색, 작은 블랙홀, 빛 흡수율이 99.96퍼센트에 이르는 '반타 블랙'을 창수는 원했다. 완벽한 검정은 아닐지라도 충분히 검은 '블랙 2.0'도 괜찮을 것이다. 유리에 관한 감정은 깊이를 알 수 없는 동굴처럼 받아들이기만 할 뿐 어떤 빛도 내보내지 않았다. 헤어짐의 골은 깊었다. 창수는 한 번쯤 유리의 전화를 받길 바랐다. 하지만 핸드폰은 흐느끼기만 할 뿐 침묵했다. 마지막으로 말해주고 싶었다. 언젠가 설명이 필요한 저녁이 오면 하려던 이야기를. 당신이 잠들었을 때 본, 날개가 노랗고 푸른 나비에 관한 신화를.

아내는 아팠다. 병원에서도 원인을 찾지 못했다. 의사는 뻔한 진단을 내렸고 자신의 생일날 먹은 반찬 가짓수보다 더 많은 약을 처방했다. 아내 몸은 건기의 누런 초목처럼 타들어 갔다. 육체가 시들어 가자 정신도 약해졌다. 영혼은 잔잔한 윤슬에도 바스락 소리를 내며 금이 갔다. 창수는 놀랐고 아내는 그냥 웃어넘겼다. 젊은 날의 미모는 말린 무화과 열매처럼 초라해졌다.

토요일 밤이었다. 새벽 5시, 창수는 눈을 떴다. 아내의 코 고는 소리가 등 뒤에서 들렸다. 조용히 밖으로 나가 거실 소파에 앉았다. 베란다 창문을 통해 하늘을 바라봤다. 창수는 동쪽 하늘이 훤해질 때까지 생각에 잠겼다. 아내가 침실에서 나왔다. 옆에 기대어 앉았다. 부스스한 모습의 아내는 졸음에 취한 목소리로 중얼거렸다.

-…새벽에 알았어. …당신이 옆에 없다는걸.

-….

-왜 나갔어?

-잠이 오질 않아서.

-난 헷갈렸어. 진짜로 당신이 침실 밖으로 나갔는지 아니면 내가 꿈을 꾸는 건지. 꿈속에서 당신을 찾아 헤맸어. 길을 잃고 헤매면 어쩌나, 걱정되더라.

창수는 아내를 안았다. 아내는 창수의 품 안에서 눈을 붙였다. 끙끙 앓는 소리를 내면서 다시 잠들었다. 아내는 꿈속에서도 아팠다.

***

여자는 홍대 파티 룸을 용케 예약했다. 첫눈 오기 전이라 그럭저럭 가능했다. 초대한 친구는 모두 온다고 했다. 제일 넓고 좋은 곳을 빌렸다. 실내 화장실은 있는지, 시끄럽게 떠들고 뛰어놀아도 괜찮을 만한 장소인지, 이케아 쇼룸을 닮은 인테리어인지, 홈바는 세련되었는지, 휴식을 위한 소파와 침대는 편한지, 조명은 따듯하고 아늑한지, 영화를 보거나 보드게임을 하거나 포켓볼을 할 수 있는지 꼼꼼히 따졌다. 올나이트 패키지라 돈이 많이 들었지만, 전부 마음에 들었다. 저녁놀이 넓은 창문을 불그레하게 물들이자 하나둘 모였다. 여자는 세상에서 제일 행복한 표정으로 손님을 맞았다. 뒤늦게 정연 언니도 왔다. 보르도 매독 와인과 모듬 치즈 세트, 맥주와 바게트와 카수엘라, 넉넉하게 내온 해물 파에야, 치킨과 목살 스테이크, 입가심 쌀국수까지, 축하 자리에 온 이들은 음식과 노래와 술과 잡담에 즐거워했다. 모두 그녀를 위해 잔을 높이 들었다.

-진급 축하해!

술잔은 빠르게 비워졌다. 웃음소리는 실내를 꽉 채웠다. 친구들은 노래방 기계 반주에 맞추어 젊은 날 아직 만나지 못한 연인을 꿈꾸며 불렀던 노래를 한목소리로 합창했다.

-사람들에겐 가시가 있어요. 그래서 난 늘 상처투성이가 되었지요. 만일 제 몸 하나 보호할 작은 가시조차 없는 이를 본다면, 그런 미련한 사람을 만난다면, 난 꼭 안아줄 거예요.

여자는 많이 취했다. 파티 호스트로의 역할은 이미 오래전 내려놓았지만, 누구 하나 질책하지 않았다. 소파에 머리를 기대고 반쯤 감긴 눈으로 가라오케 모니터를 응시했다. 여자는 정연의 어깨에 머리를 기댔다. 정연이 나지막이 물었다.

-어떻게 됐니?

-…뭐?

-그 사람들.

-글쎄. …어떻게 되었을까? …어떻게 될까?

여자의 머리카락이 뺨을 타고 한쪽으로 쓸려 내렸다. 갈색 단발머리는 물비늘처럼 흔들리다 함초롬하게 가라앉았다. 정연은 여자의 머리를 쓰다듬어 주었다.

-넌 이미 알고 있잖아. 깊어질수록 힘든 사랑이 있다는 걸. 그건 해선 안 될 사랑이기 때문이야. 그런데도 멈추지 못하는

이유는 그 또한 사랑이라 그렇겠지. 그래. 순수한 사랑은 늘 옳았어. 그것이 비록 틀렸을지라도.

-….

-그렇게 생각지 않니? 유리야.

유리는 이제 어떤 대답도 할 수 없을 만큼 취해 버렸다. 그녀의 갈색 머리카락에서 깊은 꿈의 냄새가 났다.

스마트폰이 부르르 몸서리를 쳤다. 검지를 찍어 화면을 열었다. 사진 한 장이 부유하듯 떠올랐다. 1년 전 오늘을 회상하시겠습니까? 구글의 AI 타임라인 서비스가 보낸 옛 기억이었다. 도심의 일몰을 바라보고 앉아있는 두 남자. 그날의 태양도 딱딱하게 식어가고 있었다. 붉은 노을이 사진 속 둘의 뒷모습을 공평하게 물들여 놨다. 영석의 실루엣은 더할 나위 없이 행복해 보였다.

나는 마침내 산책을 결심했다. 시작 장소는 우리 자주 같이 걷던 곳, 은행나무가 끝도 없이 이어진 가로수 길이 좋을 것이다. 휴대전화기는 침대맡에 두고 가려 한다. 오늘 하루는 기계든 사람이든 누구도 기억해서는 안 된다.

 벽을 더듬었다. 천장 전등 스위치를 찾는 내 손이 남의 것처럼 어줍다. 사각 얼음 같은 버튼이 손끝에 걸렸다. 몇 번의 딸깍 소리에도 천장 전등은 깨어나지 않았다. 등은 이 방 안에 불을 밝힌 지 아주 오래되었음을 어둠으로 답했다. 암막 커튼을 조금 열어봤다. 그 틈을 비집고 햇빛이 꾸역꾸역 밀려들었다. 방에 눌어붙어 있던 암흑이 한 겹 부서졌다. 호흡을 가다듬었다. 속으로 셋을 셌다. 커튼을 옆으로 열어젖혔다. 방은 빛으로 빈틈없이 채워졌다. 옷장 문을 열었다. 오래된 냄새가 났다. 철 지난 흰색 면티와 무늬 없는 카디건을 꺼냈다. 치마를 집었다가 놓았다. 누구의 눈에도 띄지 않을 평범한 청바지를 꺼내 입었다. 허리통이 한 주먹은 남았다. 거울 앞에 섰다. 핏기 없는 마른 여자가 시든 콩나물처럼 구부정하게 서서 나를 쳐다보고 있었다.

 방문을 열었다. 오랜만에 입을 벌린 놀란 경첩이 금속 비명을 질렀다. 내 그림자가 잠에서 깬 아이같이 거실 마룻바닥에서 어름댔다. 난 문지방을 섣불리 넘지 못했다. 뭉그적거리다 마룻바닥을 발끝으로 겨우 디뎠다. 봄을 기다리는 살얼음처럼 바닥이 찼다. 방을 장악한 햇빛은 어서 나가라며 등을 떠밀었다.

 골목을 따라 걸었다. 밤새 비가 내렸지만 언제 그랬냐는 듯 햇살이 맑았다. 곳곳에 물웅덩이가 생겼다. 옴폭한 물골에 하얀 구름이 모여있다가 내 발걸음에 금세 흩어졌다. 갈림길에서 왼쪽으로 방향을 바꿨다. 새로 포장한 도로가 대로까지 길게 이어졌다. 길바닥에서 시골 학교 교실 바닥처럼 윤이 났다. 반사된 빛이 얼굴까지 튀어 올랐다. 난 손으로 빛을 가리고 계속 걸었다. '지금은 산책 중'이라는 점을 몸에게 알려주기 위해 손바닥으로 담벼락을 쓸며 내려갔다. 우툴두툴한 느낌이 고스란히 전해졌다. 비포장도로를 기어코 달려가는 트럭처럼 손가락이 불규칙하게 튀었다. 쓰레기가 잔뜩 쌓여있는 곳을 지났다. 알록달록한 전단이 쓰레기봉투에 아무렇게나 꽂혀있었다. 길을 가로막고 있는 배달 오토바이를 피해 가느라 벽 쪽으로 붙어 모걸음으로 걸었다. 눈높이에 가스계량기가 보였다. 세대별로 설치된 계량기의 숫자가 다른 속도로 돌아갔다. 0부터 9까지, 각자의 속도로, 느리거나 빠르게 제 얼굴을 바꿔갔다. 포도나무 덩굴 같은 붉은 가스관이 계량기에서 나와 벽을 타고 위로 뻗어 나갔다. 나는 관의 끝이 어디까지 이어졌는지 궁금해 거미처럼 벽에 붙어 올려다보았다.

버스 정류장에 섰다. 전자게시판에 도착할 버스 번호와 오늘 날씨가 교대로 나타났다가 사라졌다. 110B 버스는 아직 오지 않았다. 천재 수학, 스탠퍼드 영어, 최강 국어, 논술 학원 광고 문구로 뒤덮인 학원 버스가 들어왔다. 초등학생들이 와르르 내렸다. 한가하던 정류장은 왁자글해졌다. 뒤쪽 포장마차로 다투어 달려갔다. 떡볶이, 어묵, 순대를 고르는 어린 손들이 바빴다. 한 여학생이 신메뉴인 매운 볶음 컵밥을 들고 정류장으로 왔다. 친구들은 한 입씩 맛보고는 어미를 향해 주둥이를 한껏 벌리는 둥지 속 새끼 새들처럼 재잘거렸다. 개를 데리고 산책하는 운동복 차림의 여자가 아이들 앞을 지나갔다. 살랑거리는 크림색 털의 리트리버가 나타나자, 귀엽다며 일제히 비명을 질렀다. 개는 화들짝 놀랐다. 얘 남자예요? 여자예요? 주인은 개 머리 위에 매달아 놓은 무지개 리본 장식을 가리켰다. 주인이 한눈을 판 사이 개는 맞은편 공원으로 달아났다. 목줄을 놓친 그녀는 소리를 지르며 뒤를 쫓아갔다. 아이들은 깔깔거리며 웃었다.

  한 남자가 사진관 옆 골목에서 나왔다. 그는 손바닥만 한 노란 조각 천이 잔뜩 붙은 옷을 입고 있었다. 세서미 스트리트의 노란 새 빅버드를 닮은 것 같기도 하다. 들고 있던 가방 안에서 반으로 접은 노란 벙거지를 꺼냈다. 가로등 기둥에 탁탁 치자 먼지가 뿌옇게 일어났다. 얼굴에 뒤집어썼다. 두 개의 구멍으로 눈만 빠끔히 보였다. 영락없는 명랑 만화 속의 악당이 되었다. 그는 종이 뭉치를 가방에서 꺼냈다. 옆구리에 낀 채 지나는 사람들에게 한 장씩 나눠줬다. 귀찮아하는 행인에게도 강제로 안겼다. 내게 다가왔다. 뻥 뚫린 구멍 안의 까만 콩 같은 눈동자와 시선이 마주쳤다. 어딘지 익숙한 눈빛이다. 그가 건넨 종이를 받았다. '은행나무 베이커리'라고 적힌, 새로 오픈한 빵집 전단이었다. 주말 동안 방문하는 손님에게 조각 케이크를 무료로 나눠준다고 쓰여있었다. 가까이서 보니 그가 입은 옷은 노란 잎이 잔뜩 붙은 은행나무 복장이었다. 장난기가 가득한 여드름투성이 남학생이 그에게 물었다.

"사진 같이 찍어도 돼요?"

은행나무는 대답 대신 고개만 끄덕였다.

"애들아, 모여라!"

아이들이 우르르 나무 주변에 몰려들었다. 그는 양팔을 좌우로 벌렸다. 줄에 연결된 은행잎이 주르르 펼쳐져 바닥까지 흘러내렸다. 바람이 불 때마다 이파리가 너붓거렸다. 아이들은 옆에 다닥다닥 붙었다. 어느 아이는 V자를 그리며 잇몸을 드러냈다. 어느 아이는 양 볼을 성난 복어처럼 부풀리고 검지로 자기 뺨을 찔렀다. 또 다른 아이는 얼굴을 한껏 못난이로 만들었다. 그들은 인간 은행나무와 사진을 찍었고 곧 SNS에 올리기 시작했다. 110B 버스가 도착했다. 슬라이딩 문이 깊은 한숨을 내쉬고 반으로 접히며 안으로 들어갔다. 한때 친숙했던 버스에 올라탔다. 창 너머로 은행나무 남자를 쳐다보았다. 그와 사진을 찍기 위해 더 많은 사람이 모여들었다. 그는 더는 전단 나눠주는 일을 할 수 없었다. 여전히 양팔을 벌리고 포즈를 취하고 있는 은행나무 남자는 노란 십자가에 박힌, 황색 두건을 뒤집어쓴 죄인 같았다.

***

"그렇게 바닥만 보고 걷다간 머리에 똥 맞는다."

경리단의 명소 가로수 길을 걷던 영석은 문득 입을 열었다. 방 안에만 틀어박혀 있던 그를 억지로 끌고 나온 후 처음 들은 말이었다. 위를 올려다보니 녹사평 파란 하늘을 은행나무의 노란 잎이 다 가렸다. 그 사이로 주렁주렁 매달린 열매들이 보였다.

그의 시크한 말투가 반가웠다. 더는 바닥을 굴러다니는 은행나무 열매의 고약한 냄새가 느껴지지 않았다. 영석의 얼굴을 찬찬히 바라보았다. 잡초처럼 자란 수염이 입술 주위에 가득했다. 얼굴은 반쪽이었고 머리카락은 산발한 것처럼 부스스했다. 예전의 댄디했던 그는 옆에 없었다. 걷는 내내 나는 푼수기 넘치고 수다스러운 여사친이 되었다. 이런저런 이야기를 끊임없이 들려주었다. 함께 고3 담임선생을 찾아갔던 일. 친구들과의 당일치기 춘천 기차 여행. 우연히 발견한 맛집에서 허겁지겁 먹다가 배탈 난 사건. 저물녘 한강 둔치 공원의 풍경. 나는 두서없이 말했고 그는 벙어리처럼 듣기만 했다. 은행잎을 무덤처럼 쌓아놓은 길 끝에 다다르자 그는 뜬금없는 이야기를 꺼냈다.

"너, 그거 아니? 은행나무에도 암수가 있다는 것."

"그래?"

"주변에 열매가 떨어져 있다면 그것은 틀림없이 암나무야. 군것질거리가 별로 없던 시절, 사람들은 열매를 서로 가져가려고 했지만 이젠 아무도 그렇게 하지 않아. 껍질 까기도 불편하고, 중금속에 절어있고, 냄새까지 구리니까. 그래서 앞으로 길거리의 은행나무를 모두 수나무로 교체한대."

"그렇구나."

"그런데 한 가지 문제가 생겼어. 맨눈으로는 어린 은행 묘목의 암수를 구별하는 게 불가능하다는 거야. 적어도 10년은 지나 열매가 맺힐 때쯤에나 확실히 알 수 있거든."

영석은 은행잎 무덤을 말없이 바라봤다.

"그러니까 내 말은…."

나는 그의 입을 막았다.

"듣고 싶지 않아."

"세상엔 어린 은행나무가 너무 많아."

그의 공개적인 커밍아웃 후에도 우린 아무 일이 없던 것처럼 만났다. 영석의 모든 친구가 연락을 끊었을 때도 마찬가지였다. 월급을 받는 날이거나, 비가 오는 날 파전이 생각나거나, 날이 좋아도 딱히 할 일이 없을 때 그냥 전화했다. 내가 먼저 할 때도 있었고 영석이 먼저 할 때도 있었다. 우리 만남의 시작은 늘 경리단 가로수 길이었다.

***

느럭느럭 걷다가 멈췄다. 키 큰 나무에 등을 기대고 숨을 몰아쉬었다. 길지 않은 산책이 속을 다 헤집어 놓을 만큼 힘들었다. 잎사귀들이 바람 불 때마다 자갈 굴러가는 소리를 냈다. 일련의 무리가 앞을 지나갔다. 그들이 밟고 간 으깨진 은행나무 열매가 보도블록을 노랗게 어지럽혔다. 한 아이가 손으로 열매를 만지려 했다. 엄마는 아이의 손을 잡아챘다. 사람들은 열매를 밟지 않게 조심하며 걸었다. 길도, 사람도, 열매도 변한 건 하나도 없었다.

지하도를 지났다. 오른쪽으로 이태원 초등학교 방향이라는 안내판이 보였다. 계단 위쪽에서 달콤한 냄새가 주르르 흘러 내려왔다. 지상으로 나가자마자 추로스 가게가 보였다. 말발굽 모양의 튀겨진 추로스와 아메리카노를 들고 있는 남녀가 '경리단길 입구'라는 이정표 앞에서 함께 사진을 찍었다. 두 손은 전봇대의 늘어진 전화선처럼 하나로 이어져 있었다.

동남산 대림 아파트 단지 담벼락을 끼고 걸었다. 차들이 무료한 강아지처럼 잠들어 있었다. 약국 삼거리에 잠시 멈추어 주변을 둘러봤다. 왼쪽은 보석길 장진우 거리, 오른쪽은 남산까지 이어지는 언덕길이다. 고민하다가 왼쪽으로 발걸음을 옮겼다. 전봇대에 붙어있는 무질서한 광고지가 정신을 어지럽혔다. 벽한 면이 전부 유리창인 카페 앞을 지나갔다. 얼음판을 미끄러지듯이 걷는 내 모습이 비쳤다. 나는 날 닮은 반투명한 유령과 함께 계속 걸었다. 편집숍과 클래식 LP 가게가 있는 곳에 외국 관광객 커플이 서있었다. 남자는 스마트폰의 맵을 들여다보며 가고자 하는 목적지를 찾았다. 한 바퀴 휙 둘러보더니 서쪽 골목을 가리켰다. 여자는 등을 진 채 관광 지도를 펼쳐 보고 있었다. 둘의 시선이 같은 곳을 바라보는 데까지 시간은 얼마 걸리지 않았다.

언덕은 가팔라지고 하늘은 더 가까워졌다. 골목길은 점점 좁아지면서 구불구불해졌다. 남산공원까지 300미터라고 알려주는 표지판이 나타났다. 저 멀리 하얏트 호텔이 보였다. 쉬다 걷기를 반복했다. 겨우 정상에 올라섰다. 가쁜 숨을 쉬었다. 발아래 동네가 한눈에 들어왔다. 색색의 지붕들이 햇빛을 받아 더욱 선명해졌다.

공원 벤치에 젊은 여자가 홀로 앉아있다. 공원이 만들어지기 전부터 그곳에 있었던 것처럼 딱딱하게 굳어있었다. 그녀는 누군가에게 메시지를 보냈다. 잠시 후 다시 문자를 보냈다. 10초도 기다리지 못하고 또 글을 쓰고 전송 버튼을 눌렀다. 대답 없는 상대에게 전화를 걸었다. 아무도 받지 않았다.

여자는 일어나더니 벤치 주변을 불안하게 서성였다. 누군가의 대답 없음에 대한 분을 풀려는 듯 쓸어 모은 낙엽 무더기를 부츠 발로 찼다.

'당신은 쿨해져야 해. 쿨하지 못한 자는 그리워할 자격도 없으니까.'

나는 속으로 말했다. 사방으로 흩어지는 낙엽에서 향초 냄새가 났다.

***

장례식장에서 향을 피우는 수많은 이유를 영석에게 들려주었다. 시신이 썩는 냄새를 숨기기 위해, 잡귀들이 오는 것을 막기 위해, 극락의 문을 열기 위해. 그들의 무수한 곡절은 내키지 않지만 어쩔 수 없이 문상 온 조문객 수보다 많을지도 모른다. 그중에서 제일 그럴듯한 설명은 생전의 기억을 지우기 위해 향냄새를 맡는다는 것이었다. 잊기 위해 향훈에 감응한 자들. 그들도 한땐 죽은 이와 함께 먹고 마시던 사람들이었을 것이다. 마지막 작별을 위해 차갑게 변한 손을 부둥켜 잡고 울던 사람들이었을 것이다. 하지만 염이 끝나자마자 시신을 만졌던 손을 씻으러 화장실로 달려갔던 이들이기도 했다.

"그런 짓은 손가락질 받아야 해. 저주받아 마땅한 거라고."

내 말에 영석은 세상에서 가장 어색한 미소를 지으며 고개를 끄덕였다. 그렇지만 영석과 그의 애인 병헌을 벌레 보듯 쳐다보던 사람들은 누구도 이런 이야기에 동의하지 않았다.

***

회나무로42길과 44길 사이에서 서서 더는 움직이질 못했다. 호텔 옆길을 따라 내려가서 산책을 끝낼 것인가. 이대로 이태원 사거리 쪽으로 향할 것인가. 머리는 고민에 빠졌지만, 몸이 익숙한 방향으로 움직였다. 케냐 대사관 앞을 지나 오른쪽 길로 빠졌다. 'Beyond and Between'이라는 미술 전시회 포스터가 곳곳에 붙어있었다. 나는 리움 미술관을 향해 걸었다. 하늘과 땅을 정확히 반으로 갈라놓은 금속 구체의 탑이 제일 먼저 나를 반겼다.

평일이라 실내는 한가했다. 단체 관람 온 아이들만이 아무도 없는 넓은 매표소 앞을 뛰어다녔다. 검은 벽돌을 단단히 이어 붙여 쌓은 벽과 그 벽을 타고 올라가는 뉴런 세포 닮은 넝쿨이 창밖 너머로 보였다. 미술관 담장은 바깥의 어떤 비난도 막아줄 수 있을 만큼 튼튼해 보였다. 직원에게 입장권을 내밀었다. 어소세요. 그녀는 혀 짧은 인사를 하며 플라스틱 인형 같은 미소를 지었다. 몇 개의 전시실을 지났다. 동선은 현대 작품이 전시된 아래층으로 길게 이어졌다. 모두를 압도하는 거대한 그림과 마주쳤다. 생선 비늘처럼 매끈한 표면에 색밖에 없는 유화는 바라보는 이들을 모조리 불필요한 존재로 만들어 버렸다. 두 개의 색이 날카롭게 충돌하는 선을 나는 꼼짝도 하지 않고 오랫동안 바라봤다.

"작품 만지시면 안 돼요."

뒤에서 소리가 들렸다. 한 여자 관람객이 물이 가득 담긴 유리그릇 모양의 설치 미술품을 만져보려고 하다가 직원에게 제지당했다. 여자는 얼굴이 빨개졌다. 곁에 서있는 남자 친구의 손을 잡았다. 괜찮아. 모르면 그럴 수도 있지. 남자의 말이 여자를 다시 웃게 해주었다. 천장 꼭대기에서 물방울이 툭툭 떨어졌다. 파문이 만들어질 때마다 일곱 개의 반투명 유리그릇은 파란색, 붉은색, 하얀색, 녹색으로 천천히 변했다. 마지막에는 모든 그릇의 색이 노랗게 바뀌었다.

〈노랑을 꿈꾸며〉

작품명이 새겨진 패널에 눈길이 갔다. 왜 작가는 제목을 이 따위로 지었을까. 나는 분노했다.

***

비가 추적거리던 어느 가을날이었다. 나는 영석과 포장마차에서 소주를 마시고 있었다. 무슨 이유로 함께 있었는지는 기억나지 않는다. 내게 뭔가 줄 게 있다며 만났던 것일지도 모르겠다. 그는 종종 말 같지도 않은 일을 기념해 선물을 주곤 했으니까. 대화를 이어가기 딱 좋을 만큼 취했을 때였다. 도로에 달라붙어 있는 젖은 은행잎을 물끄러미 쳐다보던 그가 중얼거렸다.

"여름에는 초록인데 가을이 되면 노랗게 변하는 이유는 뭘까?"

은행잎은 본디 노란색 색소를 품고 있지만 푸른색 엽록소 때문에 봄, 여름에는 제 색깔을 드러내지 못한다, 하지만 가을이 되면 엽록소의 기능이 약해져 노랗게 변한다는 어디서 들은 이야기를 그에게 들려줬다. 설명을 듣자마자 영석은 함박웃음을 지었다.

"옳거니! 그놈의 계절이 본디 색을 찾아주었구나."

그는 판소리하듯 외치고는 단숨에 잔을 비웠다.

***

음식점이 즐비한 골목길을 걸어갔다. 플래카드에 '용산구 지정 세계 음식 거리'라는 글자가 큼지막이 쓰여있었다. 각국의 레스토랑은 결혼사진을 찍는 신부처럼 화려했다. 할랄 음식을 파는 인도 레스토랑, 지중해 웰빙 푸드를 파는 가게, 케밥 전문 식당과 오키나와 소바집을 스쳐 지나갔다. 이국적인 음식 냄새가 골목길마다 가득 담겼다.

나는 건물 계단을 따라 2층으로 올라갔다. 영국식 디저트 전문점으로 들어갔다. 놀랍게도 옛날 그대로였다. 저녁 식사 때라 그런지 손님은 많지 않았다. 창가에 앉았다. 창문 밖으로 골목을 내려다봤다. 사람들의 까만 머리꼭지가 강물처럼 흘러갔다. 메뉴판을 펼쳤다. 우리가 자주 먹었던 딸기 생크림 케이크가 사라지고 새로운 메뉴인 샤프론 애플파이가 생겼다. 신제품 주문시 허브 얼그레이 티도 함께 제공한다고 쓰여있다. 주인은 다가와 친절한 미소와 함께 인사했다. 애플파이를 주문했다. 지금 내게는 한 번도 맛본 적 없는 디저트가 필요하다.

힙스터 수염을 멋지게 기른 중년 백인 남자와 젊은 한국 남자가 들어왔다. 2인용 소파에 나란히 앉았다. 메뉴판을 보며 디저트를 고르는 내내 둘의 깍지 낀 손은 풀릴 기미를 보이지 않았다. 한국 남자의 머리가 백인 남자의 산 같은 어깨에 기댔다. 둘은 다정하게 키스했다.

***

영석은 항상 창을 등지고 앉았고 난 풍경이 보이는 쪽을 택했다. 우린 나란히 앉아본 적이 한 번도 없었다. 각자 먹고 싶은 메뉴를 주문했다. 난 우유를 조금 넣은 헤로스 아쌈 티와 이 집의 시그니처 디저트인 딸기 조각 케이크를, 그는 에스프레소를 주문했다. 영석은 지난달 동해로 놀러 갔을 때 바닷가에서 병헌과 함께 찍은 사진을 보여주었다. 젖은 둘의 상체는 강자갈처럼 반짝였다. 병헌은 종합병원의 인턴으로 영석보다 세 살 많은 남자였다. 셋이 함께 식사한 적도 있었다. 병헌은 과묵했지만 지루하지 않았고 가끔 던지는 농담으로 분위기를 바꿀 줄 아는 남자였다. 영석은 둘이 키스하는 사진을 내게 보여주었다. 부둥켜안은 그들의 머리 위로 붉은 노을이 비쳤다.

"징그러워. 수컷들끼리 좋아 죽는 사진 또 보여주면, 너 아주 죽여버린다. 다신 안 만나줘."

내 경고에 영석은 킥킥거렸다.

"나 말고는 만날 친구도 없으면서."

"웃기네. 나 좋다는 사람 줄 섰어."

"내 사진 보기 싫으면 네 것이나 보여줘."

"나 사진 찍기 싫어하는 것 몰라?"

"너란 여잔 참 희한해. 여자들은 셀카 그런 것 좋아하지 않니?"

주문한 디저트가 나왔다. 영석 앞으로 케이크가 담긴 접시를 밀었다.

"맛이나 봐."

"살쪄서 싫어."

"까탈스러운 긴코 같으니라고!"

그는 호모라 불리는 것을 싫어했다. 대신 이반이라는 단어를 썼다. 난 이성애자를 일반, 동성애자를 이반이라 구분 짓는 것은 하늘에 선을 긋고 그 선이 보일 때까지 뚫어지게 쳐다보는 짓과 같다고 했다. 나는 영석을 일반도 이반도 아닌 나만 아는 다른 무엇으로 불러주고 싶었다. 어느 날부터인가 그를 긴코

(Ginkgo, 은행나무)라 불렀다. 영석은 왜 그렇게 부르냐고 물었지만 나는 웃기만 했다. 수백 년을 살아남은들 네가 어떻게 플라타너스나 사이프러스가 될 수 있겠니? 속으로 답했다. 늘 그렇듯이 우리의 대화는 잡스러운 이야기로 채워졌다. 새로 바꾼 네일 아트부터 요즘 유행하는 스니커즈 신발 디자인까지. 영석은 자기가 아는 어느 친구의 연애사를 들려줬다.

"…그래서 걔는 여자 친구랑 결국 헤어졌어. 그날 어찌나 눈물 질질 짜면서 술을 처먹던지. 그렇게 죽네 사네 하던 놈한테서 한 달쯤 지난 어느 날 전화가 왔어. 국제전화였어. 자기 지금 아르헨티나에 있다고."

"거긴 왜 갔대?"

"무슨 소설을 읽고 갑자기 그곳으로 떠가야겠다는 결심을 했대."

"무슨 소설?"

"들었는데 까먹었어. 아무튼 그 소설 속 한 구절 때문에 떠난 거래."

"뭔데?"

"이별 후에는 누구나 세상의 끝으로 가게 된다는 말."

"으흠. 난 그 친구가 왜 그곳에 갔는지 알 것 같아."

"음?"

"아르헨티나 최남단에 우수아이아라는 동네가 있어. 세상의 끝(Fin del Mundo)이라는 별칭의 작은 도시."

영석은 짧은 휘파람을 불었다.

"별걸 다 아네. 거긴 어떻게 알았어?"

"나도 그곳에 가봤으니까."

우리는 한동안 말없이 차만 마셨다. 영석은 한 입도 대지 않은 내 딸기 조각 케이크를 말없이 바라보다가 못생긴 덧니를 드러내며 씩 웃었다. 그가 말했다.

"내가 이반이 아니었다면 좋았을 텐데."

"…."

"그랬다면 너도 세상의 끝에 가지 않았겠지."

난 짝사랑에 빠진 아는 동생의 사연을 들려주었다. 영석은 맞장구를 치며 공감했다. 예전에 사귀었던 못된 남자 친구 험담도 했다. 그는 역시나 내 편을 들었다. 전 남친의 진실하지 못함과 이해심 부족을 우리는 하나가 되어 욕했다. 영석이 경리단이라는 지역명의 유래를 들려주기 시작했을 때, 나는 처음으로 딸기 케이크를 한 입 베어 먹었다.

***

"주문하신 케이크와 티 나왔습니다."

종업원은 붉은 샤프론 가루가 눈송이처럼 뿌려진 애플파이와 영국식 얼그레이 티를 테이블 위에 내려놓았다. 파이를 티스푼으로 떠서 한 입 먹었다. 카페 안을 흐르던 가요가 어느새 연주곡으로 바뀌었다. 한때 제일 좋아했던 〈러블리 애프터눈〉이라는 피아노곡이었다. 서걱. 서걱. 서걱. 겹겹이 쌓인 얇은 파이 무더기가 바스러졌다. 음악은 입속 비악음(非樂音)과 불협화음을 일으켰다. 귓속이 어지러웠다. 나는 아름다운 선율을 연주하는 피아니스트를 향해 살의를 느꼈다.

***

뛰룩뛰룩. 뛰룩뛰룩.

횡단보도를 건널 수 있는 시간이 얼마 남지 않았다고 신호등은 계속 경고음을 보냈다. 나는 그것과 상관없이 같은 보폭으로 차도를 건넜다. 앤티크 가구점을 지났다. 매대 위의 고물들이 귀한 몸인 양 한껏 잘난 체를 하고 있었다. 위쪽 길로 향했다. 깨진 귀퉁이를 메꾸려고 백색 시멘트를 군데군데 덧바른 계단을 꾹꾹 밟으며 올라갔다. 에어컨 실외기가 테트리스 블록 조각처럼 빼곡하게 채워진 담을 따라 걸었다. 이슬람 문화 도서관과

할랄 식재료를 파는 가게가 나타났다. 난 가게 앞에서 서서 창을 통해 안을 살펴봤다. 히잡을 쓴 아줌마가 문을 열고 나왔다. 상냥한 미소를 지으며 눈인사했다. 가게 앞을 청소하는 그녀를 뒤로하고 다시 길을 떠났다. 아파트 단지 담장과 벽돌담 사잇길로 들어갔다.

문득 벽화를 만났다.

누군가 차가운 담벼락에 '일반' 사람들의 꿈을 그려놓았다. 우체통이 그려진 벽화 앞에 섰다. 우체통에서 빠져나온 빨간 선은 벽을 따라 길게 이어져 있다. 선을 따라 걸었다. 도시의 건물들, 인도의 사원, 무지개, 파란 하늘을 나는 풍선, 유럽의 집, 멍청하게 생긴 낙타가 쉬고 있는 사막, 이름 모를 건물과 도로와 숲과 어느 여자 연예인이 포카리스웨트 광고를 찍었던 그리스의 산토리니 마을을 지났다. 붉은 선은 무릎 꿇은 남자의 손으로 이어졌고 붉은 장미 꽃다발로 변했다. 남자 앞에는 한 여자가 서있었다. 얼굴부터 발끝까지 온통 검은색으로 칠해진 실루엣만 있는 여자였다. 이곳에서 영석은 무릎을 꿇고 벽에 그려진 꽃다발을 건네는 시늉을 했고 난 검은 실루엣 여자 옆에 서서 그것을 받는 척했다.

하늘을 올려다봤다. 온몸이 어릿할 만큼 끔찍하게도 푸르렀다. 전봇대를 시작으로 사방으로 펼쳐진 머리 위의 선들, 내 혈

관처럼 뻗어 나간 무수한 전화선이었다. 전봇대 꼭대기에서 통신회사 직원이 무슨 작업을 하고 있었다. 밑에서 동료가 소리쳤다. 어이, 아직 멀었어? 다 돼가요. 빨랑빨랑 좀 해. 오늘 여덟 개나 더 올라가야 한다고! 전봇대 위의 남자는 단자함에 테스트기를 연결한 채 모니터를 보고 있었다. 남자의 표정을 살폈다. 그의 얼굴에 수많은 대화가 스쳐갔다. 얼마나 많은 밀어가 저 전화선을 따라 흐르고 있을까? 남자의 목젖이 밑으로 한번 내려갔다가 올라가며 꿀꺽, 침을 삼켰다.

반대편으로 더 올라갔다. 이슬람 사원의 팔각형 탑이 나타났다. 청색과 백색 도형이 정교하게 균형을 이룬 아치형 건물이었다. 가까이 갔다. 아랍어로 된 거대한 글자와 성소의 둥근 지붕이 눈에 들어왔다. 마름모꼴 무늬가 가득한 입구를 향해 걸어갔다. 사원 앞 안내 데스크에 앉아있는 무슬림은 내 복장이 율법에 맞는지 감시의 눈초리로 살펴봤다. 나와 눈이 마주쳤다. 압살라무 알레이쿰. 무미건조한 인사말이었다. 사원 뒤편에서 길고양이를 보았다. 호랑이처럼 얼룩덜룩한 녀석은 쓰레기통 위에 앉아있었다. 난 눈을 깜빡이며 친근감을 표시했다. 고양이는 실력 좋은 장인이 깎아놓은 장식용 목공예품 같은 표정으로 뚫어지게 날 바라보았다. 안녕. 내가 말했다. 고양이도 삼각형 모양의 조그만 입에서 압살라무 알레이쿰, 하며 인사를 건넬 것만 같았다. 산책하던 개가 놈을 발견하고는 컹컹 짖는다. 길고양이는 순식간에 담장 너머로 달아났다. 하지만 개는 짖는 것을 멈추지 않았다. 주인은 조용히 하라고 목줄을 당겼다. 개의 위협은 고양이를 향한 것이 아니었다. 날카로운 이빨은 어느새 나를 향해 있었다.

***

"개가 사람을 무는 이유는 하나뿐이야. 그건 개새끼 스스로가 타살당하길 원하기 때문이지."

영석은 언덕길을 내려가면서 말했다. 그의 눈은 자신을 보고 사납게 짖어대는 개를 노려보고 있었다.

병헌의 부고를 들은 것은 그해 가을이었다. 실려 들어오는 환자들이 뜸해진 이른 아침, 병헌은 응급실 침대 위에 상의를 벗은 채로 죽어있었다. 시신은 당직 교대를 하러 새벽에 출근한 간호사에 의해 발견되었다. 그의 가슴 위에는 심장 충격기가 연결되어 있었다. 충격기 패드를 심장이 있는 위치에 붙여놓고 220볼트 전원을 넣은 채였다. 느닷없는 그의 죽음은 한여름에 만난 폭설처럼 주변 사람들에게 혼란스러움을 주었다. 노름빚 때문이다, 우울증이 있었다, 개인적인 집안 문제다, 격무에 시달렸다, 자살 원인에 대해 말들이 많았다. 한때 병원에선 열악한 인턴 생활에 대한 처우개선을 주제로 격론이 벌어지기도 했었다. 하지만 진짜 이유를 아는 이는 영석뿐이었다. 그날 이후 영석은 누구의 연락도 받지 않았다. 내 휴대폰에는 그에게 보낸 읽지 않은 메시지만 쌓여갔다.

한 달쯤 지난 어느 날, 나는 영석으로부터 소포 하나를 받았다. 안에서는 은행잎만 가득 들어있었다. 온통 노란색 이파리였다. 그것은 영석으로부터 받은 마지막 선물이었다.

***

산책은 끝났다. 집으로 돌아가기 위해 보광로60길을 빠져나와 녹사평역으로 향했다. 정류장에 서서 110B 버스를 기다렸다. 사람들 틈에 앉아서 멍하니 도로를 바라보고 있었다.

엄마 말을 안 듣게 생긴 주근깨투성이의 노랑머리 남자아이가 땅바닥을 보며 이리저리 돌아다녔다. 아이는 버려진 전단을 잔뜩 주워 가지고 왔다. 의자에 앉아있던 엄마는 존, 돈 터치 잇, 컴 히어, 라고 말하지만 들은 체도 않고 주운 종이로 무언가를 접기 시작했다. 광고 전단을 내려다보았다. 한 줄의 카피가 눈길을 사로잡았다.

'언빌리버블 막장 로맨틱 코미디! 5분마다 폭소의 핵폭탄을 터트려 드립니다!'

파란 바탕에 노란 풍선을 가득 그려 넣은 연극 포스터에는 팬티만 입은 두 남자와 원피스 차림의 여자가 있었다. 개그맨 닮은 뚱뚱한 남자와 비현실적으로 마른 남자가 안면 근육을 있는 힘껏 가운데로 모으고 야릇한 표정을 지어 보였다. 둘은 손을 꼭 잡았다. 일시와 공연장 주소 아래, 토끼같이 생긴 여배우가 두 남자를 곁눈질로 노려보고 있다. 그녀의 머리 위로 말풍선 하나 올라와 있다.

'사랑이 뭐 이래요?'

여배우의 독백이 아주 웃긴다는 생각이 들었다. 꽉 다문 입술 사이로 피식피식 헛바람이 새어 나왔다. 참을 수 없을 만큼 재밌다. 난 웃기 시작했다. 한 번 터진 웃음은 멈추질 않았다. 곁에 서있던 아저씨가 대관절 무엇 때문에 웃는지 내 얼굴과 포스터를 번갈아 보았다. 노랑머리 남자아이는 종이접기를 멈추고 빤히 날 쳐다보았다. 버스를 기다리는 사람들 모두, 보도블록을 따라 세워져 있는, 바람 불 때마다 노란 머리채를 흔들며 냄새나는 열매를 떨구어야 할, 언젠가 뿌리째 뽑혀 사라질 암은행나무처럼 나를 바라보았다.

아이는 슬금슬금 뒷걸음쳤다. 엄마에게 달려가 품에 안겼다. 아이는 어깨를 들썩이며 흐느껴 울기 시작했다.

***

집으로 가는 길을 올라가려다 문득 좋은 냄새가 났다. 냄새를 따라갔다. 은행나무 복장의 남자가 나눠준 전단 속 빵집, '은행나무 베이커리'였다. 오픈 축하 화환이 가게 앞쪽에 세워져 있었다. 입구에서부터 시작된 손님의 행렬은 가게 담을 따라 빙 돌아갈 만큼 길었다. 빵집 문이 열렸다. 젊은 여자가 오픈 기념 공짜 조각 케이크가 담긴 상자를 들고 나왔다. 뿌듯함이 얼굴에 가득했다. 가게 안에서 남자가 나왔다.

"죄송합니다. 오늘분 조각 케이크가 다 떨어졌습니다!"

주인의 말에 기다리던 이들의 항의가 빗발쳤다. 여태 줄 선 사람들은 뭐가 돼요? 덩치 큰 아줌마가 항의했다. 진작에 말씀해 주셨어야죠. 남자가 난처한 표정을 지었다. 뭐라고 해명했지만, 사람들은 이해하려 하지 않았다. 구시렁대며 하나둘 각자의 삶 속으로 사라졌다.

남자는 가게 문 앞에 걸린 패널을 뒤집어 걸었다. 패널은 '금일 영업 종료'로 바뀌었다. 가게 안으로 들어가 빨래 바구니를 들고 나왔다. 다른 한 손에는 머그잔을 쥐고 있었다. 아침에 보았던 은행나무 의상을 꺼냈다. 아직 물기가 남아 있어 무거워 보였다. 옷을 허공에 대고 탈탈 털었다. 물방울이 사방으로 날아갔다. 아주 잠깐 선물 같은 무지개가 만들어졌다가 사라졌다. 창문 창살과 파라솔 기둥을 연결한 빨간 빨랫줄에 옷을 널었다. 노란 은행잎 위로 김이 모락모락 올라왔다. 남자는 종일의 노고를 풀려는 듯 기지개를 크게 폈다. 남자는 가게 앞 의자에 앉았다. 편안하게 등을 기댔다. 그는 잔을 들고 느긋하게 커피를 마시기 시작했다.

나는 줄 위에서 옷이 말라가는 것을 바라보았다. 땅거미가 내려앉은 하늘은 붉게 변했다. 은행나무 옷의 노란 이파리는 저녁놀을 받아 청록색으로 부드럽게 바뀌기 시작했다.

세상의 끝, 거북이, 자그레브 박물관

중편소설 부문 신인작가상 수상작
2023 문학수첩

시계를 보니 새벽 3시가 넘었다. 진석은 징징대는 스마트폰 불빛을 향해 손을 뻗었다. 발신자는 장인이었다.

"혜원이가 깨어났네!"

한국에서부터 9천 킬로미터를 쉼 없이 날아온 늙은 목소리가 부들부들 떨렸다.

"이건 기적이야! 또박또박 말을 했어."

미텐발트에 다시 가고 싶어. 의식이 돌아온 혜원의 첫마디였다. 생명 연장 장치에서부터 빠져나온 고무 튜브를 기도와 콧구멍에 주렁주렁 연결한 상태에서도 그녀는 독일 남부의 시골 마을을 그리워했다. 장인은 사정했다. 한 번도 들어본 적 없는, 최대한의 예의를 갖춘 절절한 간청이었다.

"그냥 거기서 사진 몇 장 찍어 보내주면 되네. 바쁜 건 알겠지만 내 이렇게 부탁함세. 그래도 아직 법적으론 부부 아닌가."

일이 바빠 당장은 힘들지만, 조만간 다녀오겠다고 답했다. 형식적인 짧은 안부가 오갔다.

진석은 방 안을 서성였다. 전화 한 통으로 잠이 다 날아가 버렸다. 한기가 느껴졌다. 라디에이터를 켰지만 제대로 작동되질 않았다. 날 밝는 대로 관리인에게 말해야 할 것 같다.

창문을 열었다. 도심을 가로지르는 이자르강의 새벽바람이 침실 안으로 밀려 들어왔다. 바람에 눈 냄새가 구질구질하게 섞였다. 찌푸려 있던 구름 덩어리가 어느새 하얀 쓰레기를 도시에 뿌려놨다. 너무 이른 첫눈이었다. 맞은편 건물의 주황색 스페인식 기와와 파란색 포치가 반투명하게 보였다. 찰기 없이 쌓여있던 눈이 강쇠바람 맞은 모래알처럼 맥없이 쓸려갔다. 눈가루가 허공을 부유하다가 열린 창 틈새로 들어왔다.

붙박이 옷걸이에 걸어놓은 손가락만 한 크리스털 거북이가 가볍게 흔들렸다. 등껍질의 'Chao!'(차오)라는 음각 글자가 노릇한 달빛을 품었다. 따뜻해 보였다. 꼬리에 목걸이 줄이 연결된 유리 거북이의 작고 매끈한 배를 손끝으로 만져봤다. 밤의 광색은 낮과 달리 몹시도 찼다.

미텐발트는 여전히 그대로일까. 진석은 헝클어진 머리카락을 뒤로 쓸어 넘겼다.

***

휴앤이노 테크 뮌헨 지부의 사정은 갈수록 나빠졌다. 진석이 처음 책임자로 왔을 때 비해 매출은 반토막이 났다. 초음파 영상진단과 심전도 측정 장치 분야에서 제일 잘나가는 국내 업체, 4년 연속 의료기기 분야 브랜드 우수 기업, 그런 화려한 타이틀도 여기선 우물 안 개구리의 자랑거리에 불과했다. 본사는 몇 년 전부터 해외로 눈을 돌렸다. 고민 끝에 유럽 진출을 결정했다. 지멘스, GE, 존슨앤드존슨, 필립스 같은 굴지의 업체가 포진한 전쟁터의 전초기지는 독일 뮌헨으로 정해졌다. 처음에는 주재원의 인기가 좋았다. 이사 진급을 노리는 고참 부장들에겐 선망의 자리였다. 하지만 현실은 달랐다. 그전 지사장은 실적 부진을 이유로 쫓겨난 후 지방으로 인사 발령을 받았고 그나마 얼마 못 가 회사를 그만두었다. 책임뿐인 자리를 원하는 사람은 없었다.

진석은 재작년 지사장으로 지원해 이곳으로 왔다. 기회주의자? 배은망덕한 놈? 먹튀? 남들이 뭐라 불러도 상관없었다. 그저 현실로부터 달아나고 싶었다. 그것은 어떤 비난도 감수할 만큼 절박했다.

지부 조정 계획이 며칠 전 본사로부터 날아왔다. 계약 기간이 만료되지 않은 납품 건, 바이어와의 사전 일정, AS 같은 남은 일 때문에 당분간은 폐쇄가 아닌 규모 축소로 바뀌었다. 사무실은 임대료가 저렴한 시내 외곽 레오폴드 스트라세 쪽으로 옮겼다. 현지 직원도 대부분 내보냈다. 남은 이는 진석과 독일인 코디네이터인 미하엘 짐머만, 기술 컨설턴트 한국인 직원뿐이다. 폐허로 변한 사무소는 이제 본사 누구도 신경 쓰지 않았다. 사장의 관심사가 유럽에서 북미로 바뀌었다는 말만 전략팀 동기에게 전해 들었다.

오전에 아시아에서 온 바이어들과 워크숍을 가졌다. 오후에는 단체 시내 관광을 시켜줬다. 가이드는 미하엘이 맡았다. 독일인치곤 붙임성도 있고 지역 역사에도 밝아서 제격이었다. 일행은 마리엔 광장, 프라우엔 성당, 구청사 등 관광 명소를 두루 돌아다녔다.

저녁 식사는 영국 정원 안에 있는 야외 맥줏집 비어 가르텐에서 했다. 날이 어둑해지자 장식용 전등이 하나둘 불을 밝혔다. 독일식 돼지 족발인 슈바인학센과 양배추절임 사우어크라우트, 고무공처럼 생기고 찰진 포테이토 볼, 인도식 카레를 잔뜩 바른 살라미 소시지, 그릴에 구운 생선과 치킨이 담긴 접시를 들고 한데 모여 앉았다. 턱수염을 멋지게 기른 일본인 남자가 라거 맥주를 시원하게 들이켠 후 물었다. 일본인 특유의 발음이 섞인 썩 유창한 영어였다.

"왜 여기 이름이 영국 정원인가요? 독일에 있는 공원인데?"

미하엘은 할머니에게 들은 이야기를 해주었다.

"옛날 유럽에선 도심에 공원을 만드는 것이 유행이었어요. 그러다 보니 정원마다 독특한 스타일이 생겨났죠. 이곳은 어느 영국 건축가에 의해 만들어져서 앵글리셔 가르텐(Englischer Garten), 즉, 영국 정원이라는 이름이 붙었어요. 만든 사람이 영국인이라는 것 외에는 사실 영국과 별 관계가 없죠. 정원은 18세기 초에 처음 문을 열었어요. 당시 프랑스에서 유행하던 스타일은 프랑세즈식 정원, 그러니까 기하학적이고 대칭적인 형태의 정원이었어요. 하지만 여긴 자연 그대로의 풍경을 담아 만들었죠. 그래서 공원 전체가 마치 커다란 숲처럼 보여요."

미하엘은 맞은편 탑을 가리켰다. 아래서부터 위로 좁아지는 동양풍의 5층 탑으로 꼭대기에 둥근 첨탑이 올라가 있었다.

"저 탑의 어원도 그래요. 독일어로 시네쉬셔 트럼(Chinesischer Trum), 중국 탑이라 부르지만, 사실은 중국과 전혀 상관이 없거든요. 영국 왕립 식물원에 있는 탑을 모델로 만들고 그냥 이름만 가져다 붙인 거예요."

프리챌을 갈비처럼 뜯어 먹던 뚱뚱한 남자가 물었다.

"저건 아무리 봐도 중국풍이 아니군요. 어떻게 저런 이상한 모양에 중국 탑이란 이름을 붙일 수가 있죠? 차라리 동남아 것과 닮았는데요. 이해할 수가 없군요. 여기 공원 이름도 웃기고. 독일에 있는 영국 정원이라니? 그러면 영국에 있는 호수는 독일 호수인가? 독일인들은 그렇게밖에 작명을 못 하나요? 하하하."

반은 자국어, 반은 영어로 떠들어 대는 그는 이미 많이 취한 상태였다. 미하엘의 표정이 딱딱하게 굳었다. 진석이 재빨리 끼어들었다.

"아, 덕분에 새로운 시각이 생겼습니다. 우리같이 첨단 기술 산업에 종사하는 사람들은 이런 생각의 전환, 발상의 뒤집기가 중요하죠."

진석은 건배를 제의했다. 각자 자기 나라말로 건배하자고 누군가 말했다. 치어스! 칸페이! 간빠이! 프오스트! 검고, 노랗고, 갈색 나는 맥주잔이 한곳에 모였다 사라졌다.

***

일요일이었다. 오랜만에 짬을 내 피나코테크 미술관을 찾았다. 10시가 되지 않아 아직 문을 열진 않았다. 기다리면서 작품 소개가 적힌 팸플릿을 읽었다. 현대 미술 특별전이 지난달부터 계속됐다. 참여 예술가 중 몇 명은 얼굴이 익었다. 철근, 콘크리트 같은 산업재로 작품을 만드는 영국 조각가 앤서니 카로. 니힐리즘 해체주의 작가인 비치니 바네스…. 모두 서울에서 열린 세계 작가 포럼에서 만났었다. 물론 혜원 때문에 알게 된 예술가들이다.

시계가 정각을 가리키자 직원이 나와 문을 열어주었다. 안은 생각보다 붐비지 않았다. 매주 일요일에는 단돈 1유로로 입장할 수 있지만 그런 장점도 일정이 빠듯한 관광객에겐 매력적이지 못한 것 같다. 진석은 넓은 공간에서만 느낄 수 있는 호젓함이 좋았다. 벽에 걸린 그림을 따라 천천히 걸었다.

3층 세 번째 전시실로 들어갔다. 실내는 어두웠다. 관람객은 아무도 없었다. 진석은 거대한 조형물 앞에 섰다.

패고 벗겨진 밑동. 구불거리는 정맥 같은 가지. 그 끝에 매달린 길쭉한 붉은 열매. 바늘처럼 뾰족하고 암녹색으로 빛나는 잎사귀들. 얼기설기 뒤엉킨 뿌리. 그것은 앙상한 나무 조각상이었다. 가지와 몸통이 무수한 와이어에 묶인 채 허공에 매달렸고 평생 흙냄새도 맡아보지 못한 뿌리는 바닥으로부터 30센티쯤 떨어져 있었다. 나무는 근육과 신경을 헤집어 놓은 채 내장을 적나라하게 드러낸 표본실의 죽은 토끼처럼 보였다. 〈독일 가문비나무의 기원(The Origin of Norway spruce)〉이라는 작품이었다. 천장에서부터 빛줄기가 내려왔다. 희미한 몇 개의 빛이었다. 광선은 조각상을 중심으로 각자의 방향과 속도로 느릿느릿 움직였다. 움직이다 멈추고 밝아졌다가 어두워지길 반복했다. 열매와 이파리와 줄기 옹이와 얽힌 뿌리가 빛보라에 부딪힐 때마다 반짝거렸다.

결박당한 나무가 자신의 처지를 닮아 보였다. 가슴 한편이 먹먹해졌다. 목이 메어왔다. 눈 밑이 뜨거워졌다. 뜨뜻한 것이 뺨을 타고 흘러내렸다. 남자 나이 오십이면 아줌마가 된다는 말이 정말 맞는 것일까. 상한 와인처럼 눈물은 쓰고 아렸다.

인기척이 느껴졌다.

진석은 황급히 눈물을 훔쳤다. 소리는 분명 흐느낌이었다. 안으로 삭히다 못 견디고 터져버린 늘킴이었다. 같은 공간 안에서 궁상맞게 훌쩍거리는 이가 나 말고 또 누굴까. 기척이 나는 곳을 살폈다. 어둠에 갇힌 흐릿한 실루엣만 보였다. 천장의 빛이 그곳을 더디 스쳐갔다.

큰 눈. 새하얀 피부. 작고 붉은 입술. 짧은 단발. 화장기가 없는 민얼굴. 크지 않은 키에 마른 여자. 진석은 그녀를 바라봤다. 그녀도 진석을 바라보고 있었다.

"정…아…야."

자기도 모르게 이름이 튀어나왔다. 정아. 그녀는 윤정아였다. 젊은 날의 모습 그대로였다. 진석은 눈을 의심했다. 정아는 고장 난 형광등처럼 시야에서 깜빡거렸다. 버퍼링 걸린 동영상처럼 툭툭 끊기며, 흐릿하게, 애잔하게, 서늘하게 그녀는 서있었다. 정아의 뺨에 맺힌 눈물이 빛줄기와 만나 부서졌다. 정아는 다시 어둠에 매몰됐다. 같은 장소가 밝아졌을 땐 그녀의 모습은 이미 사라진 후였다.

황급히 밖으로 나갔다. 두리번거리며 그녀의 흔적을 찾았다. H 구역으로 가는 통로 끝에서 얼핏 닮은 뒷모습이 보였다. 황급히 쫓아갔다. 모퉁이를 돌자 다른 방으로 이어졌다. 모든 전시실을 돌아다녔다. 1층부터 꼭대기 층까지 오르내리며 찾았다. 어디에도 그녀는 없었다. 다시 독일가문비나무 조각상이 있는 층으로 왔다. 조각상 주변을 빙빙 돌았다. 밖으로 나왔다. 여자 화장실 앞 의자에 앉았다. 손수건을 꺼내 이마의 땀을 찍어 냈다. 아이를 데리고 화장실로 들어가는 금발 여자를 멍하니 바라봤다.

세상은 넓다. 게다가 여기는 전 세계 관광객이 찾는 뮌헨의 3대 미술관 중 하나가 아닌가. 비슷하게 생긴 사람은 얼마든지 있겠지. 그래. 그저 닮은 것뿐이야. 아주 많이. 한심하단 생각이 들었다. 누구도 30년 전 청춘으로 돌아올 수 없다는 평범한 진리를 진석은 그제야 생각해 냈다.

***

그해, 혜원은 겨울나무처럼 야위어 갔다. 몸무게는 간신히 40킬로그램을 넘겼다. 입원한 지 반년 만에 그렇게 변해버렸다. 진석은 다시 혜원과 한 공간을 썼다. 이런 식으로 재회하고 싶진 않았지만 어쩔 수 없었다. 장인의 강요를 거부하긴 힘들었다. 진석은 법적인 남편으로서 최소한의 도리라 스스로 위안했다. 그나마 다행은 방 두 개, 거실, 베란다가 있는 VVIP 독채 병실로 들어갈 수 있다는 것이었다. 입원한 병원의 원장이 장인의 친한 친구였기 때문에 가능했다.

뮌헨으로 떠나기 전까지 몇 달을 그렇게 지냈다. 진석은 병실에서 출근하고 병실로 퇴근했다. 낮에는 회사에서 일하고 밤에는 병실에서 간호했다. 진통제도 듣지 않는 밤, 울부짖던 혜원의 모습을 목도한 이는 진석뿐이었다. 하지만 투병 중에도 혜원은 달라지지 않았다. 그녀는 방 하나를 작업실처럼 꾸몄다. 자신의 저서, 상패, 작품들로 책장을 가득 메웠다. 독일 유학 시절 찍은 사진들이 벽 한 면을 덮었다. 작업대와 목공용 작업 도구와 화구를 가져왔다. 그녀는 조각칼과 붓을 손에서 놓지 않았다. 예정되었던 개인 전시회가 목전이기도 했지만, 창작만이 지옥 같은 고통을 잊게 해줄 거라 믿었기 때문이다. 먼지가 많이 나서 건강에 좋지 않다는 간호사의 경고도 그녀의 고집을 꺾지 못했다. 첫 번째 큰 수술이 끝난 후, 혜원은 작품용 점토를 잔뜩 배달시켰다. 그리고 누군가의 두상을 며칠에 하나 꼴로 만들어 내기 시작했다.

혜원은 흐트러진 모습을 보여주고 싶어 하지 않았다. 지인의 병문안이 있는 날이면 정성스럽게 화장하고 제일 좋은 옷을 꺼내 입었다. 환자 특유의 냄새를 지우기 위해 독한 향수를 뿌렸다. 정말 아픈 거 맞느냐는 농에 새로운 형태의 행위 예술이라고 대꾸했다.

방송국에서 투병 중인 혜원을 취재하러 왔을 때였다. 촬영 중 혜원은 혼절해 응급실로 실려 갔다. 쓰러진 아내를 업고 뛰어가는 진석의 뒷모습이 고스란히 카메라에 담겼다. 프로그램 게시판은 남편의 순애보를 칭찬하는 글로 도배됐다. 사람들은 입을 모아 진석의 헌신적인 뒷바라지를 칭송했다. 진석은 그런 이야기가 듣기 싫었다. 처가 쪽 사람들에게 또 다른 형태의 자랑거리를 만들어 줄 뿐이라는 것을 잘 알기 때문이었다. 쇼원도 부부의 삶은 타인의 희망과 기대를 먹고 그렇게 무럭무럭 자라났다.

전성기 시절, 혜원은 '한국을 빛낸 올해의 아티스트'라는 주제로 〈월간 쿤스트〉와 인터뷰를 했다. 기자는 이런 질문을 했다.

"선생님께서는 유명 조각가로서, 베스트셀러 작가로서, 방송인으로서 요즘 최고의 주가를 올리고 계시는데요. 무엇 하나 부족한 것 없는 선생님께 좀 심각한 질문 하나 하겠습니다. 만일 삶이 몇 개월밖에 남지 않게 된다면 무엇을 하시겠습니까?"

"시한부 인생 선고를 받는다? 글쎄요, 그런 생각을 해본 적은 없지만 적어도 죽음 앞에 굴복하진 않을 것 같네요. 말기 암에 걸린 어느 화가는 자신의 자화상을 매일같이 그렸다던데 전 그런 바보짓은 안 할 겁니다. 누가 죽어가는 자의 얼굴을 기억이나 하겠어요? 그건 옛사랑을 평생 그리워하는 것만큼이나 멍청한 거죠."

"옛사랑을 평생 그리워하는 것만큼 멍청하다. 그거 재미있는 비유군요."

"죽으면 다 끝이잖아요. 그런 멜랑콜리가 뭐 중요하겠어요.

하지만 만일 내게 주어진 시간이 얼마 없다면 하나만큼은 반드시 할 것 같아요."

"그게 뭐죠?"

"내 인생에서 제일 행복했던 곳으로 다시 가보는 것."

그녀의 마지막 전시회가 늦가을에 열렸다. 압구정동에 있는 혜원의 갤러리에서 진통제와 예술혼으로 탄생시킨 40여 점의 조각품을 전시했다.

'30여 년의 완고한 예술적 아집으로부터 탈출.'

'조망적 열정과 관망적 창조의 하모니.'

'선과 면과 빛으로 진부한 에피퍼니를 다시 주물해 내다.'

더할 나위 없는 평단의 호평이었다. 작품마다 혹평을 쏟아붓던 유명 평론가는 '아무도 살지 못하는 히말라야 꼭대기에서 세상을 내려다보는 듯한 명민하면서도 우아하고 순결한 시각'이라며 한껏 치켜세웠다. 혜원은 담담하게 말했다.

"이 양반이 죽을 때가 됐나 봐. 내게 이런 특급 칭찬을 다 하다니."

혜원은 새벽에 깨어났다. 기척에 진석도 눈을 떴다. 혜원은 벽을 잡고 욕실로 향했다. 다리에 힘이 없어서 거의 기어가다시

피 들어갔다. 물 트는 소리가 났다. 한참 지나도 나오지 않았다. 진석은 화장실로 들어갔다. 아내는 똥과 오줌으로 더럽혀진 팬티를 벗은 채 밑을 씻으려고 애를 썼다. 손에 들린 샤워기 꼭지는 방향 조절이 되지 않아 물이 사방으로 솟구쳤다. 몸에 부딪힌 물줄기는 분비물을 사방으로 흩뿌렸다. 진석은 샤워기를 뺏어 들었다. 혜원은 버텼지만 소용없었다. 진석은 그녀에게 다리를 벌리게 했다. 수온을 조절했다. 엉덩이부터 음부까지 아랫도리를 향해 물을 뿌렸다. 누런 것들이 허벅지를 타고 흘러내렸다. 구린내가 났다. 아내는 하얀 타일을 잡고 울었다. 소리는 물소리에 묻혔다.

진석은 깨끗한 수건으로 그녀의 몸을 닦았다. 드라이어로 음모를 말렸다. 새 속옷과 환자복으로 갈아입혔다. 혜원을 들어 안았다. 솜처럼 가벼웠다. 침대에 눕혔다. 베개를 정리하고 이불을 덮어주었다. 당직 간호사가 와서 상태를 확인하고 조치했다. 실내 온도를 올리고 불을 껐다. 진석은 보조 침대로 가 누웠다.

처음 우리가 만났던 날의 날씨. 느낌. 먹었던 음식. 젊은 날 함께했던 유럽 배낭여행…. 혜원은 화석이 되어버린 과거를 한참 동안 추억했다. 힘없는 목소리는 병실에 남아있는 알코올 냄새와 섞여 허공을 떠돌았다. 순서와 장소는 뭉그러지고 뒤섞였다. 항암제의 독한 기운에 뒤죽박죽이 되어버렸다. 잠과 약에 취한 마지막 말은 거의 알아듣기 힘들었다. 혜원의 물음이 불규칙한 리듬을 타고 넘어왔다.

"나랑… 잘 때… 누구를… 생각했어?"

신혼 초, 절정의 순간에 누구를 떠올렸을까 생각했다. 혜원이었을까. 정아였을까. 아니면 미지의 여자였을까. 혜원의 숨소리가 규칙적으로 변했다. 드문드문 코 고는 소리도 났다. 진석은 긴 한숨을 쉬었다. 작은 목소리로 말했다.

"우리 이혼해."

진석의 대답이 어둠 안에 파르스름하게 갇혔다.

***

오후에 서울 본사와 화상 회의를 했다. 간부들은 물론 사장도 참석했다. 진석은 한 시간가량 상반기 매출 현황과 경쟁사 제품 분석을 브리핑했다. 사장은 그동안 여러 차례 전화를 받았고 중간에 30분쯤 자리를 비웠다. 프레젠테이션이 끝난 후 평소와 달리 사장은 간단명료하게 말했다. 잘하고 있구먼. 그의 말끝에 '쓸데없이'라는 단어가 생략된 것만 같았다. 회의가 끝날 때까지 누구도 뮌헨 지사 철수 이야기를 꺼내지 않았다.

퇴근 후 영국 정원을 찾았다. 종일 부슬비가 내려 나무 냄새가 더 짙어졌다. 인공 호수인 클레인헤셀로 호수 주변 산책로를 걸었다. 저녁부터 약한 비가 온다는 일기 예보를 들었지만, 우산을 챙기진 않았다. 어느 날부터 진석도 현지인들처럼 우산을 쓰지 않았다. 바람 부는 날 우산을 들고 좁은 구도심 길을 걷는 것의 곤혹스러움을 깨달았기 때문이다. 잔디밭을 가로질러 걸었다. 겨울로 들어서는 길목에서도 정원 잔디는 싱싱한 초록을 품었다. 남쪽으로 더 걸었다. 프라우엔 성당의 둥근 탑이 선명히 보이는 곳까지 왔다. 우중충한 하늘 때문에 거대한 탑은 지평선을 향해 걷는 사신처럼 보였다. 이런 날씨에 산책하다 보면 과연 이 도시에도 햇살이란 것이 비추기는 하는 걸까, 하는 의심이 든다. "계절이 바뀌는 것은 마술과 같아요. 그것은 경험하지 않으면 결코 알 수 없지요" 처음 뮌헨 공항에 도착한 자신을 마중 온 동료에게서 그런 말을 들은 적이 있다. 궂은 날이면 늘 그의 말이 생각났다.

에어하드 스트라세 근처 가게에서 즐겨 마시는 프란치스카너 맥주를 샀다. 다리 아래 강가로 갔다. 휴지로 대충 벤치를 닦고 앉았다. 날씨가 추워져서인지 사람들은 별로 없었다. 건너편에 포니테일 머리의 남자와 안경 쓴 여자가 한 몸처럼 붙어있다. 맥주를 한 모금 마셨다. 쌀쌀한 날, 찬 맥주를 야외에 앉아 마시는 것보다 더 마음을 상쾌하게 하는 방법을 진석은 아직 찾지 못했다. 곡물 향이 깊이 밴 알코올이 목을 간지럽히며 내려갔다. 이 맥주가 유난히 좋았다. 향을 첨가하지 않은 에일이라 개운하면서도 그을린 곡물이 만들어 내는 뒷맛이 깊었다.

강가로 가 쪼그리고 앉았다. 강물에 손을 담갔다. 마디마디가 얼어붙는 것 같았다. 한참을 그렇게 있었다. 어느 순간부터 통증도 느껴지지 않았다. 진석은 남의 손인 양 자기 손을 바라봤다. 동양 남자의 이상한 행동을 물끄러미 쳐다보던 포니테일 남자가 여자에게 뭐라고 속삭였다. 여자는 남자의 품에 파고들며 쿡쿡거렸다. 강물 위로 건물의 실루엣이 어른거렸다. 다리 위를 지나는 버스와 트램의 그림자가 둥둥 떠다녔다. 아는 이들의 얼굴이 그 위로 지나갔다.

집에 도착해 냉동 케밥을 꺼내 전자레인지에 데웠다. 식사하면서 노트북으로 전번 주 파리에서 열린 의료기기 박람회 자료를 검토했다.

휴대폰이 울렸다. 고등학교 동창 종현이었다. 녀석은 며칠째 비슷한 내용의 메시지를 보냈다. 어린아이가 아빠에게 자랑하듯 그는 늦깎이 신혼여행의 달콤함이 줄줄 흘러내리는 닭살 돋는 사진을 보내왔다. 사진 속에는 종현과 크로아티아 출신 아내

비차가 다정한 포즈로 서있었다. 종현에게 바로 전화를 걸었다.

"다신 이딴 거 보내지 마라."

"하하하."

"혼자 사는 사람 염장 지르지 말고."

"퇴근했어?"

"그래. 집이야."

"요즘은 어때?"

"그럭저럭 잘 지내."

"지랄하네. 개뿔, 잘 지내겠다. 인마, 거기 숨어있다고 뭐 달라지냐?"

진석은 웃었다.

"지금 어디니?"

"자그레브."

"자그레브? 크로아티아구나. 역시 애처가라 다르네. 유럽 오자마자 처가댁부터 들리고."

"이탈리아 남부에서부터 쭉 올라오다 여기서 며칠 머물고 있어. 비차가 친척들 좀 뵙고 간다고 해서. 모레쯤 그라츠로 갈 예정이야."

경쾌한 음악 소리가 들려왔다.

"공연장이야?"

"분위기 죽이는 레스토랑에서 식사 중인데, 요 앞 야외 광장에서 길거리 공연하고 있어. 다들 춤추고 노래하고 난리 블루스도 아니다. 무슨 지역 축젠가 봐. 여기 애들 진짜 춤 잘 춘다."

송화기를 타고 들어온 키스 소리가 진석의 귀를 간지럽혔다.

"비차가 안부 전해달래."

"그래. 제수씨에게도 내 안부 좀 전해줘. 뮌헨에는 언제 올 거야?"

"아마 다음 주 수요일쯤? 도착하면 연락할게. 둔켈 한잔해야지."

비차의 경쾌한 웃음소리가 또 들려왔다.

"나중에 보자. 하하하. 나 지금 춤추러 가야 해. 하하하. 세상 끝에서 비차와 춤을!"

세상 끝. 세상 끝이라. 정말 오랜만에 듣는 말이다. 종현이 아직도 그걸 기억하리라고는 생각도 못 했다. 고등학교 때였다. 야간 자율 학습 시간에 종현은 몰래 밖으로 나가 소주를 사왔다. 그날은 진석의 생일이었다. 함께 마실 장소를 찾다가 3층 과학실까지 찾아 들어갔다. 그곳 청소를 담당하던 종현은 자물쇠 비밀번호를 알고 있었다. 달빛이 비치는 창가 아래 자리를 폈다. 새우깡을 안주로 놓고 주거니 받거니 술을 마셨다. 불 꺼진 학교 과학실이라는 공간은 아무리 술을 마셔도 취하지 않게 만드는 신기한 장소였다. 둘은 늦도록 이야기했다. 그 나이 때의 고만고만한 고민은 꼬리에 꼬리를 물고 이어졌다. 금세 두 병을 비웠다. 종현이 반쯤 꼬인 혀로 이렇게 말했다.

"나중에, 아주 나중에, 머리 벗어지고, 올챙이처럼 배가 튀어나오고, 주름이 자글자글할 때, 그러니까 한 오십쯤 됐을 때, 우리 어디서 무엇을 하고 있을까?"

"난 말이야. …세상의 끝에 가있을 거야."

"음?"

"…세상 끝."

"거기가 어딘데?"

"여기 반대편의 세상."

"무식한 놈. 그게 무슨 세상의 끝이냐? 우리나라 반대편에 있는 나라지."

보통 사람은 해외라고는 평생 나가본 적도 없고 앞으로도 그럴 거라 믿었던 1980년대였다. 겨우 9시 뉴스에서나 바라볼 뿐, 외국은 하늘의 달만큼 멀고 신비로운 판타지 세계였다. 둘은 알코올에 푹 절인 상상의 나래를 펼쳤다. 한국의 정반대에 있는 나라, 그러니까 '세상의 끝'은 어딜까 갑론을박했다. 진석은 과학기기 진열대 위에 놓인 지구본을 가지고 왔다. 스티로폼으로 만들어 가볍고 푹신했다. 지구본을 이리저리 돌리며 찾았다. 진석은 아르헨티나라 말했고 종현은 파라과이라 주장했다. 결론을 내리지 못했다. 종현이 어디서 긴 철사를 가져왔다.

"이걸로 서울을 찔러 튀어나오는 곳이 바로 세상 끝이야."

쇠줄은 지표면을 뚫고 들어갔다. 둘은 벌게진 얼굴로 남미 대륙을 빤히 바라보았다.

"아야!"

종현은 비명을 질렀다. 왼쪽 엄지손가락에 핏방울이 맺혔다. 뾰족한 철사 끝이 손가락을 찔렀다. 기대했던 것과 달리 철사는 남아메리카로 나오지 않았다. 지구본 중심에 있는 무언가에 부딪혀 철사의 방향이 안에서 바뀌었기 때문이다. 서울을 관통한 철사는 구부러져 위쪽 유럽 대륙을 뚫고 나왔다.

"여기네. 세상의 끝이."

종현은 엄지손가락을 쪽쪽 빨면서 지구본을 바라봤다. 철사가 튀어나온 곳은 크로아티아라는 나라의 수도 자그레브였다. 지심(地心)을 중심으로 한국과 대척점에 있는 나라가 우루과이라는 것은 아주 나중에 알았다. 진석은 바보 같은 웃음을 흘리며 말했다.

"…난 거기로 갈 거야. …사람들이 잠들 때 깨어있고 …사람들이 깨어 고통스러워할 때 …편히 잠들 수 있는 그곳으로."

세상 끝에는 행복한 삶이 있을 것만 같았다. 무능력한 술꾼 아버지와 집 나간 어머니, 자살한 동생, 가난에 찌든 집구석. 진석은 자신을 둘러싼 모든 것에서 벗어나고 싶었다. 소풍날 도시락을 싸서 가고, 가족들과 둘러앉아 낄낄거리며 〈유머 1번지〉를 보고, 생일날이면 중국집에서 자장면과 탕수육을 시켜 먹는 종현이 부러웠다. 진석은 겨우 열여덟 살에 평범함의 소중함을 깨달아 버렸다. 벽에 등을 기대려던 진석은 옆으로 쓰러졌다.

"미친놈. 너, 취했다. 완전 꽐라 됐다."

"…."

"아, 한 병 더 사올걸."

종현은 아쉬워했다. 하지만 그날의 일탈은 술과 상관없이 끝날 운명이었다. 순찰을 돌던 체육 선생에게 걸려 끌려 나가지 않았다면 둘은 정말로 밤을 새웠을 것이다.

***

빨간색 도요타 렌터카를 예약했다. 구글 지도를 이용해 가는 경로를 확인했다. 슈타른베르크를 지나 가르미슈 파르텐키르헨을 거쳐 미텐발트까지 가는 길은 차로 두 시간쯤 걸린다. 마을이 작으니까 해 지기 전까진 끝낼 수 있을 것 같다. 다음 주

주말은 오롯이 혜원을 위한 시간이 될 것 같다.

의식을 차린 혜원은 조금이지만 먹기 시작했고 간단한 의사소통도 가능해졌다. 혜원은 깨어있는 시간 대부분을 편지 쓰는 일에 매달렸다. 대필을 쓰지 않고 기어코 자기 손으로 글을 썼다. 그녀다웠다. 다 쓰는 데, 꼬박 이틀이나 걸렸다고 했다. 간호사가 작성된 편지를 사진으로 찍어 진석의 핸드폰으로 보내줬다.

'마을 어귀 이정표. 성 페테로 파울 교회 뒤쪽 오솔길. 미구엘 공방의 낡은 창문. 공방 맞은편 양치기 양각상. 내가 자주 갔던 단골 식당 앞의 쌍둥이 벤치…. 도보를 따라 흐르는 물길.'

삐뚤빼뚤한 글씨는 미텐발트의 구석구석을 한 장 빼곡히 채웠다. 끝에 이렇게 적혀있었다.

'카르벤델 정상에서 바라본 서쪽 풍경도 찍을 것.'

연애 시절, 둘은 함께 유럽 배낭여행을 갔다. 귀국 하루 전, 카르벤델 정상에 나란히 앉아 저무는 서쪽 하늘을 바라봤다. 그날의 하늘과 산과 마을은 오직 한 가지 색으로 빛났다. 혜원은 그곳에서 하기 힘든 이야기를 처음으로 꺼냈다. 정아에 관한 것이었다.

벌써 밤 9시가 넘었다. 독일 의료기기협회 주관의 콘퍼런스가 끝나자마자 바로 공항으로 가 대한의사협회 임직원들을 맞았다. 유난스러운 저녁 식사가 끝났다. 독일에서조차 한국식 접대를 요구하는 의사들 때문에 진석은 진이 다 빠졌다.

에스-반을 타러 가까운 지하철역으로 터벅터벅 걸었다. 호프브로이 근방이었다. 뮌헨의 명물 호프집 주변은 언제나처럼 관광객들로 북새통이었다. 까맣고 노랗고 붉고 흰 머리카락의 사람들이 이자르강 물처럼 출렁였다. 세계 각국의 언어가 뭉쳤다 흩어졌다. 궂은 날씨에도 좁은 골목길은 왁자했다. 호프브로이 입구 앞에서 누군가 맥주잔을 높이 쳐들며 치어스! 하고 소리쳤다. 한 명이 카메라 셔터를 눌렀다. 사람들은 너도나도 핸드폰을 꺼내 들고 모든 순간을, 모든 장소를, 모든 감정을 찍어댔다. 진석은 그 무질서함이 싫었다. 흥청망청한 분위기를 경멸했다. 거리를 축축하게 채운 맥주 냄새와 주정꾼들의 체취가 역겨웠다. 빅투알리엔 시장 쪽으로 방향을 바꿨다. 좀 돌아가도 한적한 편이 나을 것 같았다. 인파를 헤치며 걸어갔다.

하얀 시선이었다. 나뭇가지 끝에 매달린 고드름 같은 눈길이었다.

큰 눈. 창백한 피부. 작고 붉은 입술. 웨이브 진 짧은 단발. 보통 키에 마른 여자. 피나코테크 미술관에서 '독일가문비나무의 기원'을 바라보던 정아. 저기 정아가 서있다. 망치로 얻어맞은

듯했다. 발바닥이 바닥에 붙어버린 것처럼 움직일 수 없었다. 시간은 느릿느릿 흘러갔다. 말소리도, 노랫소리도, 맥주 냄새도, 인파의 체취도, 모두 사라졌다. 주변은 텅 비고 아무것도 남지 않았다. 오직 둘만 남았다. 시선은 서로를 향했다. 바라보는 눈매, 표정, 몸짓까지 모든 것이 그대로였다. 30년 전으로 거슬러 가 그녀를 납치해 여기 이곳에 세워놓은 것만 같았다.

여자는 시선을 돌렸다. 옆에 서있는 남자의 팔짱을 꼈다. 남자의 덩치가 커 마치 나무에 매달린 작은 다람쥐처럼 보였다. 턱수염이 더부룩한 아랍계 남자는 여자의 허리를 감싸 안았다. 키스했다. 둘은 손을 잡고 남쪽으로 걸어가기 시작했다.

널, 이대로 놓치고 싶지 않아. 다시는.

머릿속에는 오직 그 한 가지 생각뿐이었다. 진석은 그녀를 쫓았다.

건물의 회색 벽과 한 집 건너 불을 밝히는 조명등과 주황색 지붕과 똑같이 생긴 창문과 레이스 달린 커튼 사이로 새어 나오는 노란 불빛과 불규칙한 물웅덩이가 군데군데 만들어진 유럽의 흔한 골목길로 들어갔다. 소로는 조용했다. 진석은 뒤를 천천히 따라갔다.

여자와 남자는 건물과 건물 사이 좁고 어두운 곳으로 들어갔다. 남자가 여자의 귀에 대고 밀어를 속삭였다. 여자는 깔깔대며 웃었다. 남자의 손은 여자의 몸을 쉴 새 없이 오르내리며 더듬었다. 남자는 그녀의 입술을 빨아들였다. 털이 수북한 팔뚝이 가로등 불에 반사돼 노랗게 번들거렸다. 여자의 단발머리가 찰랑거렸다. 턱수염 남자는 여자를 벽으로 밀어붙였다. 둘은 한 몸이 되어 뱀처럼 꿈틀댔다.

진석은 고개를 푹 숙였다. 비에 젖은 바닥을 내려다봤다. 고인 물에는 희끗희끗한 머리와 골 깊은 주름만 남은 중년 남자가 있었다. 얼굴이 화끈거렸다. 한심했다. 무엇 때문에 음습한 골목까지 쫓아온 걸까. 뜨거운 몸뚱이를 주체 못 하는 젊은이들의 민망한 짓거리를 보고 싶어서인가. 해피 엔딩이 되지 못한 과거를 보상이라도 받기 위해서인가.

그저 닮은 것뿐인데. 무얼 어찌하겠다고. 구두 뒤축으로 애꿎은 돌바닥만 툭툭 쳤다. 우연은 우연일 뿐이다. 두 번의 마주침에서 특별한 의미를 찾는 것은 설익은 청춘에나 어울린다. 진석은 부끄러움을 차가운 길바닥에 내려놓았다. 뒤돌아섰다. 반대편을 향해 뚜벅뚜벅 걸어갔다.

"싫어!"

날카로운 외침이었다. 또렷한 한국말이었다. 뒤를 돌아봤다. 여자는 자기 바지를 손으로 움켜쥐었다. 하지만 이미 흥분한 턱수염은 어떻게든 욕정을 채우려 했다. 힘으로 여자의 옷을 벗기려 했다. 여자가 진석을 향해 소리쳤다.

"도와주세요!"

"흐어 아우프!"

멈추라는 독일어가 진석의 입에서 튀어나왔다. 어디서 그런 용기가 생겼는지는 알 수 없었다. 턱수염 남자는 흠칫 놀라며 진석을 바라봤다. 주변에 다른 이가 있나 두리번거렸다. 그는 옷을 추슬렀다. 진석을 향해 성큼성큼 다가왔다. 가까이 마주 서자 그의 넓은 가슴팍이 진석의 얼굴에 닿을 듯했다.

"어이, 가던 길이나 가시지. 당신이 상관할 바가 아니니까."

중동 지방 특유의 악센트가 밴 영어로 말했다. 눈에서 살기가 흘러나왔다. 뻣뻣한 붉은 수염이 꿈틀댔다. 여자에게 우리말로 물었다.

"이 남자, 아는 사람이에요?"

여자는 비에 젖은 강아지처럼 덜덜 떨며 고개를 가로저었다. 진석은 또박또박 영어로 말했다.

"여자가 당신을 모른다고 하잖아, 당장 가지 않으면 경찰을 부르겠어."

턱수염은 진석 앞으로 얼굴을 가까이 댔다. 그의 목울대를 따라 푸른 동맥이 울컥거렸다. 숨을 쉴 때마다 고기 누린내가 났다.

"이 여잔 내 애인이야."

"당신을 모른다잖아!"

그는 잡아먹을 듯이 진석을 노려봤다.

"Verpiss dich! Reis Wurm!(꺼져! 이 쌀벌레 자식아!)"

이젠 무슨 일이 벌어져도 이상하지 않을 지경이 돼버렸다. 심장이 터질 듯 펌프질을 했다. 때려눕히진 못해도 시간은 벌 순 있겠지. 적어도 정아가 달아날 시간은. 진석은 두 주먹을 단단히 쥐었다.

반대편에서 인기척이 들려왔다. 몇 명이 골목 안으로 걸어오고 있었다. 턱수염은 힐끗 그쪽을 바라봤다. 관광객들은 왁자하게 떠들며 셋이 서있는 곳으로 점점 다가왔다. 턱수염은 알아들을 수 없는 말을 낮게 내뱉었다. 뻑 큐! 턱수염은 소리치며 진석의 눈앞에 가운뎃손가락을 쳐들었다. 회색 눈동자가 번뜩거렸다. 그는 황급히 골목을 빠져나갔다.

두 번째 인연은 지저분한 어느 골목길에서 맺어졌다. 미술관에서처럼 둘은 어둠 속에 덩그러니 던져졌다. 여자는 자꾸 눈 밑을 만지며 손에 묻어나는 것이 있는지 확인했다. 그러다 쓰러질 것처럼 휘청댔다. 진석이 팔을 잡아주었다.

"괜찮아요?"

"…"

"경찰서에 갈래요?"

그녀는 간신히 대답했다.

"…아니요. …이제, 괜찮아요."

여자는 숙소로 돌아가고 싶다고 했다. 머무는 곳은 에델바이스 스트라세 근방이었다. 데려다주겠다고 했지만 사양했다. 하우스 더 쿤스트와 영국 정원 입구가 보이는 사거리까지 함께 걸어 나왔다. 택시를 잡고 그녀를 뒷좌석에 태웠다. 기사에게 에델바이스 스트라세로 가달라고 부탁한 후 요금을 지불했다. 여자는 넋이 나간 듯 멍하니 앉아만 있었다. 진석은 명함을 건넸다.

"혹시 도움 필요하면 연락해 주세요."

"…"

"이름이 어떻게 돼요?"

"수연이요. …이수연."

정아의 이름은 수연이었다.

***

곧 문 닫을 지부였지만 그렇다고 일거리까지 줄진 않았다. 본사에서 메일로 받은 신제품 카탈로그를 한국어에서 영어로 번역해 주면 미하엘이 독일어 버전으로 만들었다. 어제 온 프로브 샘플을 시험했다. 진단 장비 서버의 소프트웨어를 업데이트하고 스트레스 테스트 결과를 확인했다.

진석은 마음이 급했다. 미하엘과 컨설턴트 한국인 직원이 오늘 밤 기차로 베를린에 가야 한다. 실버 케어 전시회에서의 홍보 때문이었다. 원래는 모두 가기로 했지만, 갑자기 내일 새벽에 본사 마케팅팀과 영상 회의 일정이 잡히는 바람에 진석은 뮌헨에 남아야 했다. 셋밖에 없는 직원도 200퍼센트 이용하려는 본사의 처사에 화가 났지만 어쩔 수 없었다. 간신히 일이 마무리된 늦은 오후였다. 문자 하나를 받았다.

[경황이 없어 답례도 못 했네요. 커피라도 대접하겠습니다. 이수연 드림]

이름에서 빛이 났다. 진석의 단골 카페로 약속 장소를 잡았다. 영국 정원 근처지만 위치를 말로 설명하기 어려워 주소를 적어 보냈다. 수연은 구글 맵을 갈무리해 다시 보냈다. 여기 맞죠? 카페 위치에 빨간 동그라미가 쳐졌다.

'이 문을 통과하는 모든 분이 행복하길.'

그렇게 적힌 나무 패널이 카페 입구에 걸려있다. 마지막으로 왔을 땐 없던 것이다. 진석은 레인코트에 묻은 빗물을 툭툭 털고 안으로 들어갔다.

궂은 날씨에도 불구하고 손님은 많았다. 예약한 창가 쪽 자리에 앉았다. 벽난로가 가까워 따듯했다. 나무 타는 냄새가 편안함을 더했다. 늘 볼과 코가 빨개서 산타클로스가 연상되는 사장은 유리잔에 김이 모락모락 올라오는 물을 따라 주었다. 진석은 만날 사람이 오면 주문하겠다고 말했다. 오늘은 혼자가 아니군요. 주인은 눈썹을 한쪽으로 익살스럽게 올렸다 내렸다.

출입문이 열릴 때마다 고개를 돌려 그쪽을 살폈다. 1980년대 음악다방, 스프링이 고장 나 삐걱거리는 소파에 앉아 얼굴도 모르는 상대방을 기다리던 첫 미팅 때로 돌아간 것 같았다. 시간은 더디 흘러갔다. 창문을 두드리는 빗소리가 카페에 흐르는 음악처럼 들렸다.

수연이 들어왔다. 후드가 달린 재킷에 편한 바지 차림이었다. 접은 우산 끝에서 빗물이 떨어졌다. 그녀는 주변을 두리번거렸다. 진석은 그 모습을 가만히 지켜봤다. 크고 맑은 눈이, 미끄러지듯 흐르다 끝이 약간 들린 콧날이, 립글로스가 반짝거리는 연분홍 입술이, 발그레한 두 뺨이, 찰랑대는 단발머리가, 가는 목선이, 명화처럼 눈에 담겼다. 수연은 카페 안 시간을 거꾸로 흐르게 했다. 지그시 눈을 감았다. 진석은 추억 안에서 길을 잃었다.

눈을 떴을 때 수연이 앞에 서있었다. 꾸벅 인사를 했다. 진석은 당황했다. 엉거주춤 일어나 인사를 받았다. 수연은 우산을 내려놓고 맞은편에 앉았다. 무릎이 닿을 정도로 테이블은 좁았다. 유럽 카페들이 작은 테이블을 선호하는 이유에 대해 미하엘은 이렇게 답했다. 그걸 진짜 몰라서 묻는 거야? 그래야 가까이 다가갈 수 있잖아?

"제법 추워졌죠?"

"네."

"여기 늦가을 날씨가 좀 그래요."

"그래서 따듯하게 입고 왔어요."

"뭐 마실래요?"

수연은 독일어와 영어로 쓰인 메뉴를 펼쳤다. 제일 싼 플레인 커피도 12유로나 됐다. 젊은 사람에게는 부담스러운 금액일 것이다. 진석이 얼른 말했다.

"내가 살 테니 걱정하지 말아요."

"아니요. 돈 있어요."

수연은 홍차를 시켰다. 진석은 메뉴 중 제일 저렴한 라들러 스몰 사이즈를 주문했다. 이젠 괜찮아졌냐는 말에 고개만 끄덕였다. 어제 일은 다시 꺼내고 싶지 않은 눈치였다. 가벼운 대화가 오갔다. 그녀는 스물다섯 살이었다. 진석과는 거의 30년 차이가 났다. 만일 혜원과의 사이에 자식이 있었다면 이 정도 나이였을 것이다. 진석은 자연스럽게 말을 놓았고 수연도 그 편을 더 편안해했다.

"여행 온 거니?"

"딱히 여행은 아니고요."

"그러면?"

"굳이 말하자면 도피?"

진석은 웃었다. 수연도 따라 웃었다.

"혼자 다니는 건가?"

"네."

"홀로 여행, 아니 홀로 도피라. 쓸쓸할 것 같아."

"괜찮아요. 혼자 있는 것에 익숙해서요."

수연은 다음 목적지를 어디로 정할지 고민 중이라 했다. 그 흔한 여행안내 책자나 관광 가이드 앱도 이용하지 않았다. 유럽의 첫 도시를 뮌헨으로 정한 이유는 단순했다. 이곳이 강렬하게 끌렸기 때문이라 했다. 너도 무작정 이 먼 곳까지 날아왔구나. 진석은 공통점을 찾은 것 같아 기뻤다. 수연은 여기 오기 전 자퇴를 해서 이젠 학생도 아니라 했다. 산타클로스 닮은 사장이 주문한 음료를 테이블 위에 내려놓고 갔다. 수연은 진석 앞의 라들러를 빤히 보더니 이렇게 말했다.

"거기서 레몬 향이 나요."

"라들러는 맥주에 레몬이나 자몽을 섞어 만든 거야. 하지만 맥주라 말하기 민망한 수준이지. Rad는 독일어로 자전거를 말하는데 마시고 나서 자전거를 탈 수 있을 만큼 알코올 도수가 낮아 그런 이름이 붙은 거래."

"재미있네요."

진석은 라들러를 한 모금 마셨다. 아린 레몬 향이 입천장과 볼 안쪽을 쓸고 내려갔다.

"아저씨는 무슨 일 하세요? 트랜스듀서, EEG인가요? 명함엔 무슨 센서 제조 판매한다고 적혀있던데."

"의료기기 부품이야."

"뭐에 쓰는 건데요?"

"심장과 뇌의 신호를 읽어내는 장치."

"어렵네요."

"한마디로 사람의 속 안을 들여다보는 거야. 생체에 흐르는 미세한 전기 신호를 읽어 전자기적으로 가공해 우리가 볼 수 있는 정보로 바꿔주는 건데…."

"잘하면 마음도 읽을 수 있겠어요."

재미있는 말이다.

"뮌헨에 얼마나 계셨어요?"

"2년 정도."

"그러면 여기 잘 아시겠네요."

"그럭저럭. 수연 씨는 뮌헨에 온 지 며칠 됐어?"

"2주요."

2주일이나 있었다는 사실에 조금 놀랐다. 뮌헨은 베를린이나 파리 같은 관광 도시와 비교해 볼거리가 많지 않은 편이다. 그래서 보통 2, 3일 지내다 오스트리아나 스위스, 체코 등지로 넘어가는 것이 일반적인 여행 경로다.

"어디 어디 가봤어?"

"뭐, 남들 다 가는 곳이죠. 님펜부르크. 레지던츠. 성모 성당. 하지만 복작거리는 관광지보다는 저런 곳이 좋더라고요."

창문 너머 보이는 영국 정원을 가리켰다.

"뮌헨 와서 제일 자주 간 곳이에요. 저기 좋지 않아요?"

그녀는 턱을 손에 괴고 밖을 바라봤다. 고개를 갸우뚱할 때마다 머리카락이 린스를 잔뜩 바른 강아지 털처럼 찰랑거렸다.

"영국 정원이 맘에 드는 점은요, 참 공평하다는 거예요. 모두에게."

그녀의 말은 옳았다. 맑은 날이나 흐린 날이나 비가 오거나 눈이 오거나 정원은 늘 공평했다. 정원은 모든 사연에 귀를 기울였고 모두에게 침묵으로 답했다.

"혹시 그거 아세요? 영국 정원은 세계에서 제일 큰 도시공원이래요. 400헥타르나 된다고 하네요. 뉴욕 센트럴파크보다도 크다고 들었어요. 그래서 나무 종류도 다양한 것 같아요. 유럽에서 볼 수 있는 종은 다 있지 않을까요."

"…."

"그런데 이렇게 큰 공원을 왜 정원이라고 부를까요?"

진석은 겨우 글쎄, 라는 말밖에는 할 수 없었다. 미하엘이라면 이럴 때 멋진 대답을 해줬을 텐데.

근처 트램 역 앞에서 헤어졌다. 수연은 다시 한번 감사를 표했다. 그녀는 뒤돌아 인파 속으로 걸어갔다. 뒷모습에서 집 창문에 걸어 둔 크리스털 거북이가 떠올랐다. 껍질에 'Chao!'라고 쓰인 싸구려 모조 크리스털 거북이를. 긴 세월 버리지 못하고 미련하게 뮌헨까지 가지고 온 늙은 거북이를.

수연이 사라진 공간은 금세 수많은 인종으로 채워졌다.

***

월요일에 지멘스 OEM 회사의 구매 계약 담당자와 홀터 모니터링 시스템의 핵심 부품 재계약 관련으로 회의했다. 협상은 길고 험난했다. 추가로 발생한 AS 비용이 이미 하반기 가용 예산을 넘었다는 이유로 담당자는 난색을 보였다. 진석은 끈질기게 설득했다. 우리 회사의 모듈과 소프트웨어를 쓰는 경쟁사가 왜 상반기에 동유럽에서 승승장구했는지 설명했다. 담당자는 고개를 저었다.

"제 권한 밖이군요."

미하엘이 플랜 B를 제시했다.

"6개월 연장 조건으로 벌크 계약을 해준다면 최대 10퍼센트까지 할인도 가능합니다. 이 조건은 꽤 괜찮지 않습니까?"

우리 측 제안은 거의 덤핑이었다. 물류비, 운영비, 인건비를 빼고 나면 남는 것이 별로 없는 장사였다. 어쩔 수 없었다. 그것은 뮌헨 지부의 생명 연장을 위한 마지막 카드였다. 담당자의 긴 침묵은 '노'라는 답변보다 더 잔인했다.

담당자가 전화를 받으러 나갔다. 빈 회의실에 진석과 미하엘만 남았다. 미하엘이 말했다.

"너무 실망하진 마. 사실 재계약하든 못 하든 별 상관없잖아. 어차피 곧 문 닫을 텐데. 우린 오늘 최선을 다한 거야."

"여길 놓치면 하반기 손실이 클 텐데."

"잘리기 전까지도 그저 회사 걱정뿐이네. 참 훌륭하셔."

"어젯밤에 본사에서 연락이 왔어."

"철수 일정이 벌써 잡혔어?"

"아니. 폐쇄는 취소됐어."

미하엘은 깜짝 놀랐다.

"진짜? 그러면 잘된 일 아니야?"

"그렇지. 법인도 그대로 가고."

"그런 희소식을 왜 이제야 이야기하는 거야?"

"대신 새 지사장을 보낸대. 이르면 이번 달 안에. 본사 인사팀에서 그러더군."

"뭐?"

"별수 있나. 내 운명이 여기까진걸."

부임할 지사장은 40대 초반의 젊은 사람이었다. 사장이 직접 외부에서 영입해 온 전문 경영인으로 유럽 시장 경험이 풍부했다. 현 지사장인 진석에게 한 마디 언질도 없이 결정을 내버린 본사의 처사에 미하엘은 분통을 터뜨렸다. C'est la vie, C'est le destin(그게 인생이고 그게 운명이야). 진석은 웃으며 유일하게 아는 프랑스 경구로 대신 대답했다.

회사로 돌아가는 길에 문자 메시지를 받았다. 걸음을 멈췄다. 안경을 벗고 다시 읽어보았다.

[수연이에요. 뭐 좀 물어볼게요. 저녁에 슈바인학센 먹어보려고 하는데 인터넷으로 찾아보니까 뢰벤브로이하고 학센바우어, 이 두 군데가 강추라네요. 어디가 더 좋아요?]

식당 홈페이지 주소를 찾아 링크를 붙여 답장을 보냈다.

[거기보단 릴케라는 곳이 좋아. 조용하고 가격도 저렴하고.]

[당케 쉔. ♥♥]

이모티콘 하트 두 개가 눈밭 위의 하룻강아지처럼 화면에서 뛰어다녔다. 움직이는 문자를 한동안 바라보았다.

[거긴 예약해야 하는데. 도와줄까?]

전송 버튼을 눌렀다.

진석은 레스토랑 앞을 서성였다. 가게가 번화가에 있어서 다행이었다. 근처를 오래 버정거려도 이상해 보이지 않기 때문이다. 수연은 조금 늦게 왔다. 레스토랑 밖에서 창문을 통해 그녀를 지켜봤다. 출입문에 서있던 웨이터가 수연 이름으로 예약된 세 번째 창가로 안내했다. 자리에 앉은 후 웃옷과 가방을 옆자리에 놓았다. 메뉴판을 뒤적였다. 귀에는 이어폰을 끼고 있었는데 가끔 음악에 맞추어 고개를 까딱거렸다. 웨이터를 불러 주문했다. 핸드폰으로 레스토랑 곳곳을 찍었다. 여러 가지 포즈로 셀카를 찍기도 했다. 수연은 바람에 한들거리는 민들레 홀씨 같은 표정을 지었다.

뺨이 저릿했다. 진석은 얼굴을 닦았다. 손등에 물이 묻어났다. 위를 올려다봤다. 하얀 것들이 회색 하늘을 떠다녔다. 눈이었다. 올해는 첫눈도 빨랐지만, 빈도도 잦은 모양이다. 피부에 닿은 얼음 조각은 차고 뜨거웠다. 진석의 머리와 외투 위로 금세 흰 꽃들이 피어났다. 잠깐만 보고 가려 했지만 이젠 밥 먹는 모습까지 보고 싶어졌다. 다리가 아파 허벅지를 연신 주물렀다.

수연은 사진 찍기 놀이에 질렸는지 지금은 양손으로 턱받침을 하고 남들 식사하는 모습을 빤히 쳐다보는 중이다. 김이 모락모락 올라오는 슈바인학센이 트레이에 실려 자리로 다가왔다. 무슨 맛으로 주문했을까. 칠리 갈릭이 우리 입맛에 딱 맞는데. 수연은 흑맥주, 통후추, 커민, 월계수 잎을 넣은 소스로 삶고 오븐에 구워낸, 겉은 바싹하고 속은 촉촉한 슈바인학센을 나이프로 썰기 시작했다. 사우어크라우트와 함께 입에 넣었다. 천천히 오물거렸다. 눈을 감고 고개를 끄덕였다.

눈발이 짙어졌다. 진석은 묻은 눈을 툭툭 털었다. 젖어가는 머리도 닦아냈다. 수연의 모습을 한 번 더 바라보았다.

'정아야, 부디 행복하길. …차오.'

진석은 뒤돌아섰다. 지하철역을 향해 걸어갔다.

역 개찰구 앞이었다. 안주머니에 넣어둔 핸드폰이 요란하게 울렸다.

[??? 왜 그냥 가셨어요? 얼른 들어오세요. ???]

메시지 앞뒤로 물음표가 여러 개 붙었다. 진석의 얼굴이 화끈 달아올랐다.

릴케 안으로 들어갔다. 진석을 보자마자 수연은 반갑게 손짓했다. 웨이터에게 말하고 합석했다. 다행히 "왜 밖에서 훔쳐보고 있었어요?" 같은 민망한 질문은 하지 않았다. 대신 자기 앞에 놓인 케이크를 가리키며 물었다.

"이거 맛있어요."

잘린 통나무처럼 생긴 케이크는 버터와 치즈로 만든 남부식 바움쿠헨이다. 어느새 디저트까지 먹는 중이었다. 웨이터가 다가와 목이 긴 유리잔 두 개를 진석과 수연 앞에 내려놓고 갔다.

"아저씨 좋아하시는 거로 더 주문했어요."

탄산 거품이 박힌 노란색 액체에서 레몬 향이 물씬 났다. 라들러였다. 수연은 바움쿠헨 위에 바나나 시럽을 더 뿌리고 스푼으로 떠먹었다. 으흠. 높은 솔 음의 콧소리를 냈다. 라들러를 마셨다. 연노랑 맥주가 분홍 입술 사이로 빨려 들어갔다. 수연은 눈을 동그랗게 뜬 채 싱긋 웃으며 말했다.

"둘이 참 잘 어울려요."

"…응?"

"이 맥주하고 케이크가 잘 어울린다고요."

"…음. 그래. …계속 뮌헨에 있었니?"

"예."

"여길 바로 떠났을 거로 생각했어."

수연의 얼굴이 딱딱하게 굳었다. 괜한 말을 꺼냈다는 후회가 들었다.

"내 말은, 그러니까…."

"괜찮아요. 전 뭐든 빨리 잊는 편이라서."

"…."

"눈물 한 번 흘리면 다 잊히니까."

오히려 물어본 이가 더 민망했다. 진석도 아무렇지 않은 듯 대했다.

"그래? 그렇군. 그거 참 간편하네. 나도 그랬으면 좋겠다. 하지만 난 눈물이 말라서 그러긴 힘들 것 같군."

"눈물 없는 사람이 어디 있어요. 눈물은 마음의 피인데."

"재미있는 비유구나. 예전에 어느 세미나에서 안과 의사에게 들은 건데, 생리 자극을 받아 나온 눈물과 감정 변화에 따라 나온 눈물은 약간의 성분 차이가 있대. 물, 나트륨, 포도당 같은 물질 외에 진짜로 슬플 때는 카테콜아민이라는 물질이 들어있다더군. 카테콜아민은 스트레스 호르몬으로 혈압과 심박수를 증가시켜. 그래서 우리는 눈물을 통해 카테콜아민을 몸 밖으로 내보내고 심장을 보호할 수 있는 거래."

"흠. 그렇군요. 그래서 우린 수많은 아픔으로부터 견딜 수 있는 거였네요. 하지만 저랑은 참 다른 것 같아요. 내 눈물은 그런 성분으로만 이루어진 게 아니라서요. 저는요, 몹시 아프면 정말로 눈에서 피를 흘리거든요."

수연은 미소를 지으며 말했다. 그녀의 은유를 이해할 순 없었지만, 저 크고 맑은 눈에서 피눈물을 흘린다면 어떨까, 하는 상상을 잠깐 했다. 그때 옆 테이블에 앉아있던 외국인들이 일어났다. 한 명이 수연에게 작별 인사를 했다. 벌써 그들과 안면을 튼 것 같았다. 수연은 유창한 영어를 구사했다. 문장은 고전소설의 대화문처럼 세련됐다. 다시 자리에 앉았다.

"영어 참 잘하네."

그녀는 어깨를 약간 으쓱했다.

"영어보다는 불어가 조금 더 나아요."

"프랑스어도 할 줄 알아?"

"네. 스페인어도 일상 회화는 좀 하는 편이고요. 다른 건 몰라도 언어 감각은 있는 것 같아요."

"대단해. 혹시 외국어가 전공인가?"

"아니요. 문창과 다녔어요. 중퇴하긴 했지만."

"문창과라. 소설 같은 것 쓰는 데 말이지?"

"정확히 말하자면 '세상의 모든 이야기를 글로 남기는 연습'을 하는 과."

진석은 웃으며 고개만 끄덕였다.

"근데 우리 어디까지 이야기했었죠? 아, 뭐 하고 지냈나. 마감일이 얼마 안 남아 종일 방에서 글을 썼어요."

"글?"

"전 프리랜서 작가예요. 유명하진 않지만 그래도 절 찾는 데가 좀 있거든요."

"어떤 장르를 써?"

"이것저것 다요. 돈 주는 쪽이 원하는 대로. 가벼운 것부터 진지한 내용까지. 번역, 수필, 단편소설, 여행기까지. 가끔은 웹툰처럼 그림도 그려요. 쓸만한 소재를 찾아다니는 것도 제 일이고요."

"그래서 혼자 여행하는가 보네."

"그럴지도 모르죠. 원래 계획대로라면 지금쯤 크로아티아의 수도 자그레브에 가야 하는데. 여태 못 가고 있어요."

"왜?"

"용기가 없어서요."

홀로 뮌헨까지 올 용기는 있지만, 차로 반나절 거리의 자그레브까지는 용기가 없어 못 간다는 그녀의 대답이 아득하게만 느껴졌다.

수연은 말을 잘했다. 작가라 그런지 소소한 일상도 특별하게 만드는 재주가 있었다. 화제는 어느새 자신의 대학 시절로 넘어갔다.

"…그래서 결국 2학년 때 학교를 그만뒀어요. 여전히 실망스러웠거든요. 현학과 미학이 느끼하게 버무려진 문장과 곰팡내 풀풀 나는 서사. 지쳤어요. 지겨웠어요. 내가 배울 것은 없었죠. 난 그 이상 진술할 수 없는, 살아있는 심장 안에서만 꺼낼 수 있는, 뜨거워 1초도 손에 쥐고 있을 수 없는 것에 관해 쓰고 싶어요. 그래서 혼자만의 여행을 하는지도 모르겠어요. 여행은 삶과 닮았다고 하잖아요. '진짜 이야기는 낯선 길에서 찾게 된다' 제가 제일 좋아하는 소설가 아자르의 말이에요."

맹랑한 설명에 웃음이 나왔지만, 꾹 참고 물었다.

"여기 온 것도 뜨거워 1초도 쥐고 있을 수 없는 것을 찾기 위해서고?"

"아마도요."

"수연 씨가 지금 쓰고 있는 글을 한번 읽어보고 싶은걸."

"사실은 절반쯤 썼어요."

"무슨 내용인데?"

"박물관에 관한 것."

"박물관?"

"자그레브에 신기한 박물관이 있어요. 전 세계에 두 군데뿐인 아주 특별한 곳이죠. 거긴 예술 작품이나 유물을 전시하는 곳이 아니에요."

스마트폰으로 박물관 홈페이지를 찾아 보여줬다. 첫 화면 상단에 볼드체로 'Museum of Broken Relationships'라 쓰였다. 부서진 관계의 박물관. 직역하면 그런 뜻이겠지만 전혀 감이 잡히지 않았다.

"전 남자친구가 주고 간 책. 죽은 아버지의 낡은 카메라. 집 나간 딸이 벽에 던져 깨져버린 유리잔. 하룻밤을 지낸 여자가 화대로 받은 찢어진 지폐. 세계 각국의 사람들로부터 받은 물건과 그것에 얽힌 사연을 모아놓은 박물관이에요. 이곳은 특히 헤어진 연인들의 사연이 많아요. 하지만 원수처럼 끝난 케이스가 대부분이죠. 그래서 여긴 혼자 가는 편이 좋대요. 아무리 다정한 연인이라도 남의 사연을 읽고 같이 이야기하다 보면 견해 차이로 다투게 된다고 하더라고요."

수연은 언제 가게 될지 모르지만, 그곳이 여행의 끝이 될 거라 했다. 가보지도 못한 그곳 이야기를 쓰고 있는 그녀는 어느새 두 뺨이 빨갛게 변해있었다. 약한 도수지만 라들러도 술이었다.

"'세상의 모든 사랑은 부서진 인연만을 남긴다(Every love in the world leaves only broken ties)' 이 박물관의 모토예요. 이 말, 참 멋지지 않아요? 하지만 저는 모든 사랑이라는 표현이 마음에 들지 않아요. 더 좋은 것이 없을까? 지금도 고민 중이에요."

"박물관 홍보 관계자도 아니면서 왜 그런 고민을 해?"

수연은 쓸쓸하게 웃으며 고개를 끄덕였다.

"맞아요. 아저씨 말이. 너무 쓸데없는 고민이죠? 게다가 답을 찾지 못할 고민이기도 하고."

진석은 그동안 여행하는 젊은이들을 숱하게 만났다. 한국인임을 알아보고 맛집과 관광 명소 위치를 물어보는 학생, 통역을 부탁하는 사람, 심지어 지갑을 날치기당했다고 다짜고짜 돈을 빌려달라는 친구도 있었다. 그들은 하나같이 이국적인 아름다움에 취했다. 한데 어울려 들뜨고 흥분하고 즐거워했다. 그것은 늙다리 아저씨와 이상한 박물관 이야기를 하는 것보단 훨씬 자연스러울 것이다.

"사진 찍어드릴까요?"

어느 틈에 나타난 웨이터가 친절하게 물었다. 저 푸른 눈동자엔 우리 사이가 어떻게 보이는 걸까? 됐다고 말하려는데 수연이 냉큼 자기 스마트폰을 건넸다. 찍힌 사진 안에는 활짝 웃고 있는 젊고 예쁜 여자와 어색한 표정의 아저씨가 들어있었다.

식사를 끝내고 밖으로 나왔다. 트램 정류장까지 가기 위해 영국 정원을 가로질러 걸었다. 진눈깨비는 그쳤지만, 백색의 소슬함은 여전히 남았다.

"어머! 예뻐요."

진석은 수연이 가리키는 곳을 바라봤다. 식은 태양 빛에 젖은 구름이 황적색 배를 내보이며 느릿느릿 움직였다. 높고 뾰족한 전나무에서부터 시작된 구름 행렬은 동쪽을 향해 나부끼는 일련의 깃발처럼 길게 이어졌다. 수연은 하늘을 휴대폰 카메라로 찍었다. 한 컷씩 잘린 하늘이 메모리 안으로 조각조각 들어갔다. 곳곳에 초저녁의 여유를 즐기는 사람들이 보였다. 둘은 낙엽이 뒤덮인 오솔길을 지났다. 작은 개울을 끼고 갔다. 나무로 만든 다리를 건넜다. 발을 디딜 때마다 삐걱 소리가 났다. 말 두 마리가 곁을 지나갔다.

"궁둥이가 엄청 크네요?"

수연은 눈이 휘둥그레져 말했다. 영국 정원에서 승마하는 걸 보는 것은 흔한 일이다. 하지만 그 익숙했던 딸깍거리는 말발굽

소리가 오늘따라 더 싱싱하게 들렸다. 커다란 엉덩이 두 짝을 실룩거리며 걷던 말들은 금세 숲속으로 사라졌다. 이자르강 줄기를 막아 만든 인공 수로 아이스바흐 벨레에서 파도타기 하는 사람들과 근방에서 유영하는 오리 떼도 구경했다. 5분쯤 더 걷다 보니 공원 출구가 나타났다. 수연은 문득 걸음을 멈췄다. 확 트인 넓은 잔디밭과 그 주위를 키 큰 나무들이 둘러싼, 영국 정원에서 흔히 볼 수 있는 장소였다. 수연은 길가의 낡은 벤치를 유심히 살폈다.

"여기 뭔가가 있어요."

벤치의 등받이에는 핸드폰 크기의 반만 한 마름모꼴 금색 패널이 붙어있었는데 그 안에 짧은 영어 문장이 적혔다.

'영원히 그리워할 겁니다. 당신의 아내가.'

수없이 이곳을 지났지만, 흔하디흔한 벤치에 신경을 쓴 적은 없었다. 패널의 글은 벤치를 세울 때 지역 주민들의 사연을 받아 만든 것 같았다. 수연은 가장자리를 따라 돌며 벤치 패널에 적혀있는 것을 찾아 읽었다.

"영국 정원에 얼마나 많은 벤치가 있을까요?"

"수백? 아니 수천은 될걸."

"그러면 수천 개의 부서진 관계가 있는 거네."

수연은 맞은편 나무로 총총거리며 걸어갔다. 길쭉하고 곧은 가지가 무수히 자라난, 끝이 하늘에 닿을 것처럼 큰 나무였다. 몸통이 다른 것들에 비해 좀 굵다는 것을 빼곤 특별한 것이 없었다. 수연은 몸통에 코를 가까이 댔다.

"좋은 향이 나요."

진석도 가지 끝을 잡고 냄새를 맡아봤다. 젖은 흙냄새만 났다.

"이게 무슨 나무인지 아세요?"

"글쎄. 나무에 대해서 아는 게 별로 없어서."

"독일가문비나무예요. 수피는 붉은빛을 띤 갈색이고 가지는 사방으로 벌어져 자라요. 30에서 50미터까지 크고 굵기도 1미터가 넘게 자라는 상록교목이에요. 꽃은 초여름에 피고 암수가 한 몸인 자웅동주죠. 그래서 암꽃 방울은 연한 자주색으로, 수꽃은 연노랑이나 붉은빛이 도는 갈색으로 피어요."

털북숭이 가시 같은 잎사귀를 손가락 사이에 넣고 만지작거렸다.

"이것 보세요. 잎이 바늘처럼 뾰족한 암녹색에 광택이 나죠? 얼핏 보면 한국의 가문비나무와 비슷해 보이지만 자세히 보면 모양이 좀 달라요. 독일가문비는 횡단면이 네모를 이루지만 한국 것은 납작하거든요. 열매 크기도 작고요."

"나무에 대해 잘 아는구나."

"전 남친이 한때 수목원에서 일했어요."

"…."

"…아트 아틀리에에도 있었고."

목소리 톤이 높아졌다.

"그거 아세요? 사람에게는 누구나 자기 나무가 있대요."

수연은 나무 몸통을 끌어안았다. 앞섬이 젖는 것은 아랑곳하지 않았다.

"이렇게 품에 꼭 안았을 때 가운뎃손가락이 닿을 듯 말 듯하면 그게 자기 나무라네요."

그녀는 발끝을 세우고 팔을 최대로 뻗쳐 안았다. 중지와 중지 사이는 턱없이 멀었다.

"흠. 아무래도 얘는 아닌가 봐요."

수연은 코를 박고 껍질 냄새를 맡았다. 활짝 웃었다.

"하지만 뭐, 상관없어요. 여기서 좋은 냄새가 나니까. 오늘부터 얘를 내 것으로 정했어요."

그녀는 핸드폰을 꺼냈다. 나무와 함께 셀카를 찍었다. 사진이 맘에 들지 않는지 다시 찍었다. 찰칵. 포즈를 바꿔가며 계속 찍어댔다. 찰칵. 찰칵. 찰칵. 수연은 나무에서 떨어질 생각을 하지 않았다.

"이렇게 있으니 아주 좋은 느낌이 들어요. 막연한 행복감 같은 그런 감정? 그거 아세요? 어떤 감정은 세상의 어떤 언어로도 번역되지 않는대요. 영어로도, 불어로도, 한국어로도. 어느 일본 소설가가 그랬어요. 하지만 그 작가는 하나는 알지만 둘은 모르는 것 같아요. 사람의 언어가 아니라면 가능할 수도 있다는 걸요."

수연은 껴안은 채 눈을 꼭 감고 나무에 대고 뭐라고 속삭였다. 목소리가 작아 잘 들리지 않았다. 독일가문비나무는 제 잎사귀를 부르르 떨며 몸서리를 쳤다. 근처 남자가 나무와 한 몸이 된 작은 여자를 힐끗 쳐다보며 지나갔다. 진석은 누군가의 사연이 적힌 벤치에 앉았다. 등받이가 삐걱거렸다. 수연과 그녀의 독일가문비나무를 오도카니 바라보았다.

공원 입구 앞에 섰다. 작별 인사를 했다. 수연은 인사 대신 물었다.

"아저씬 일 끝나면 뭐 하세요?"

"집에 갈 준비를 해."

"집에서는 뭐 해요?"

"다음 날 출근할 준비를 하지."

풋. 그녀가 웃었다.

"하지만 그런 일상도 이제 얼마 안 남았어. 조만간 귀국해야 해서."

"파견 근무 기간이 끝났나요?"

"아니. 잘렸어."

"왜요?"

"일을 못해서."

풋. 또 웃었다. 진석의 절망은 그녀를 웃게 했다.

"이번 주말에는 뭘 하실 건가요?"

"갈 곳이 있어."

"멀리 가요?"

"음."

"어딘데요?"

"미텐발트라는 시골 마을."

"처음 들어봐요. 거기 뭔가 특별한 것이 있나요?"

"없어."

"근데 왜 가요?"

"특별한 것을 만들어 보려고."

"나도 같이 가면 안 돼요?"

수연은 간식을 기다리는 강아지 눈을 하고 물었다.

***

혜원을 처음 만난 곳은 대학교 동아리에서였다. 미대생이었던 혜원은 무엇을 입든지, 무엇을 먹든지, 무슨 말을 하든지 남과 달랐다. 부유하고 매력적이고 똑똑한 그녀 주변엔 언제나 남자가 많았다. 하지만 대부분의 더벅머리 수컷에겐 그녀는 볼 수만 있고 잡을 순 없는 네버랜드의 팅커벨과 같았다.

어느 날 혜원은 진석이 아르바이트하는 닭갈빗집으로 불쑥 찾아왔다.

"진석 선배, 인상주의 특별전이 시립미술관에서 열리는데 저랑 같이 갈래요? 표가 두 장이 생겨서요."

진석은 귀를 의심했다. 혜원이 데이트 신청을 했다는 사실에 종현도 놀라워했다. 걔가 널 왜 만나? 도대체 왜? 진석도 종현만큼 이유가 알고 싶었다.

진석과 혜원은 자주 만났다. 진석은 그녀의 당당함이 좋았다. 타인의 시선을 의식하지 않는 자유로움이 근사했다. 돈 따윈 신경 쓰지 않는 풍요로움이 부러웠다. 혜원은 곰팡내 나는 진석의 반지하 자취방을 따듯하게 비춰주는 햇살이었다. 황금 가지를 가져다주는 그리스 여신이었고 무지개 사다리를 선물한 천사였다.

혜원 집안에선 둘의 교제를 몹시 반대했다. 결손 가정에, 가난뱅이에, 비전도 없는 남자에게 부잣집 외동딸을 주고 싶어 하는 부모는 세상에 없었다. 만일 혜원의 황소고집이 아니었다면 결혼은 꿈도 꾸지 못했을 것이다.

  진석은 장인의 자회사에 영업 팀장으로 들어갔다. 그 분야와 무관한 전공이지만 전혀 상관없었다. 장인의 말 한 마디에 자리는 바로 만들어졌고 그 사실을 아는 직원들은 진석을 두려워했다. 장인은 진석이 훌륭한 집안에 걸맞은 사위가 되길 바랐다. 지식과 경험이 풍부한 전문가, 능력 있는 사업가로 다시 태어나 주길 바랐다.
  "그래서 비슷한 레벨끼리 만나야 잘사는 법인데 말이야. 쯧쯧."
  장인은 사람들 앞에서 자주 면박했다. 그때마다 진석은 억지 미소를 내보이며, 앞으로 더 열심히 하겠습니다, 라고 대답해야만 했다. 혜원은 결혼 후 더욱 빛이 났다. 매력적인 외모, 유창한 언변, 탁월한 실력에 대중은 열광했다. 어느 설문 조사에서 여대생들이 뽑은 닮고 싶은 여성 셀럽 2위에 올라가기도 했다. 기자들은 진석의 외조에 관해 물었다. 평상시 아내를 위해 어떤 음식을 해주는지, 그녀가 힘들어할 때 어떻게 보듬어 주는지 궁금해했다. 사람들은 진석을 세계적인 여류 조각가의 남편이라 불렀다.

시간은 둘 사이의 틈을 점점 벌려놓았다. 살아온 삶의 궤적만큼 다른 각자의 생각은 무한한 평행선을 달렸다. 사소한 말다툼조차 깊은 상처로 남았다. 아내는 작품 활동을 위해 더 자주 해외로 나갔고 한 번 가면 오랫동안 돌아오지 않았다.

안에서 곪던 문제는 한 사건으로 터져버렸다. 그때 진석은 막 부사장으로 진급했고 혜원은 국제 추상 아트전 준비로 뉴욕에 있었다. 그곳에서 혜원은 함께 간 제자와 동거를 시작했다. 진석도 얼굴을 알고 있는, 김철우라는 젊은 남자였다.

분노하는 진석에게 혜원은 담담히 말했다.

"우리가 이렇게 된 것은 당신 때문이야."

"뭐?"

"당신, 날 사랑하기는 했어?"

"지금 그런 말이 왜 나와?"

"나 같은 사람은 사랑이 없으면 죽어."

"말 같지도 않은 소리 집어치워!"

"난 살고 싶어. 예술가가 아닌 한 여자로서. 더는 자격지심으로 똘똘 뭉친, 일밖에 모르는 남편 따윈 필요 없어."

"난 열심히 일했을 뿐이야. 내 가정, 내 회사를 위해."

"내 회사? 그게 왜 당신 회사야? 거긴 아버지 회사야. 당신은 고용된 직원이고. 진석 씨는 자기 노력으로 그 자리까지 갔다고 생각해?"

"뭐?"

"진석 씨의 진짜 삶은 나와 결혼하면서 시작됐어."

"…."

"그 전의 당신은 아무것도 아니었어."

말은 칼이 되어 진석의 심장을 깊숙이 찔렀다. 갈라진 심방 사이에서 피가 울컥울컥 솟았다.

"내가 왜 이렇게 촌스러운 당신에게 끌렸을까. 그것도 오랫동안 사귀던 여자가 있던 남자에게서."

"정아 이야기는 꺼내지 마!"

"우스워. 수십 년이 지난 지금까지 정아 씨 이야기에 발끈하다니."

"닥치지 못해!"

"부잣집 외동딸이 왜 가난뱅이 고학생을 사랑하지? 당신은 그걸 늘 궁금해했어. 난 대답하지 않았어. 하지만 이제 말할 때가 온 것 같아. 쿤데라는 이런 말을 했어. '스위스의 평화로운 목가에서 체코의 혁명을 바라보는 것처럼 난 널 사랑했어. 하지만 만일 반대의 장소에서였다면 난 그렇지 않았을 거야.' 그래. 나도 그랬어. 그 시절 당신은 치열하고 뜨거웠어. 마치 더 내려갈 곳도 없는 컴컴한 바닥에서 꿈틀대며 눈동자만 빛나는 짐승처럼. 당신은 부잣집 막내아들에게서는 절대로 볼 수 없는 무엇이 있었어. 그것이 날 반하게 만들었지."

혜원의 눈에는 눈물이 고였다.

"날 키치(Kitsch) 년이라 비난해도 좋아. 하지만 지금의 당신은 기회주의자에 잔머리만 굴리는 중년으로 변해버렸어. 잘 길든 애완동물처럼 되어버린 당신은, 내가 알던 진석 씨가 아니야."

진석은 이혼하고 싶었다. 병중인 아내를 두고 갈라선다는 것은 도리가 아니잖은가. 장인은 그렇게 말했다. 집안 체면을 목숨처럼 여기는 그의 고집을 진석은 꺾지 못했다. 잠시 떨어져 생각할 시간을 가지라는 명령 아닌 명령만 들었다.

진석은 마지막 옵션을 선택했다. 회사를 그만두고 지금의 휴앤이노 테크에 경력직으로 들어갔다. 좋은 조건은 아니었다. 연봉도 깎이고 직급도 두 계단이나 낮췄다. 하지만 그런 건 중요하지 않았다. 중요한 건 살기 위해 달아나는 것뿐이었다.

만일 그때 혜원이 아닌 정아를 선택했다면 어떻게 됐을까? 뮌헨 지사장으로 가기 얼마 전 종현에게 그렇게 물었다. 종현은 소주잔을 기울이며 답했다.

"누구를 택했어도 반대편 세상을 그리워하며 살아갔겠지. 가

보지 못한 곳은 늘 아름다운 법이니까."

***

 턱럭거리는 턱. 터질 것 같은 볼살. 벨트 위로 걸쳐놓은 뱃살. 오랜만에 만난 종현은 전형적인 아저씨로 변해있었다. 종현은 진석을 와락 끌어안았다.

 "그동안 잘 지냈어?"

 "그럼. 너는?"

 "보시다시피 최고지."

 종현, 종현의 처, 진석, 이렇게 셋은 하얀 테이블보 위에 근사한 촛대가 놓인 전망 좋은 창가에 앉았다. 종현은 아내를 정식으로 소개해 주었다.

 "이쪽은 내 운명의 여인, 비차 맨치니. 그리고 이 친군 고등학교, 대학교 동창이자 베스트 프렌드 진석."

 비차의 한국어 실력은 훌륭했다. 사업상 필요해서 배웠다지만 아마도 사랑의 힘이 더 컸을 것이다. 그녀의 인상은 푸근했고 예의도 발랐다. 하지만 종현이가 한눈에 반할 스타일은 아니었다. 일곱 살 연상의 크로아티아 출신 비차는 종현과 지난여름 결혼했다. 소식을 접했을 때 사실 많이 놀랐다. 진석이 아는 종현은 결혼이라는 것을 할 녀석이 아니었기 때문이다. 그는 오십 가까워지도록 엔조이만 했고 한 여자에게 만족하지 못했다. 나름의 이유는 있었다. "나는 모든 여자를 진심으로 사랑했어. 하지만 미래에 사귈 여자들을 위해 더 많은 사랑을 남겨놨지." 종현은 카사노바식 개똥철학을 입에 달고 살았다. 그러던 그가 지금은 운명 같은 사랑에 대해 식사 내내 이야기했다.

"사랑, 그놈 참 기가 막힌 순간에 오더라. 무역 엑스포에서 와이프를 처음 만났어. 그때 상황은 최악이었지. 세 번째로 벌인 외식 사업은 쫄딱 망했고, 모아놓은 돈도 다 날렸고. 절망 그 자체였어. 당시에 비차는 아시아에서 원재료를 수입해 유럽에 판매하는 오퍼상을 했는데 통역과 잡일을 봐줄 사람을 구했어. 어찌어찌하다 보니 내가 비차의 파트너가 됐지. 서류 준비, 번역, 통역, 세관 업무, 재무, 심지어 한국의 맛집 소개와 관광 가이드까지 반년을 그렇게 수족이 되어 도와줬어. 내 인생에서 누군가를 위해 온통 쏟아부은 것은 아마 그때가 처음이었을걸? 어느 날이었어. 부산에서 수입업체 사람들과 미팅을 끝내고 난 후 둘이 함께 늦은 저녁 식사를 했지. 해운대 바닷가 횟집이었어. 비차가 내 앞에 작은 상자와 서류 봉투를 턱 하니 내놓더라고. 그리고 이렇게 말했어. '종현 씨, 이 안에 들어있는 것 읽어보시고 이번 주까지 처리 좀 해줘요. 중요한 건이니 잘 생각하

셔야 합니다.' 상자 안에는 예물 시계가, 봉투에는 결혼 계약서가 있었지. 하하하, 남자인 내가 프러포즈를 받을 것이라고는 꿈도 못 꿔봤어. 참 기분 이상하더라고."

"네 성격이라면 더욱 그렇겠지."

"진짜 사랑은 가장 비참할 때 만난다는 말이 맞긴 맞나 봐."

종현은 진석을 바라보며 한쪽 눈을 찡긋했다.

"그런 유치한 말은 어디서 들었냐?"

"너한테."

"나?"

기억도 나지 않았다. 비차는 둘의 대화가 재미있는지 깔깔대고 웃었다. 진석은 비차에게 물었다.

"신혼여행은 어때요?"

"최고예요. 프라하로 인, 아웃은 부다페스트로 잡았어요. 한 달 일정으로요. 원래 계획에는 없었지만, 진석 씨 만나러 뮌헨에 들른 거예요."

"괜히 불편하게 한 건 아닌가 싶네요."

"아니요. 아니에요. 뮌헨은 제게도 익숙한 곳이거든요. 어릴 적 아우크스부르크에서 살았는데 그때 뮌헨으로 자주 놀러 왔었어요. 옛날 생각도 나고 좋네요."

초콜릿 시럽이 뿌려진 과일 푸딩이 디저트로 나왔다. 대화 주제는 자연스럽게 비차의 고향 이야기로 넘어갔다. 자그레브의 관광 명소에 관한 것을 듣다가 문득 생각이 났다.

"혹시 '부서진 관계의 박물관'이라는 곳을 아세요? 자그레브에 있다던데."

진석의 물음에 비차는 고개를 갸우뚱했다.

"제가 박물관을 좋아해 웬만한 곳은 다 가봤는데 그건 처음 들어보네요. 최근에 생긴 곳인가요?"

"잘 모르겠어요."

"어떻게 알게 되셨어요?"

"그냥, 뭐, 누가 말해줘서요."

비차는 화장을 고치러 나가고 종현이 한국의 지인과 통화를 하고 있을 때였다. 휴대폰이 울렸다. 수연이 보낸 메시지가 깜빡거렸다. 클릭했다. 영국 정원에서 독일가문비나무를 껴안고 찍은 사진들이 주르르 올라왔다.

[어느 게 제일 괜찮아요?]

턱을 괸 채 살펴보다가 하나를 골랐다.

[세 번째 것.]

종현이 갑자기 진석의 옆구리를 쿡 찔렀다.

"야!"

진석은 휴대폰을 뒤집어 테이블 위에 놓았다.

"어? 왜?"

"있지?"

"뭐가 있어?"

"귀신을 속여라, 인마."

"뭐?"

"사진 속 처자 누구냐? 젊던데. 교포?"

그는 새끼손가락을 까닥거렸다.

"그런 거 아니야."

"아니긴. 자식아."

뺏다시피 진석의 핸드폰을 가져갔다. 독일가문비나무를 꼭 껴안고 있는 수연을 바라보는 그의 눈이 커다래졌다.

"…정아가 …왜 여기에."

비차가 자리로 돌아와 앉을 때까지 종현은 사진에서 눈을 떼지 못했다.

***

진석은 지사에서 쫓겨난다는 현실보다 수연과의 여행이 더 걱정됐다. 거울에 비친 몸을 바라보았다. 작년보다 배가 더 나왔다. 피부 탄력도 예전 같지 않다. 나이보단 이곳의 기름진 음식 탓으로 돌리고 싶었다. 옷장을 열었다. 무채색 양복과 와이셔츠만 빼곡했다.

"입을 옷이 없군."

자기도 모르게 혼잣말이 튀어나왔다. 그나마 캐주얼해 보이는 옅은 감청색 재킷과 갈색 바지를 골랐다. 타이는 매지 않았다. 카메라를 챙겨 가방에 담았다. 벽에 걸어놓은 크리스털 거북이를 빤히 바라봤다. 가지고 가는 편이 좋겠다는 생각이 들었다.

오늘은 다행히 화창했다. 모처럼 만에 맑은 하늘을 보니 기분이 조금 나아졌다. 렌터카를 빌려 슈바빙으로 몰고 갔다. 주차장에 차를 세우고 내리기 전에 안주머니에서 거북이를 꺼내 백미러에 걸었다. 목걸이 줄에 매달린 투명한 유리 거북은 햇빛에 반짝이며 대롱거렸다.

도로를 따라 일렬로 늘어선 울창한 미루나무들. 아름다운 노천카페. 아기자기한 물건들을 모아 파는 편집숍. 흥겨운 길거리 공연. 누군가 슈바빙을 '젊은 영혼이 강아지처럼 뛰어노는 곳'이라 했다. 꽤 그럴싸한 비유다. 이곳은 우리나라로 치면 홍대 거리쯤 됐다. 17미터 높이의 거인상 '워킹 맨' 앞에서 수연을 기다렸다. 만남의 장소를 여기로 잡은 것은 진석이었다. 어디서도 동상을 찾기 쉽다는 이유를 댔지만, 사실은 그녀가 오지 않아도 바람맞았다는 느낌이 들지 않을 만큼 번잡한 곳이라 그랬다. 진석은 근처 카페로 들어갔다. 오늘은 색다른 것을 마시고 싶었다. 늘 먹던 플레인 커피 대신 휘핑과 화이트초콜릿이 뒤섞인 스패니시 화이트 모카를 샀다. 헤어무스처럼 봉긋하게 올라온 크림 위로 달착지근한 캐러멜 향이 올라왔다. 커피는 혀의 미각 세포 안으로 스며들어 머물다 코점막을 따라 퍼져 나갔다. 이런 커피를 마셔본 게 언제였더라. 몇 년 동안 한 번도 없는 것 같았다.

수연을 기다리는 동안 미텐발트 생각을 했다. 예전과는 많이 바뀌었겠지. 수십 년이 흘렀으니 틀림없이 그럴 것이다.

그곳은 혜원에게 두 번의 인생 전환점이 되는 장소였다. 한 번은 진석과의 유럽 여행에서. 다른 한 번은 늦은 유학길에서. 영원히 좁힐 수 없는 틈이 둘 사이에 존재함을 깨달은 무렵, 혜원은 느닷없이 남부 바이에른주의 미텐발트라는 시골 마을로 떠났다. 그곳 공방에서 현악기 제작하는 법을 배우고자 했다. 현악기를 공부하러 온 한국의 유명 조각가. 그것만으로도 지역 신문에 뉴스가 되었다. 마에스트로는 혜원처럼 잘나가는 예술가가 시간도 오래 걸리고 작업도 힘든 악기 제작을 배우려는 이유를 물었다.

"예술 작품을 만드는 것과 악기 제작은 다르지 않다고 생각해요. 1밀리미터만 덜 깎거나 더 깎아도 모든 것이 달라지죠. 둘은 아주 섬세하고 연약해요. 마치 첫사랑처럼요. 그래서 매 순간이 소중하지요. 난 그 점이 좋아서 이곳에 온 거예요."

어설픈 독일어로 이유를 조곤조곤 설명하는 그녀의 노력이 마음에 들었는지 마에스타는 선뜻 수강생으로 받아주었다.

혜원은 미텐발트에서 지낸 시간을 사랑했다. 한국에 돌아와서도 그곳의 북쪽 산기슭과 마을을 관통하는 강과 성 페테로 파울 교회를 자주 화폭에 담았다. 아름다운 소로와 사람들의 여유로운 표정을 나무와 금속과 점토로 다시 탄생시켰다. 그때 난 정말 제대로 살아있었어. 혜원은 그런 말을 종종 했었다.

"아저씨!"

뒤를 돌아봤다. 수연은 체크무늬 셔츠에 갈색 카디건과 두 가지 톤의 연한 베이지색 스커트를 입고 서있었다. 캐릭터 인형이 주렁주렁 매달린 가방을 한쪽 어깨에 멘 채였다. 큼직한 헵번스타일 선글라스를 썼지만, 아침 햇살에 여전히 눈이 부시는지 손으로 얼굴을 반쯤 가렸다. 그녀는 진석의 위아래를 살펴봤다. 의아한 표정으로 물었다.

"아저씬 놀러 갈 때도 정장 입어요?"

차는 슈타른베르크 방면으로 들어섰다. 곧 95번 도로를 따라 남쪽으로 향할 것이다. 뮌헨 외곽을 벗어나자마자 비가 쏟아지기 시작했다. 빗줄기는 빨간 도요타 소형차의 창문을 시끄럽게 때렸다. 푸른 잔디의 둥근 언덕과 한 번도 키가 작은 적이 없었을 것만 같은 나무들과 시듦이 무엇인지 모르는 도로변 꽃들과 붉은 지붕을 이고 잠든 집들이 출렁이며 곁을 스쳤다. 잠을 설쳤는지 수연은 빗소리를 자장가 삼아 깊은 잠에 빠졌다.

차는 한참을 더 달렸다. 비포장 시골길로 들어섰다. 도로 양쪽으로 포도밭이 길게 펼쳐졌다. 쏟아붓던 비는 이제 가랑비로 바뀌었다. 밭이 끝나는 곳까지 길은 구불구불 이어졌다. 멀리 어슴푸레한 지평선이 보였다. 수연은 눈을 게슴츠레 뜨고 밖을 바라봤다. 졸음이 덜 깬 목소리로 말했다.

"옛날 유럽 사람들이 왜 세상이 평평하다고 믿었는지 알 것 같아요."

"음?"

"보세요. 이 세상은 정말 높낮이가 없잖아요."

반듯한 쟁반 위에 놓인 듯 어느 곳을 봐도 똑같은 높이의 땅과 하늘뿐이었다. 이렇게 계속 길을 따라가다 보면 갑자기 세상 아래로 뚝 떨어져 버릴 것만 같았다.

수연은 백미러에 매달려 흐느적거리는 크리스털 거북이를

뚫어지게 쳐다보고 있었다. 등껍질에 음각으로 새겨진 'Chao'라는 글자를 손끝으로 쓰다듬었다. 뒤집어 배 쪽을 살피기도 하고 거북이 머리를 잡고 눈을 맞추기도 했다.

"이 거북이, 차 렌트할 때부터 있던 건가요?"

"아니. 내 거야."

"왜 매달아 놨어요?"

미텐발트까지 가는 아름다운 길을 정아에게도 보여주고 싶어서. 그런 유치한 말을 차마 할 순 없었다.

"일종의 부적 같은 거지. 행운의 부적."

"어디서 사셨어요?"

"그냥 어디서 났어. 근데 그게 왜 궁금하지?"

"거북이가 어디서 왔나에 따라 등에 적힌 단어의 뜻이 달라지니까요. 여기 사람들은 차오(Chao)라는 말을 많이 하죠. 영어로는 카오스(Chaos)의 단수형이니까 혼란이란 말일 테고 스페인이나 이탈리아 말이라면 안녕일 테고. 차오는 참 신기한 단어예요. 작별의 의미도 있지만, 언젠가 다시 만나자는 뜻도 있거든요."

그녀의 느닷없는 말에 진석은 아득함을 느꼈다. 그 먹먹한 감정은 젊은 날로부터 온 것이었다. 무슨 말로 화제를 바꿀지 고민했다. 다행히도 수연이 먼저 입을 열었다.

"거북이를 보니까 문득 생각나는 게 있어요. 자료 조사하러 도서관에 갔는데 거기서 우연히 인도의 전설에 관한 그림책을 발견했어요. 제목은, 글쎄요, 잘 기억나지 않네요. 내용은 이랬어요. 어느 날 왕은 자기가 통치하는 왕국 아래의 세계가 궁금해졌대요. 그래서 나라에서 제일 현명한 마법사를 찾아가 이 땅 아래에 무엇이 있는지 물었어요. 그곳은 코끼리 네 마리가 대지의 귀퉁이를 떠받들고 있습니다, 폐하. 마법사는 그렇게 말했지요. 왕은 또 궁금해졌어요. 그러면 그 코끼리들은 무엇이 받치고 있소? 커다란 거북이가 코끼리들을 등껍질 위에 올려놓고 잠들어 있습니다. 그러면 그 거북이 아래는? 더 큰 거북이가 떠받들고 있습죠. 그리고 그 아래는 더 힘세고 더 커다란 거북이가 있습니다. 또 그 아래는 더욱더 커다란 거북이가…. 왕은 버럭 화를 냈어요. 그럼 맨 아래, 그러니까 층층이 쌓인 거북이들을 모두 떠받치고 있는 것은 정녕 무엇이란 말이요? 왕의 물음에 마법사는 부드러운 미소를 지으며 이렇게 답했어요.

'이 세상을 떠받들고 있는 것 또한 거북이입니다. 세상의 모든 아픔을 견딜 수 있을 만큼 아주 크고 아주 힘이 센 놈이지요.'

'그 거북의 이름이 무엇이오?'

'세상의 끝이라 하옵니다.'

그제야 왕은 고개를 끄덕이며 성으로 돌아갔대요."

어디선가 들은 것 같은 옛날이야기였지만 기억 속 결말과는 사뭇 달랐다.

"하지만 진짜 이상한 이야기는 이제부터예요. 책 표지에 거대한 거북이가 수많은 작은 거북이들을 등에 쌓고 자는 모습이 그려져 있었는데 거기서 재미난 것을 발견했거든요. 손으로 그린 작은 화살표가 커다란 거북이 꼬리 뒤쪽에 있었어요. 화살표는 가장자리를 따라 빙 돌면서 이어졌죠. 심지어 책 배와 책 꼭대기, 책머리까지 뱀처럼 길게 연결되었어요. 그러다 화살표는 뒤표지 한복판에서 끝났죠. 거기에 뭐가 있었는지 아세요?"

"글쎄."

"조그마한 거북이 한 마리가 그려져 있었어요. 화살표라고 생각했던 것은 사실은 작은 거북이의 발자국이었죠."

"풋. 거북이 탑에서 한 마리가 탈출한 거군."

"전 그렇게 생각하지 않는데."

"음?"

"걔는 세상의 끝을 떠나 다시 자기 세상으로 돌아온 거잖아요."

***

정오가 조금 지나 미텐발트에 도착했다. 도로 공사 중인 곳이 많아 예상보다 오래 걸렸다. 주차장에 차를 세우고 나왔다. 진한 숲 냄새가 났다. 비 그친 하늘은 더할 나위 없이 맑았다. 수연은 탄성을 터트렸다.

"와! 쏟아질 것만 같아요!"

밑에서 쳐다보는 카르벤델 산봉우리의 가파름은 사뭇 달랐다. 시간의 조각칼로 깎아 세운 알프스산맥은 정교하게 하늘을 받치며 둘을 위압적으로 내려다봤다. 암갈색 바위와 붉고 푸른 흙의 민낯이 눈앞에 바짝 펼쳐졌다.

근처 인포메이션 센터로 갔다. 혜원과 왔을 때는 없던 곳이다. 거기서 관광 지도를 한 장 얻었다. 뒷장에 마을 소개가 있었다. 2천385미터의 카르벤델산 자락에 있는 마을. 가르미파르텐키르헨에서 16킬로미터 떨어져 있는 작은 동네. 독일에서 가장 높은 지대에 있는 마을. 프레스코화. 현악기의 고장. 동네 이름의 어원이 제일 마음에 들었다. 미텐발트(Mittenwald). Mitte는 가운데, Wald는 숲, '숲 가운데'라는 뜻이었다.

"제 버킷 리스트 중 하나가 알프스의 산에서 도시락을 먹는 거예요."

수연의 희망 사항은 방문할 순서를 바꿔버렸다. 함께 산에 오르기로 했다. 정상으로 가는 케이블카를 타기 전에 편의점 물러에 들렀다. 위에 식당이 있으니 거기서 점심을 먹자고 했지만, 수연은 굳이 먹거리를 샀다.

케이블카는 가파른 경사면을 타고 빠르게 올라갔다. 산 바위가 창문에 부딪힐 듯 달려들었다가 순식간에 아래로 사라졌다. 불어오는 세찬 바람에 가끔 케이블카가 출렁였다. 승객들은 그때마다 웃음 섞인 비명을 질러댔다. 수연은 눈을 감고 진석의 팔을 꼭 잡았다. 그녀는 비에 젖은 새처럼 떨었다.

케이블카에서 내려 밖으로 나갔다. 움푹 파인 거대한 분지가 제일 먼저 진석을 맞았다. 단단해진 얼음덩어리들이 오목한 속을 채웠다. 분지 주변으로 트래킹 코스가 보였다. 길섶 중간중간 소로들끼리 붙었다 끊어지며 잎맥처럼 이어졌다. 길은 봉우리 중 어디라도 올라갈 수 있게 연결되었다. 맞은편 관람대에 사람들이 모여있었다. 그곳을 향해 걸었다. 춥지는 않았지만, 바닥에 눈이 제법 쌓였다. 진석이 앞장서 길을 내면 수연은 뒤를 쫓았다. 발아래에서 뽀드득거리는 소리가 났다. 관람대 벤치가 가까워져 올 때쯤 뒤돌아봤다. 발자국이 산등선을 따라 지그재그로 만들어졌다.

정상에 섰다. 앞의 짙음과 뒤의 흐릿함이 크루아상처럼 층층이 겹친 산줄기. 화이트초콜릿 조각 케이크처럼 생긴 삼각 봉우리들. 골에는 얼어붙은 눈이 아찔하게 쌓였고 봉수는 중세 유럽

창기병의 창끝처럼 뾰족했다. 구불구불한 목청 강물이 산 아래서 일렁였다. 얼음투성이 낙맥은 사람이 찾지 않는 성당의 스테인드글라스처럼 쓸쓸한 빛을 뿜어냈다. 마을의 작은 집들은 레고블록으로 쌓은 장난감처럼 보였다. 석회암과 결정편암으로 뒤덮인 산은 무심한 무채색을 방패 삼아 늦은 오후의 햇살을 튕겨냈다. 산바람이 얼굴을 스쳤다.

관람용 벤치는 그대로였다. 하지만 녹이 많이 슬었고 등받이 한쪽이 부서져 있었다. 진석과 혜원이 앉았던 자리를 손으로 쓸었다. 축축하고 차가웠다.

서쪽을 향해 섰다. 카르벤델 정상에서 바라보는 풍광은 젊은 여인의 미소만큼 아름다웠다. 카메라를 꺼내 들었다. ISO와 셔터 속도를 조절하고 화이트 밸런스를 맞췄다. 셔터를 눌렀다. 그녀의 추억이 메모리 카드로 스며들었다.

수연은 사진을 찍고 있는 진석의 모습을 말없이 바라보고 있었다.

수연과 진석은 벤치에 나란히 앉았다. 음식을 꺼냈다. 수연은 하몽 샌드위치를 집었다. 진석은 참치와 채소를 다져 넣은 바게트를 들었다. 그녀는 샌드위치를 먹는 내내 이곳의 아름다움에 대해 재잘거렸다. 이야기는 노랫소리처럼 들렸다. 후식으로 잘 익은 자두를 꺼냈다. 티슈로 닦기 시작했다. 하나를 진석에게 건넸다.

"드세요. 2유로에 여섯 개씩 팔더라고요. 혼자 지내면 과일 같은 것은 잘 못 먹잖아요."

"왜 내가 혼자 지낸다고 생각해?"

"아저씨, 이혼했죠?"

기습적인 질문이었다.

"음? …음. …아니."

"무슨 대답이 그래요? 예스? 오아 노?"

"이혼은 아니야. 별거지."

"그거나 저거나."

"아니야. 둘은 전혀 달라. 이혼은 서로 미워해서 갈라서는 거고 별거는 서로 다른 무언가를 더 사랑해서 등을 돌린 거니까."

수연은 피식 웃었다.

"근데 그건 어떻게 알았어?"

"여자들은 척 보면 알아요. 싱글인지 아닌지. 돌싱인지 아닌지."

"그렇군."

"결혼한 걸 후회하세요?"

"후회하진 않아. 그냥 다른 선택을 하지 못한 것에 대해 후회할 뿐이지."

수연은 호프브로이 앞에서 만난 날의 표정으로 진석을 바라봤다.

"그냥 제 느낌인데요. 아저씨는 어떤 이별에도 담담할 사람 같아요."

"이별 앞에 담담한 사람…. 아마도 그런 이는 없을 거다. 헤어진다는 것은 언제나 고통스러운 일이니까. 그건 참 깊고 독한 병이지. 이 나이가 되도록 고작 깨달은 건 이별을 겪은 사람은 모두 같은 곳에서 만나게 된다는 것뿐이야. 누구나 '세상의 끝'으로 가게 되니까. …하지만 그렇게 세상 끝으로 온 사람들도 결국 선택해야겠지. 그곳에서 생을 마감하거나 아니면 원래 살던 곳으로 돌아오거나. 동화책 속의 거북이가 그러했듯이."

수연은 희미하게 웃었다.

"아저씨 대답이 시처럼 들려요. 존 키츠의 시."

"누구?"

"존 키츠. 영국의 3대 낭만파 시인."

"…"

"물로 쓴 이름을 가진 자가 여기 잠들다. 그런 묘비명으로 유명한 시인."

"처음 들어보는군."

"뭐 하나 더 물어봐도 돼요?"

진석은 그러라고 했다. 수연은 말없이 진석의 눈을 빤히 쳐다보았다. 하지만 곧 고개를 저었다.

"아니, 아니요. 지금 안 물어볼래요."

진석은 헛웃음을 켰다.

"싱겁긴."

수연은 남은 과일을 주섬주섬 다시 플라스틱 통에 담았다. 종이봉투에 빈 캔과 쓰레기를 넣었다. 그녀의 왼쪽 손목이 눈에 들어왔다. 피부 위로 튀어나온 검붉은 자국들. 주저흔이었다. 베어졌다 아물며 벌긋벌긋 솟아오른 비명이었다. 스물다섯 살, 삶의 궤적은 손목에 새겨져 있었다. 무수한 절망의 흔적은 지금까지 그녀가 한 어떤 말보다 강렬했다. 수연은 손목을 가볍게 흔들며 아무렇지도 않게 말했다.

"보기 흉하죠?"

진석은 무슨 말을 해야 할지 몰랐다. 수연은 쓸쓸하게 웃었다. 웃음 사이로 산 아래서부터 올라온 바람이 스쳐갔다. 카르벤델 정상에서의 시간은 더디 흘러갔다.

***

중심가인 오버마르크트 거리로 들어갔다. 비슷하게 생긴 3층

집들은 일렬로 붙어있어 하나의 건물처럼 보였다. 벽마다 성모상, 악기를 연주하는 사람, 목자, 말을 탄 귀족이 그려져 있었다. 이런 프레스코화 때문에 마을 전체는 거인을 위한 거대한 그림책 같았다. 궂은 날씨에도 관광객은 많았다. 무슨 축제를 시작하려는지 곳곳에 현수막이 걸렸다. 전통 복장을 한 사람들이 바삐 움직였다. 수레가 오크통과 이동식 연단, 풍선과 화환을 싣고 앞을 지나갔다. 길가에 늘어선 상인들은 기념품을 팔았다. 진석은 상점 구경을 하는 수연에게 4시에 성당 앞에서 만나자고 했다. 어디 가느냐고 물었지만 대답하지 않았다.

마을 동쪽 어귀 이정표. 교회 북쪽 오솔길. 미구엘 공방의 낡은 창문. 정면에서 바라보는 양치기 양각상. 식당 앞 쌍둥이 벤치. 수로를 따라 흐르는 개울물. 식료품 가게 앞의 에델바이스 꽃밭. 바람에 흔들리는 풀. 햇볕 아래 뒹굴고 있는 강아지…. 마을 구석구석을 다니며 찍었다. 오랜 시간이 흘렀건만 마을은 변한 것이 거의 없었다. 이곳의 시간은 30년 전에 멈췄다.

마을에서 제일 높은 성 페테로 파울 성당 앞에 섰다. 외벽이 온통 분홍색으로 칠해진 건물이라 눈에 잘 띄었다. 벽면에 그려진 거대한 성인의 그림을 바라보았다. 프레스코화였다.

"프레스코란 이탈리아어로 신선하다는 뜻이야. 벽에다 석회 반죽을 얇게 바르고 반죽이 마르기 전에 그림을 그렸기 때문에 그런 이름이 붙었어. 유화는 기름에 물감을 섞어 그려서 오래되면 노르스름하게 변색하는 반면에 프레스코화는 반죽에 안료가 스며들어 굳어버린 것이라 색이 거의 변치 않아. 그래서 잘 보전된 벽화는 갓 그린 것처럼 선명해. 하지만 치명적인 단점이 있어. 석회 반죽이 마른 뒤에는 그림을 그릴 수가 없다는 거야. 그래서 화가는 매일같이 그날 그릴 만큼씩 반죽을 만들어 벽에 바르고 재빨리 그림을 그려야 했어. 벽화의 경계선이 군데군데 보이지? 저 다각형 조각 하나가 화가가 하루 그릴 수 있는 최대 분량의 그림이야. 그 조각들을 모으면 이런 벽화가 되는 것이고. 벽화에 대한 사랑이 없다면 불가능했겠지. 하루 분량의 반죽, 하루 분량의 그림, 하루 분량의 열정과 인내. 그리고 천 년 동안 남을 사랑스러운 벽화."

혜원은 벽화를 바라보며 그런 말을 했었다. 돌이켜 생각해 보면 그녀는 벽화에 관해 말한 것이 아니었다. 그저 사랑을 말한 것이었다.

마지막으로 혜원이 다녔던 공방을 찾았다. 들어가려 했지만, 문이 굳게 잠겼다. 금일 마을 축제 때문에 임시로 하루 문을 닫는다는 쪽지가 창문에 붙었다. 난감했다. 창문에 얼굴을 가까이 하고 안을 살폈다. 장식대에 악기들이 진열되어 있고 한쪽 벽에는 이곳을 거쳐 간 졸업생 사진이 걸렸다. 카메라로 확대해 하나씩 살폈다. 많은 얼굴 중 혜원을 찾아냈다. 젊은 혜원은 웃고 있었다. 과거의 혜원을 현재의 진석은 유리창 하나 사이에 두고 다가갈 수 없었다. 유리창에 카메라 렌즈를 댔다. 초점을 맞추고 셔터를 눌렀다. 찰칵. 그녀의 푸르던 시절이 찍혔다.

성당 앞에서 수연을 기다렸다. 축제 시작이 얼마 남지 않았는지 거리는 더 소란스러워졌다. 시계를 봤다. 약속 시각이 지났지만, 수연은 나타나지 않았다. 전화를 걸었다. 받지 않았다. 진석은 인파 속에서 수연을 찾았다. 가게마다 들어가 살폈다. 검은 머리 여자만 보면 다가가 얼굴을 확인했다. 성당 주변을 몇 바퀴나 돌았다. 길을 잃었나? 아니, 그건 아닐 거다. 그럴 만큼 동네가 크지 않다. 혹시 안 좋은 일이 생겼을지도. 기차를 타고 말도 없이 돌아간 것은 아닐까? 걱정은 의문을, 의문은 불안을 키웠다. 이렇게 헤어지긴 싫었다. 또다시 떠나보내고 싶지 않았다. 진석은 인파를 헤치며 찾았다. 등이 땀으로 흠뻑 젖었다.

"여기요, 아저씨!"

중국인 단체 관광객 무리에서 불쑥 튀어나온 수연은 진석을 불렀다. 양손에 아이스크림을 들었다. 얼굴은 튤립처럼 발갛게 상기되었다. 진석은 버럭 화를 냈다.

"왜 늦었어!"

"…."

"도대체 어디서 뭘 하고 다닌 거야!"

수연은 진석을 빤히 바라봤다.

"왜 화를 내요?"

"…."

"조금 늦었을 뿐인데."

"난, …네가 사라진 줄 알았어."

수연은 풋, 하고 웃었다.

"어딜 가겠어요. 이 좁은 곳에서."

아이스크림을 건넸다.

"이거 사오느라 늦었어요. 드셔보세요. 아주 색다르니까."

여느 것처럼 달고 찼다. 하지만 금세 매운맛이 따라 올라왔다. 얼굴을 찡그렸다.

"칠리 맛이라네요."

수연은 깔깔거렸다. 웃음소리가 정오처럼 쨍했다. 하지 말았어야 하는 말은 삼켰어야 했다.

수연이 진석을 데리고 간 곳은 마을 광장이었다. 중앙에 나무로 깎아 만든 커다란 바이올린 조각상이 장승처럼 세워졌다.

전통 의상을 차려입은 마을 사람들이 주위를 따라 둥글게 모였다. 오색 장식물이 광장 언저리를 따라 섰다. 바이올린 조각상에서부터 주변 건물 지붕으로 뻗어나간 수십 개의 줄에는 '미텐발트 현악기 축제'라 적힌 깃발들이 매달려 바람에 나부꼈다.

오른편에서는 바이올린, 첼로, 비올라, 호른 연주자들이 공연 준비에 여념이 없었다. 한쪽에는 음식 부스가 만들어졌다. 구운 소시지부터 볶음국수까지, 맥주부터 와인까지, 바게트부터 케밥까지, 이곳을 찾은 사람들의 국적만큼 다양했다. 수염을 멋지게 기른 전통 의상의 노인이 연단 위로 올라갔다. 짧은 축사를 끝내고 샴페인을 터트렸다. 박수가 쏟아졌다. 동시에 현악기와 관악기와 타악기가 빚어내는 경쾌한 음악이 광장을 가득 메웠다. 축제는 시작됐다.

일단의 남녀가 팔짱을 끼고 한쪽으로 돌기 시작했다. 쌍쌍의 움직임은 커다란 원을 만들었다. 원은 쪼개졌다 뭉치기를 반복하며 제 모양을 바꿨다. 회전할 때마다 활짝 펼쳐지는 다홍색 치마는 만개한 데이지꽃처럼 아름다웠다. 남자들 머리에 씌워진 깃털 달린 뾰족한 초록 모자의 일사불란한 움직임은 바다를 향해 힘차게 헤엄치는 등 푸른 생선 떼처럼 보였다. 맞잡은 손과 손이, 엇갈린 발과 발이, 실룩이는 허리와 허리가, 강가의 갈대처럼 구부러졌다가 세워지고 올라갔다가 내려가며 제자리에서 돌아갔다. 바이올린의 경쾌함과 첼로의 묵직함과 비올라의 매끈함이 잘 비벼진 선드러진 선율은 분위기를 한껏 띄웠다. 집단 민속춤을 바라보던 관광객 몇 명이 흥에 취해 몸을 들썩였다. 옆에 서있던 젊은 남자가, "셸 위 댄스?"라고 하자 여자친구는 남자의 손을 잡고 광장 가운데로 나갔다. 초록색 멜빵바지를 입은 할아버지와 인상 좋은 뚱뚱한 할머니가 부둥켜안고 느릿느릿 춤을 췄다. 금발 소년이 아장아장 걷기 시작하는 자기 동생을 끌어안고 멋대로 움직였다. 아무것도 모르는 어린것은 데리고 온 개를 껴안고 춤췄다. 다른 머리 색깔을 가진 사람들이 다른 몸짓과 다른 언어로 노래를 부르며 어울렸다. 좁은 미텐발트 광장은 춤과 노래로 차고 넘쳤다.

수연은 진석의 손을 잡았다.

"우리도 춰요."

진석은 손을 뒤로 뺐다.

"난, 춤 못 추는데."

수연이 다시 손을 잡았다.

"가르쳐 드릴게요."

"저기…."

"제가 한국에서 모던 댄스 배웠었다고 말했나요?"

수연은 진석의 왼팔을 잡아끌어 자기 허리에 가져다 댔다.

왼손이 진석의 오른손을 잡았다. 그녀의 가는 허리가 품 안으로 들어왔다.

"머리는 바닥과 평행하게 하시고 가슴과 힙은 수직으로 유지하세요."

진석의 몸은 이미 그녀의 말에 반응하고 있었다.

"발이 움직일 때 몸의 무게가 실리는 것을 느껴야 해요. 절 따라오세요. 왼발 나갈 때 오른발, 오른발이 앞서면 왼발이 따라와요."

한 바퀴 돌고 앞으로, 두 바퀴 돌고 뒤로. 다시 돌고 앞으로, 뒤로. 이번엔 반대 방향으로 돌면서 움직였다. 진석은 발이 엉킬까 자주 아래를 보았다. 수연이 말했다.

"절 보세요. 제 눈을요."

눈동자 속에 진석의 얼굴이 보였다. 진석은 그녀의 눈부처로 변했다. 갈색 망울 속 진석은 스물다섯 청춘이 되었다. 둘은 음악에 맞추어 빙글빙글 돌았다. 진석은 그녀를 따라갔다. 무릎과 무릎이, 허리와 허리가, 가슴과 가슴이, 살과 살이 스쳤다. 들판의 가을 잠자리처럼 둘은 인파 속을 이리저리 떠다녔다.

음악이 끝났다. 박수 소리가 요란했다. 사람들은 휘파람을 불며 맥주잔을 높이 올렸다.

수연은 진석에게 키스했다. 혀는 부드러웠다. 타액은 달았고 향기로웠다. 수연은 날아온 작은 새처럼 안으로 파고들었다. 그녀에게서 좋은 냄새가 났다. 거부하기 힘든 달콤한 향기였다.

　진석은 수연을 밀어냈다. 어쩌면 정아를, 아니 과거를 밀어낸 것일 수 있었다. 수연은 뒤로 몇 걸음 물러났다. 민망함과 노여움, 그 어디쯤 서있는 수연은 돌처럼 굳어버린 채 진석을 쳐다보았다. 술에 취한 이들이 노래를 부르며 둘 사이를 지나갔다. 호프브로이 광장에서의 그날처럼.

***

　힘든 하루를 버틸 수 있던 이유는 정아 때문이었다. 정아는 현재의 휴식처였고 미래의 기쁨이었다. 종현은 누구보다도 진석과 정아의 앞날을 축복했다. 너희 결혼식 때 사회는 당연히 내가 봐야지. 웨딩 카도 내가 다 준비할 거고. 신혼여행도 같이 갈까? 종현은 너스레를 떨었다.

"차오!"

　데이트가 끝나고 헤어질 때면 정아는 늘 같은 말을 했다. 여름 방학 때 대학생 국제 교류 캠프에 참가했다가 거기서 만난 유럽 학생들에게 자주 들은 인사말이라 했다. 입술에 걸리는 어감이 경쾌해서, '잘 가'와 '언젠가 다시 만나자'라는 의미를 함께 담고 있음이 좋아서, 그녀는 그 말을 자주 썼다. 작별 선물로 받은 열쇠고리 크리스털 거북이 한 쌍을 꺼내 보여줬다. 하나는 푸르고 다른 하나는 붉었다. 손에 쥐면 보이지 않을 만큼 작았다. 등껍질에는 'Chao!'라는 이탤릭체 글자가 음각으로 새겨져 있었다. 거북이들은 투명한 유리 몸뚱이 안으로 햇빛을 품었다. 진석은 붉은색을, 정아는 푸른색 거북이를 가졌다. 둘의 사랑은 누구도 의심치 않았다. 혜원이 나타나기 전까지는 분명 그랬다.

혜원과의 관계가 깊어질수록 진석의 죄책감은 커졌다. 진석은 정아 스스로가 떠나주길 바랐다. 차버린 것이 아닌 차인 것처럼. 진석의 탓이 아닌 정아의 탓인 것처럼. 누구나 한 번쯤은 겪는 흔한 풋사랑처럼. 그렇게 아름답게 끝나길 바랐다. 이러지도 저리지도 못하는 진석을 혜원은 답답해했다.

졸업을 앞둔 마지막 해, 혜원과 진석은 유럽으로 여행을 갔었다. 여행 마지막 날, 카르벤델 산봉우리의 나무 의자에 앉아 지는 석양을 바라보며 혜원은 말했다.

"한국에 돌아가면 바로 정리해. 못 하겠다는 말은 하지 마. 진석 씨의 그 뜨뜻미지근한 태도는 이제 더 보고 싶지 않으니까. …이 벤치는 셋이 앉기엔 너무 좁아."

이별의 순간은 짧았다. 정아는 이유를 물었다. 다른 여자가 생겼다고 했다. 혜원 씨냐고 물었다. 그렇다고 답했다. 그녀는 울지 않았다. 화를 내지도 않았다. 어떻게든 붙잡으려고도, 마음을 돌리려 애를 쓰지도 않았다.

"좋은 사람 만나 다행이야."

"…."

"그렇지 않았다면 난 아팠을 테니까."

마지막 말은 심장에 박힌 채 오랫동안 덜덜 떨렸다. 몇 주가 지났다. 달라진 것은 없었다. 창을 통해 들어오는 아침 햇살은 같은 시각 방 안을 밝혔다. 월세방 아줌마의 잔소리도 똑같이 시끄러웠다. 친구들의 재미없는 농담도, 캠퍼스 내 유명한 커플이 매일 밤 으슥한 곳을 찾아 돌아다니는 일도, 예비역 선배의 괜한 트집도, 무엇 하나 달라진 것이 없었다. 일상은 이름도 모르는 시골 마을의 작은 개울처럼 아무 일 없이 흘러갔다. 방 청소를 하던 평범한 주말 오후, 진석은 붉은 유리 거북을 쓰레기통에 버렸다.

부슬비가 종일 내리던 밤이었다. 경찰서에서 연락이 왔다. 시신의 신원을 확인해 달라는 전화였다. 소지품 안에 진석의 전화번호가 있어 연락했다고 말했다. 병원 영안실 트레이 위에는 하얀 천에 덮인 정아가 누워있었다. 그녀는 반나절이나 강물 위를 떠다녔다. 몸은 퉁퉁 불어 초고도 비만자처럼 보였다. 얼굴은 알아보기 힘들 정도로 변색했다. 그녀의 손을 잡았다. 차갑고 매끈거렸다. 납처럼 무거웠다. 지녔던 소지품을 확인했다. 지갑 안에는 만 원짜리 한 장과 동전 몇 개, 그리고 크리스털 거북이가 있었다. 푸른 등껍질에 새겨진 Chao는 더는 안녕이라 말하지 않았다. 거북이를 손에 쥐었다. 강물을 오래 떠돌다 뭍으로 나온 거북은 얼음처럼 찼다. 진석은 걸어서 집으로 돌아갔다. 많은 정류장을 지나고, 문 닫힌 가게 앞을 스치고, 인적이 끊긴 도로를, 다리를, 깜빡이는 가로등 아래를 지났다. 어느새 굵은 빗줄기로 변했다. 진석은 좀비처럼 계속 걷기만 했다. 들고 있던 정아의 거북은 점점 무거워졌다. 너무 무거워 진석은 그만 자리에 주저앉아 버렸다. 거북이를 보았다. 투명한 유리 몸 안에 더는 빛을 담지 않았다.

혜원은 연락이 닿지 않는 진석을 찾아 자취방으로 왔다. 거기서 혼절해 있는 진석을 발견했다. 진석은 중환자실에 입원했다. 혼수상태에서 정아를 보았다. 정아는 낯선 동네에서 홀로 춤을 췄다. 하늘은 온통 붉은색이었고 바닥에는 하얀 대리석이 깔렸다. 정아는 큰 원을 그리며 사뿐사뿐 발을 옮겼다. 발이 바닥에서 떨어지면 두 손이 올라갔고 손이 아래로 내려가면 허리가 빙그르르 돌아갔다. 정아는 긴 치마를 살짝 들어 올리며 언젠가 함께 보았던 고전 영화 〈엘비라 마디간〉 속의 춤을 따라 했다. 발끝을 올리고 몇 바퀴를 돌자 치마가 펼쳐졌다가 금세 오므라들었다. 반짝거리는 머리카락과 한들거리는 손끝이 호수 언저리를 따라 몽글몽글 피어오르는 안개처럼 예뻤다. 정아는 진석을 향해 손짓했다. 진석은 그녀의 손을 잡았다. 둘은 한 몸이 되어 회전목마처럼 돌아갔다. 정아는 더할 나위 없이 행복해 보였다.

혜원은 진석이 깨어날 때까지 병실을 떠나지 않았다.

***

미텐발트에서 뮌헨으로 돌아왔다. 사흘이 지난 후 수연을 다시 만났다. 처음 만났던 그 단골 카페에서였다. 먼저 연락한 이는 그녀였다. 내일 자그레브로 떠난다고 했다. 그녀의 짧은 메시지 때문에 진석은 종일 일이 손에 잡히지 않았다.

처음 만났던 자리에 다시 앉았다. 그때처럼 수연은 홍차를, 진석은 라들러를 주문했다. 아몬드와 초콜릿이 섞인 영국식 쿠키도 시켰다. 글은 많이 썼니? 그럭저럭요. 오늘도 비가 많이 내린다. 그러게요. 소금기 하나 없는 담담한 대화가 오갔다. 수연은 한동안 말없이 차만 마셨다. 그러다 문득 물었다.

"카르벤델산 정상에서 묻지 못한 것, 그거 지금 물어봐도 돼요?"

"그래."

"왜 그리 슬피 울고 있었어요?"

"뭐?"

"미술관 독일가문비나무 아래서."

"…."

"내가 정아라는 여자를 많이 닮았나요?"

그녀의 입술이 슬로비디오처럼 천천히 움직였다. 라들러 잔을 쥔 진석의 손에서 힘이 빠져나갔다.

"아저씨는 날 찾아 미술관을 돌아다녔죠. 하지만 난 멀리 가지 않았어요. 독일가문비나무 조각상이 있는 층 복도에 그냥 서 있었어요. 난 들고 다니던 모자를 썼을 뿐인데 아저씬 날 알아보지 못했어요. 아저씬 '정아'라는 이름을 부르며 내 곁을 스쳐 갔어요. 마치 얼빠진 사람처럼. 아저씬 가까운 곳을 보지 못하고 계속 먼 곳만을 찾았잖아요."

"…."

"다음 만남은 더 지독한 우연이었죠. 그날도 난 술집들을 돌아다니며 남자들과 어울렸어요. 돈을 벌어야 했으니까요. 한국에서든 독일에서든 내 처지는 달라지지 않았어요. 낯선 타지에서, 취업 비자도 없는 동양 여자가 합법적으로 할 일이란 별로 없어요. 호프브로이 앞에서 마주쳤을 때 난 깨달았어요. 우리에겐 공통점이 있다는 것을요. 아저씨가 날 통해 정아를 보았듯 나도 아저씨를 통해 누군가를 떠올렸어요. 이제는 볼 수 없는 한 친구를요. …뭐랄까, 그건 마치 타임 슬립 되어 먼 미래로 훌쩍 날아가 중년이 되어버린 그를 만난 것 같았죠. 골목길을 힘없이 떠나는 아저씨의 뒷모습은 작별 선물 하나 덩그러니 던져놓고 돌아오지도 못할 산책을 홀로 떠난 그 친구처럼 보였어요. 그래요. 아저씨가 그랬던 것처럼 그 순간 나도 아저씨를 놓치고 싶지 않았어요. 그래서 소리쳤어요. 도와달라고. 가지 말라고."

진석은 무슨 말을 해야 할지 몰랐다. 겨우 한마디 했다.

"…그 친구, 어떤 사람이었어?

수연의 커다란 눈에서 눈물이 흘러내렸다. 눈물은 뺨을 타고 흘러내렸다. 그녀는 대답 대신 되물었다.

"정아는 어떤 사람인가요?"

"잊어야 할 사람."

"와이프?"

"아니."

"숨겨놓은 애인?"

"아니야."

"설마 첫사랑은 아니겠지요."

"맞아."

"언제 만났나요?"

"네 나이 때에."

"왜 헤어졌어요?"

"내가 지독히 이기적이라서."

수연은 붉게 젖어가는 눈으로 진석을 바라보기만 했다.

"날 보면 정아가 보이나요?"

"…."

"목소리도 비슷한가요?"

"…."

"나처럼 춤도 잘 췄어요? 혼자 식당에서 음식도 잘 먹나요? 라들러를 좋아했나요? 나처럼 사랑에 빠졌나요?"

"…."

"나와 자고 싶었어요?"

진석은 그녀를 가만히 바라봤다. 처음 미술관 조각상 아래서 보았던 그 눈빛이었다. 진석은 말없이 라들러를 한 모금 마셨다. 천천히 입을 열었다.

"널 안는다고 뭐가 달라지겠니."

"…."

"그런다고 이별이 오지 않을까?"

"…."

"난 다시 상실을 겪고 싶지 않아."

수연은 쓴웃음을 지었다.

"상실…. 그게 왜 싫어요? …익숙해지면 아무것도 아닌데."

주인이 은촛대를 가져와 테이블 가운데 내려놓았다. 아름다운 시간 되시길. 그는 친절한 목소리로 말하고 자리를 떠났다.

수연은 창문을 향해 고개를 돌렸다. 바깥 풍경을 오래 바라봤다. 오른쪽 뺨 위를 흐르던 눈물이 탁자 위로 뚝뚝 떨어졌다. 반사된 촛불은 눈물 안에 갇혀 타올랐다. 다시 진석을 쳐다봤다. 수연은 웃음과 울음, 희망과 절망, 기쁨과 슬픔, 그 중간쯤에 있을법한 표정을 지었다.

"그날 멍청하게 또 실수해 버렸네요. 애인 대행으로 여행 가기 전에 얼마를 줄 건지 먼저 정했어야 했는데. 나, 비싼 여자예요. 아저씨가 생각했던 것보다 훨씬. 아저씨와 종일 함께 다니고 재미없는 이야기도 받아주고 춤도 췄어요. 그것도 계산에 넣어줘야 해요. 하지만 키스 값은 받지 않을게요. …그건 내 맘대로 한 거니까."

"…."

"난 돈이 필요해요. 그것도 큰돈이. …자그레브의, …박물관에, …가야 해서요."

목소리가 탁해졌다. 뒤로 갈수록 툭툭 끊기며 불명확해졌다. 긴 침묵이 흘렀다. 정적은 겨울비보다 더 아득했다.

수연은 화장지를 꺼냈다. 눈물을 닦았다. 닦은 휴지를 접어 한쪽에 모았다. 가방과 우산을 챙겼다. 의자에 걸어놓은 외투를 주섬주섬 입었다. 진석을 쳐다보며 희미하게 웃었다.

"차오."

그 말을 끝으로 그녀는 카페 문을 열고 나갔다. 테이블 위에는 네모나게 접힌 화장지만 남았다. 하얀 종이 위로 진홍색 핏자국이 배어 나왔다.

***

〈부고〉

조각가 김혜원 씨께서 금일 새벽 4시경 별세하셨습니다.

빈소: 신촌 세브란스 병원 장례식장 305호실.

발인: xx월 xx일 xx시.

흉보는 지구 반대편에서 날아왔다. 한국 예술인협회장이 회원과 그 가족들에게 단체로 보낸 메시지였다. 외국에서 올 조문객들 때문에 장례 기간이 일주일이나 됐다. 뉴스에 혜원의 사망 소식이 나왔다. 예술적 업적과 살아온 삶을 짧게 소개했다. 오전에 장인과 통화를 했다.

"의사는 이틀을 넘기기 힘들 것 같다고 했지만, 열흘이나 버텼어. 마지막까지 진통제를 거부했지. 아주 똥고집이었어. 끝까지 그 애답지 않은가?"

장인은 의외로 담담했다. 진석이 보내준 미텐발트의 사진을 보며 무척 좋아했다는 말도 전했다. 특히 카르벤델 정상에서 찍은 서쪽 하늘 풍광을 아주 오랫동안 바라보았다고 했다.

장례식장에 다녀온 친구로부터 빈소 분위기에 대해 들었다. 찰흙으로 만든 수십 개의 작은 두상이 영정 사진 옆에 나란히 놓여있었다. 입원한 후부터 계속 만든 작품들이었다. 살아생전 만난 소중한 인연들을 기억하며 만든 것이었다. 그녀는 함께 관에 묻어달라는 유언도 남겼다. 동료는 의아해했다. 이상하게도 자기 눈에는 두상들이 모두 한 사람 얼굴처럼 보였다고 했다.

다음 주 월요일에 새 지부장이 온다는 연락을 받았다. 공식적인 인사 발령은 아마도 러시아 상공을 날아가고 있을 때쯤일 것이다. 업무 인수인계는 미하엘이 대신 맡았다. 간단한 환송회를 가졌다. 진석은 그간의 노고에 고마움을 표했다. 짐을 꾸렸다. 2년 가까이 지냈어도 여행 가방 두 개가 전부였다. 진석은 붙박이 옷걸이에 걸어놓은 크리스털 거북이를 꺼내 한참 만지작거렸다. 그대로 다시 그곳에 걸어두었다.

마지막으로 영국 정원에 들렀다. 중국 탑 주변을 몇 바퀴 돌았다. 프레첼과 맥주를 먹고 마시는 왁자지껄한 사람들 사이를 지났다. 이자르강을 끼고 갔다. 승마하는 사람과 커다란 말 궁둥이가 보였다. 잔디밭을 뛰어노는 금발 머리 아이를 오도카니 바라봤다. 엎드린 채 햇살을 즐기는 남녀를, 아이스바흐 벨레에서 서핑 타는 젊은이를 목도했다.

동쪽을 향해 걷다 멈춰 섰다. 넓은 잔디밭과 그 주변에 나무들이 빼곡한 흔하디흔한 장소였다. 진석은 커다란 독일가문비나무 앞에 섰다. 수피는 붉은빛을 띤 갈색이고 평생 30에서 50미터까지 자라며 굵기도 1미터 넘게 자라는 상록교목나무. 꽃은 초여름에 피고 암수가 한 몸인 자웅동주. 암꽃 방울은 연한 자주색으로, 수꽃은 노란 갈색이나 붉은빛이 도는 갈색으로 피는 아름드리나무였다. 껍질을 손바닥으로 쓰다듬었다. 겨울 채비를 하는 표피는 수분이 바짝 말라 버석거렸다. 붉은 껍질이 조금 벗겨지며 속살이 드러났다. 얼굴을 가까이 댔다. 냄새를 맡았다. 흙냄새가 났다. 코를 박고 숨을 들이켰다. 비에 젖은 풀냄새가 났다. 다시 깊이 들이마셨다. 라일락 냄새 같기도 하고 여자 향수 같기도 했다. 누군가 방금 안았다 떠난 것처럼 생생한 흔적이었다. 진석은 나무를 끌어안았다. 오른쪽 세 번째 손가락이 왼손 손가락 끝에 닿을 듯 말 듯했다. 체온이 나무 온도와 같아질 때까지 가만히 있었다. 진석은 낮은 목소리로 물었다.

"독일가문비나무 아래서 너는 왜 울고 있었니?"

나무는 아무 말도 하지 않았다. 그저 바람에 스친 바짝 마른 나뭇가지들만이 시끄럽게 답할 뿐이었다. 행인 한 명이 진석의 모습을 오도카니 바라보았다. 그는 옷깃을 여미고 제 갈 길을 갔다.

기내는 컴컴했다. 영화를 보는 승객들의 작은 화면만 신기루 같은 빛을 뿜어냈다. 비행기는 막 몽골 상공에 들어섰다. 진석은 몇 시간 후 자신이 나고 자란 세상에 도착한다는 현실이 믿기지 않았다. 이상 기류로 인해 기체가 흔들릴 수 있으니 주의하라는 기장의 안내 방송이 흘러나왔다. 경고를 귀담아듣는 승객은 없었다. 비행기는 커다란 파도를 타고 넘는 조각배처럼 위아래로 요동쳤다. 좌석벨트를 채웠다. 등받이에 상체를 기댔다.

진석에게는 깊은 잠이 필요했다. 눈을 감았다. 하지만 잠은 세상 끝에서 여전히 오지 않았다.

해설_이덕화(평택대 명예교수, 평론가)

위반과 탈주하는 인물들

1. 위반과 탈주하는 인물들

그리스 스핑크스와 오이디푸스 신화는 고대로부터 현재까지 예술의 모티브로 소설, 시, 연극, 회화에서 꾸준히 재현되는 화두의 하나이다. 스핑크스와 오이디푸스 신화에서, 오이디푸스는 스핑크스의 수수께끼를 풀면서 인간이 되었다. 그러나 신화에서 드러나듯 인간이 된다는 것은 바로 상처임을, 즉 아버지를 살해하고 어머니와 근친상간함으로써, 눈이 멀고 발에 상처를 얻는, 그런 것이 인간임을 알려준다.

오이디푸스의 비극은 그가 광야에서 겪는 방랑을 통해, 삶이 숨 쉬고 있는 또 다른 비밀로 우리를 이끈다. 오이디푸스는 맹인이 되고 추방자가 되어 바깥을 떠돌지만 불행하고 비천해 보이는 그의 행로가 또 다른 삶의 은총을 예고한다. 오이디푸스는 운명에 의해 주어진 상처, 어두운 그림자에 의해 시련이 남겨져 있다. 인간은 자신 앞에 놓여있는 비극적 현실 속에서 순간순간의 삶에 농락당하는 그물에 걸려있다.

아버지의 살인과 어머니와의 근친상간은 고대로부터 내려온 사회적 규범을 위반한 것이고, 도덕성에 흠집을 가한 것이다. 이것은 현대에 와서 모든 금기에 대한 은유로 작용한다. 즉 인간의 모든 규범과 위반에 대한 심리적 억압을 강화시키는 작용을 하다. 프랑스 철학자이자 사상가인 조르주 바타유는 위반이 주는 쾌감, 그 짜릿한 직감은 신화화된 금기를 넘어선 인간의 자기보존을 위한 가장 극적인 탈주라고 말한다. 프랑스 칼럼니스트이자, 소설가인 야니크 에넬은 최근에 출판한 베이컨의 그림을 해석한 《블루 베이컨》이라는 책에서 프란시스 베이컨의 그림 〈스핑크스와 오이디푸스〉를 해설하며 오이디푸스 이후로 인간은 괴물의 자리를 차지했다, 살인을 주도하는 것은 바로 인간이다, 그가 제물로 바치는 것은 동물과 그의 종족들이다, 그는 강간하고 학살하고 말살한다, '인간은 그가 싸우고 있는 비인간 존재'라고 한다. 괴물은 스핑크스주의라기보다 오이디푸스이기 때문이다, 범죄자·부모 살인범·근친상간자⋯ 이보다 더 나쁠 수는 없다고 했다.

최석규의 《이토록 사소한 별리》, 이 작품집에서의 인물들은 다양한 변주와 방법으로 탈주를 시도한다. 어떤 인물은 사람들에게 상처를 받고, 지리멸렬하고 반복적인 일상에서 활력소가 되어줄 외간 여자를 만나고, 여자친구가 있으면서도 남자친구와 동성애에 빠지고, 자본주의 부를 매끄럽게 관리하던 친구가 어느 날 갑자기 가출을 하고, 현실에 미련을 끊고 집단 자살을 하는가 하면, 과거의 여자친구가 어려움에 처하면 가리지 않고 도움을 주고, 범죄자든 살인자든 자신의 몸 하나 보호할 작은 가시조차 없는 사람은 꼭 안아주고 싶어 하는 인물들이다. 그들은 사회의 규범에 따라 살아가는 규범적인 인간이 아니라, 가슴이 시키는 대로 따르는 탈주 아닌 탈주가 일상화된 인물들이다.

인간에게는 많은 금기가 내재해 있다. 최석규의 작품들 속에 등장하는 인물들은 인식하지 못하는 곳까지, 그러나 조금씩 위반하고 있다. 그것은 인물들을 더욱 자유롭게 만든다. 인물들은 전복과 탈주의 사유적 궤적을 따라 스스로를 해방시키기 때문이다.

2. 몰시간성

《이토록 사소한 별리》의 작품들에서 인물들은 현 자본주의 사회에, 다양한 이유로 안착하지 못한 부적응자, 혹은 어떤 사고로 장애인이 된 타자 아닌 타자의 삶을 사는 인물들이다. 그러기에 텍스트 시간은 일상의 흐름이 아닌 타자의 시간대에 맞추어져 있다.

자크 데리다는 타자와 함께 있을 때, 우리들 사이에 공유된 시대, 세계, 우리의 현재로서 현재인 시간이 일어나지 못할 것이라고 했다. 이러한 어그러짐, 부당한 것의 어긋남과 다른 한편으로 타자와의 관계에서 무한한 비대칭성을 열어놓은 어긋남은 타자와 맺는 과도한 관계 속에서 오는 것 때문이라고 했다. 이렇게 어긋나고 어그러지고 부조하한 시간 속에서 일어난 일을 몰시간성이라고 했다.*

〈내일은 해피 엔딩〉에 등장하는 인물의 대화를 보자.

하지만 내게는 달랐어. 사귄 지 100일 되던 날, 마담은 작은 원룸을 선물로 줬어. 시인에겐 자기만의 방이 필요하다면서. 마담은 종종 내 침대에서 잠을 자고 갔어. 사장님들에게 온갖 교태와 신음으로 서비스하던 그녀였지만 나와 잘 때는 한 번도 그런 적이 없었어. 네 앞에서 쓸 수 있는 가면은 하나도 없어. 그녀는 그렇게 말했어. 난 마담이 잠들 때까지 곁에서 시를 읽어주었어. 그건 그녀가 제일

---

* 자크 데리다, 《마르크스의 유령들》, 2014. 그린비, 진태원 옮김, 59~61쪽.

좋아하는 시간이었어. 잠이 약한 빛처럼 피부로 스며드는 때. 현실과 꿈의 경계 지대. 모든 것이 흐릿한 개와 늑대의 시간. 그 모호함을 좋아했지. 시집을 덮기 전에 마담은 잠들었어. 시는 마치 마술 주문처럼 편히 쉬게 했어.(128~129쪽)

위의 인용문처럼 자신에게 충일한 시간, 비로소 자신으로 돌아간 시간, 현실과 꿈의 경계 지대, 개와 늑대의 시간, 그 모호한 시간, 시간이 사라진 지대를 일컬어 몰시간성이라 할 수 있다. 이 작품집에는 대체로 서사의 초점이 자신의 해방에 모여있다. 자본주의의 성취의 삶을 이루려는 것도, 꼭 가정을 지켜야 하는 가족 로망스도 없다. 인물들은 자연의 흐름에, 혹은 자신의 내면에 스스로를 맡기며 몸과 마음이 흐르는 대로 산다. 그러기에 인물들은 불륜도, 동성애도, 이혼도, 가출도 모두 자연스럽다.

자본주의의 꽃이라는 금융가에서 최고 애널리스트로 잘나가다 어느 날 잠적해 버리는 인물(〈증발〉), 고생고생하다 성취를 이루기 바로 전에 자살하는 인물(〈내일은 해피 엔딩〉), 대학 때 탱고로 유명인사였다가 수년 후 죽음을 앞둔 상태로 나타난 여친을 돌보아 주는 인물(〈내 안의 문어〉), 남성적인 기개에 반했다는 여성 예술가의 구애에 결혼을 하고, 그 후 비굴할 정도로 장인의 사업에 몰입하고, '올해의 아티스트상'을 받은 아내가 다른 남자와 불륜을 저지른 사실을 알게 되고, 그제야 자신을 찾으려는 과정에서 아내의 청혼으로 헤어졌던 첫사랑과의 순수한 시기를 그리워하는 인물(〈세상의 끝, 거북이, 자그레브 박물관〉)이 등장한다. 중편인 〈세상의 끝, 거북이, 자그레브 박물관〉의 시간은 진석이 뮌헨 지사장으로 머물고 있는 현재 시각이다. 서사의 방향은 젊었을 때 정아라는 여인을 사랑했던 순수한 시기를 그리워하는 회한으로 흐른다. 지금 현재는 자신의 존재성을 드러낼 수 없는 억압된 비본래적, 놀시간적 시간이기 때문에 진석은 본래적 자신의 존재를 드러낼 수 있는 열정을 가졌던 그 시설이 그리운 것이다.

이 작품집의 인물들은 윤리나 도덕, 체제의 룰보다 자신의 몸이나 마음을 더 자연의 한 부분처럼 따르는 식물형 인간 유형이다.

넌 이미 알고 있잖아. 깊어질수록 힘든 사랑이 있다는 걸. 그건 해선 안 될 사랑이기 때문이야. 그런데도 멈추지 못하는 이유는 그 또한 사랑이라 그렇겠지. 그래. 순수한 사랑은 늘 옳았어. 그것이 비록 틀렸을지라도.(164~165쪽)

위의 인용문에서 불륜이 깊어질수록 힘든 것은 해서는 안 될 사랑이기 때문이고, 그것을 멈추지 못하는 것은 그것 또한 사랑이기 때문이라는 것이다. 제도에 의해서 금기된 사랑이지만 인간의 자연스러운 사랑이라는 것이다.

제도나 일상을 뛰어넘은 범위 밖의 서사를 다루는 위의 작품들 속의 시간대 역시 몰시간적이다. 〈내 안의 문어〉에서는 정원 조성이라는 서사의 형식을 갖추었지만, 서사의 초점은 과거 대학 시절의 추억에 있다. 그 외의 불륜도, 동성애도, 이혼도, 가출도 모두 일상성을 벗어난 몰시간성일 수밖에 없다.

〈내 안의 문어〉에서 화자인 중배는 조경업자 되는 것을 목표로, 조경업 자격증을 취득하기 전 우선 아르바이트로 장애인 활동지원사로 노동을 하는 인물이다. 복지사가 정해준 장애인은, 같은 대학을 다녔던 여친으로 대학 때부터 탱고로 유명인사였던 지선이었다. 그동안 열정적으로 살았던 지선은 3년 전부터 소내 위축증으로 보행 장애, 몸의 쏠림현상, 구음장애, 안구진창 등의 현상으로 혼자 기동이 불편한 인물이다. 그럼에도 지선이 몸담고 있는 할아버지 집의 새로운 정원 조성을 위해 의도적으로 복지사에게, 중배를 배당받은 것이다. 지선은 중배를 볼 때마다 '삶은 문어가 배 속에서 살아나는 존재처럼' 삶의 의욕을 주는 인물로 생각한다. 죽음을 앞둔 지선이 의도적으로 중배를 지목한 것은 중배를 통하여 열정적이었던 과거의 삶을 되돌리고 싶은, 죽음을 앞에 둔 소내 위축증 환자가 아니라, 20대 청년의 열정으로 중배와 함께 정원을 꾸미고 싶은 것이다.

이 작품에서 현재의 일상성은 의미가 없다. 중배는 죽음을 목전에 둔 소내 위축증으로 스스로의 몸조차 가누지 못하는 그녀에게 과도하게 몰입된 상태에서 그녀를 위해 전력을 할 수밖에 없는 시간을 보낸다. 열정적인 탱고의 여인, 죽음을 앞에 둔 지선은 중배에게, 현기증 나는 연민을 불러일으키는 대상인 것이다. 마치 영화 〈여인의 향기〉에서 시각 상애로 시간을 죽이고 살던 알파치노가 오직 삶의 열정을 바로 그 순간 만난 여인과의 탱고를 추는 데 몰입하는 것처럼.

〈계단 아래 우리〉 역시 음악학과 출신으로 방송국 오디션에 숱하게 도전하다 실패한 기타리스트, 대학 졸업 후 중소기업 몇 군데 다니다 아르바이트로 생활을 이어가는 인물, 국가 공무원 공채에 합격해서 곧 사무관으로 출근할 예비 공무원 등 이런저런 이유로 모여든 청춘들이 생동성 시험에 참가해서 30만 원을 벌기 위해 하룻밤을 보내는 서사를 담고 있다. 이들에게는 오직 생동성 시험 통과에만 목적이 있다. 생동성 시험 이후 자신의 몸이 망가지든 상관이 없다. 그들은 자신들에게 주어진 시간을 잘 견뎌내고 30만 원을 획득하기만 하면 된다.

3. 작가의 현실 인식과 의식의 상호성

작가의 현실 인식은 창작 어느 한 부분에 나타나는 것이 아니라 객관적 세계의 대상을 선택하는 작가의 성향이나 주제 흐름을 통해서 알 수 있다.

최석규의 이번 작품집의 유일한 중편이자, 문학수첩 신인문학상 수상작인 〈세상의 끝, 거북이, 자그레브 박물관〉을 보면, 초점 인물 진석은 식물인간으로 사경을 헤매고 있는 아내로부터 도망하다시피 나와, 거의 폐쇄되기 직전 의료기 부품 회사에 지사장으로 파견, 최저가로 덤핑 가격으로 판매해도 팔리지 않는 열악한 판매 시장에서 고전하고 있다. 그는 본사에서 다른 지사장을 파견해 곧 쫓겨날 처지에 있다. 진석은 하루하루를 '결박당한 나무의 처지'에 비유되고 있을 만큼 현실의 구속을 느끼고 있는 인물이다.

> 결박당한 나무가 자신의 처지를 닮아 보였다. 가슴 한편이 먹먹해졌다. 목이 메어왔다. 눈 밑이 뜨거워졌다. 뜨뜻한 것이 뺨을 타고 흘러내렸다. 남자 나이 오십이면 아줌마가 된다는 말이 정말 맞는 것일까. 상한 와인처럼 눈물은 쓰고 아렸다.
> 인기척이 느껴졌다.
> 진석은 황급히 눈물을 훔쳤다. 소리는 분명 흐느낌이었다. 안으로

삭히다 못 견디고 터져버린 늘킴이었다. 같은 공간 안에서 궁상맞게 훌쩍거리는 이가 나 말고 또 누굴까. 기척이 나는 곳을 살폈다. 어둠에 갇힌 흐릿한 실루엣만 보였다. 천장의 빛이 그곳을 더디 스쳐갔다.(204쪽)

위의 인용문에서 보여주는 것처럼 진석이 느끼는 현재는 결박당한 나무처럼 숨통이 조여오고, 안으로 삭히다 못 견디고 터져버린 흐느낌을 억지로 참아야 하는 시간이다. 진석은 부잣집 딸이면서 예술 쪽에 재능이 탁월한 아내와 결혼, 아내와 장인 모두에게 잘 보이기 위해 장인 회사에서 20년이란 세월을 비굴과 인내로 견뎌왔다. 오히려 그 시간이 아내에게는 남편이 단순히 자기 아버지의 애완동물로 비쳐지는 굴욕의 시간이었다. 스스로를 돌아보기 위해 결국 자신의 순수했고 가장 뜨거웠던 시기로 돌아간다.

스스로가 바라는 것은 20대 순수한 시간대를 함께 보냈던 그 여인을 닮은 수연이 말한 것처럼 '살아있는 심장 안에서만 꺼낼 수 있는, 뜨거워 1초도 손에 쥐고 있을 수 없는' 자신으로 살아갈 수 있는 시간이다. 그는 그 시간대를 찾기 위해 옛 애인의 20대 모습을 그대로 빼박은 수연을 쫓는 데 몰두한다.

'세상의 모든 사랑은 부서진 인연만을 남긴다(Every love in

the world leaves only broken ties)'를 모토로 삼은 크로아티아 자그레브에 있는 '부서진 관계의 박물관'을 수연은 '뜨거워 1초도 쥐고 있을 수 없는 것'을 찾기 위해서 왔다고 했다.

'모든 사랑은 부서진 인연만을 남긴다'라는 말은 또한 작가가 현실을 인식하는 구조의 단초가 되는 말로, 영원한 사랑만이 진정한 사랑이라는 말처럼, 세상의 논리를 허구로 만들어 버린다. 작가의 대부분의 작품이 이 논리를 따르고 있다.

"부잣집 외동딸이 왜 가난뱅이 고학생을 사랑하지? 당신은 그걸 늘 궁금해했어. 난 대답하지 않았어. 하지만 이제 말할 때가 온 것 같아. 쿤데라는 이런 말을 했어. '스위스의 평화로운 목가에서 체코의 혁명을 바라보는 것처럼 난 널 사랑했어. 하지만 만일 반대의 장소에서였다면 난 그렇지 않았을 거야.' 그래. 나도 그랬어. 그 시절 당신은 치열하고 뜨거웠어. 마치 더 내려갈 곳도 없는 컴컴한 바닥에서 꿈틀대며 눈동자만 빛나는 짐승처럼. 당신은 부잣집 막내아들에게서는 절대로 볼 수 없는 무엇이 있었어. 그것이 날 반하게 만들었지."

혜원의 눈에는 눈물이 고였다.

"날 키치(Kitsch) 년이라 비난해도 좋아. 하지만 지금의 당신은 기회주의자에 잔머리만 굴리는 중년으로 변해버렸어. 잘 길든 애완동물처럼 되어버린 당신은, 내가 알던 진석 씨가 아니야."(253~254쪽)

위의 인용문에서 보듯이 진석의 아내이며 최고의 아티스트로 알려진 혜원은 진석의 20대, 치열하고 뜨거운 시기로 컴컴한 바닥에서 꿈틀대고 눈동자만 빛나는 짐승 같은 열정적인 모습을 사랑했다. 지금의 진석, 기회주의자며 잔머리만 굴리는 애완동물 같은 중년의 모습은 아니었다. 아내는 진석을 떠나 다른 남자를 사랑하게 되고, 진석은 순수했던 시절 사랑했던 정아를 그리워한다. 진석이 그리워하는 것은 정아가 아니라 자신의 순수했던 그 시절이다.

이 작품의 주제는 사랑은 영원하지 않다는 것과 가장 뜨겁고 빛나는 시간만이 자신의 존재를 빛나게 하고, 그 시간이 인생에서 가장 순수한 시간이라는 것이다. 아내 혜원이 생명 연장 장치에서 의식이 돌아오자 겨우 뱉은 말은 마지막 소원이라며 자신이 가장 젊고 열정적으로 작업했던 독일 남부의 미텐발트를 다시 보고 싶다는 것이었다. 진석에게 사진을 찍어 보내달라고 부탁한 그녀 역시 죽음을 앞둔 상태에서도 가장 열정을 기울였던 그 시간을 그리워한 것이다.

최석규의 《이토록 사소한 별리》의 인물들이 겪는 불륜, 동성애, 이혼, 가출 등은 금기를 벗어난 행위이다. 그러나 어떤 의미에서는 단순한 낭비나 탕진으로 보이는 이러한 행위들이 일상적이고 세속적인 삶을 벗어난 성스러운 행위일지도 모른다. 지리하게 반복적이고 타성적인 일상의 틀을 벗어났을 때 비로소 자기 존재가 드러나고 소중한 순간을 맞이하게 되기 때문이다.

일상의 틀 속에서는 어쩔 수 없는 생존의 시간, 강제된 윤리의 시간을 보내게 된다. 그 틀 속에서 인간은 사물화된다. 이때 잃어버린 존재 속에서 자신은 사라진다. 어리석은, 혹은 저주받은 영혼 소외와 탕진 속에서만 자신을 되돌아볼 수 있다. 어리석음은 자신을 반성하게 되는 계기가 된다는 들뢰즈의 말과 마찬가지다. 반성을 통하여 일상의 틀에서 벗어나야 자신의 모습이 바로 보인다. 이 작품에서 살아있다는 것은 매순간 뜨거운 시간 속에서 1초의 낭비도 없이 강렬한 삶을 사는 것이다. 인간과 인간의 만남은 사소한 이별이고, 사랑은 그 순간을 사랑하는 것이다. 그러기에 모든 사랑은 부서진 관계로 끝난다. 오이디푸스의 비극처럼 인간은 자신 앞에 놓여있는 비극적 현실 속에서 순간순간의 삶에 농락당하는 그물에 걸려있기 때문이다.

이토록 사소한 별리

초판 1쇄 인쇄 2025년 7월 15일
초판 1쇄 발행 2025년 7월 22일

지은이 | 최석규
발행인 | 강봉자, 김은경

펴낸곳 | (주)문학수첩
주소 | 경기도 파주시 회동길 503-1(문발동 633-4) 출판문화단지
전화 | 031-955-9088(마케팅부) 031-955-9530(편집부)
팩스 | 031-955-9066
등록 | 1991년 11월 27일 제16-482호

홈페이지 | www.moonhak.co.kr
블로그 | blog.naver.com/moonhak91
이메일 | moonhak@moonhak.co.kr

ISBN 979-11-7383-011-2   03810

*파본은 구매처에서 바꾸어 드립니다.